내 책 쓰는 글쓰기

독자를 넘어 저자로

내 책 쓰는 글쓰기

명로진 지음

바다출판사

당신이 가진
고유한 생각이 있다면

인생은 우리에게 이야기한다. "놀다 가요~ 술도 있고 춤도 있고 음악도 있어요. 멋진 남자, 예쁜 여자 골고루 있어요. 그림도 있고 레저도 있고 스포츠도 있어요. 도박도 있고 깨달음도 있고 신앙도 있어요. 노세 노세, 젊어서 노세."

나는 이 책을 집어든 당신에게 외친다. 놀다 가요~.

당신은 물을 것이다. 뭐하면서 놀라고? 나는 답한다. 글 쓰면서. 잘하면 자기가 쓴 글로 책도 낼 수 있어~.

한때 책을 내는 사람은 정해져 있었다. 학자, 문인, 시인. 시대가 바뀌어 이제 누구나 책을 낸다. 현재 우리가 받아들이고 전파하는 정보의 양은 어마어마하다. 하루에 서너 시간 이상 인터넷을 하고 댓글을 달고 블로그를 들락거린다. 지식은 공유되고 학력 수준은 높아졌다. 중요한 것은 얼마나 아느냐가 아니라 어떻게 해석하느냐이다. 그 해석은 당신만의 것이다. 그게 책이 되는 것이다.

당신이 한 직종에 10년쯤 근무했다면? 전문적인 지식을 갖고 있을 것이다. 책을 내라. 한 분야의 책을 100권 넘게 읽었다면? 당신만의 주장이 고개를 들 것이다. 책을 써라. 수년째 블로그를 만들어 운영하고 있다면? 온라인에서 만나는 이웃을 즐겁게 하는 법을 알 것이다. 그 내용을 종이 책으로 만들어라.

내가 책을 쓸 수 있을까?

이 책은 이런 고민에 대한 대답이다. 내 대답은 거두절미하고 "낼 수 있다!" 이다. 주관적인 대답이 아니다. 필자는 그동안 성인을 대상으로 한 〈글쓰기—책 내기〉 강좌를 운영하면서 '내 책을 내고 싶다' 는 꿈을 가진 사람들을 많이 만났고, 그들이 꿈을 실현하는 것을 지켜봤다. 그들에게 어떻게 글을 쓰고 어떻게 책을 내야 하는지 작은 도움을 주기도 했다. 그래서 얻은 결론은 이것이다. 누구나 책을 낼 수 있다.

왜 남들이 책을 내는 것을 지켜보고만 있는가? 당신도 책을 내라. 당신 이름이 저자로 박힌 책 한 권을 써라. 사실 글쓰기는 굉장히 재미있는 작업이다. 쓰기 위해서라면 무엇이든 할 수 있기 때문이다. "나 일주일 정도 제주도에 다녀올게. 올레에 대한 글을 좀 써야 할 것 같아" 아내는 흔쾌히 보내 준다. "아빠 한 달 동안 남미에 다녀와야 한다. 새로운 책 때문에." 아이는 아쉽지만 이해한다. "할리 데이비슨을 한 대 사야겠어요. 오토바이에 대한 글을 써야 하거든요." 부모님은 돈을 빌려 준다…… (줄까?).

당신이 설령 전과 15범이라고 해도 상관없다. 당신의 다채로운 폭력과 절도와 사기 행각에 대한 글을 써라. 나는 굳이 참회하라는 말은 하지 않겠다. 당신이 글을 쓰기로 마음먹었다면 이미 반쯤은 참회했을 것이다. 당신이 글을 써나가는 동안 당신의 죄는 사함을 받게 된다(믿음이 없는 자여! 의심하지 말지어다).

군대 간 남친을 일편단심 기다렸는데 차였다고? 좋다. 세상의 나쁜 남자들에게 글로 복수하라. 더불어 여전히 고무신 바꿔 신지 않고 기다리는 당신의 후배들에게 외쳐라. 군대 간 남친은 기다리는 게 아니라고. 나를 위해서나 그를 위해서나 놔주는 게 정답이라고.

알고 보니 여친이 양다리라고? 좋다. 그 모욕과 치욕의 순간을 글로 써라. 〈양다리 알아차리는 법〉, 〈양다리 위기 넘기기〉, 〈나는 이렇게 양다리를 극복하고 결혼했다〉, 〈양다리에 문어발로 복수하는 법〉 등등의 주제를 잡아 글을 써라.

입사 원서 접수만 100번 했다고? 265번을 채워라. 그리고 〈365일 만에 취업 성공하기〉로 책을 내라. 백수 생활 3년째라고? 〈만 원으로 일주일 살기〉를 실천하면서 기록을 남겨라. 회사 다니기 싫어 죽겠다고? 〈상사 앵벌이 시키면서 내 취미 갖기〉 같은 희한한 제목의 글을 모아라. 직장에 있는 시간이 지루하다고? 〈들키지 않게 멍 때리는 법〉에 대해 한번 써보라.

　당신이 오랫동안 갖고 있던 취미에 대해서 써도 된다. 요리·
춤·스노보드·영화·연애·캠핑·여행·증권·부동산(?)……

　책을 좋아하고 많이 읽는 사람이 책을 내는 것은 당연하다. 그
러나 내가 아는 어떤 작가는 책을 많이 읽지 않으면서도 책을 썼
다. 그는 세상을 이미지로 받아들인다. 그 이미지를 텍스트로 옮
기는 데 10년 공부가 필요한 것은 아니다. 이미지가 많은 책을 만
들면 된다. 글솜씨가 부족하다면 일러스트나 사진으로 보충하면
된다. 글도 잘 못 쓰고 사진도 잘 못 찍고 그림도 못 그린다? 당신
이 가진 고유한 생각이 있다면 오케이다. 세상의 그 어떤 기교도
진정을 이기진 못한다. 당신의 지식과 지혜, 이성과 감정, 경험과
의견을 다른 사람과 나누고 싶은 소박한 소망이 있다면, 그것이
진심이라면 아무 문제없다.

　많은 사람들이 허영심 때문에 자신의 책을 내려 한다. 허영심
은 책을 만들어 내지 못한다. 허영심을 위해선 골프 회원권이나
요트, 샤넬 혹은 구찌를 구입하는 게 훨씬 낫다. 만약 당신에게 이
미 골프 회원권과 요트 더불어 샤넬 백과 마놀로 블라닉 구두가
있다면 왜 책을 내려는 것인가? 그냥 살면 된다.

　당신이 가진 고유한 생각은 무엇인가? 이렇게 생각해 보자. 양
파 없이 짜장면(나는 자장면보다 이 단어가 옳다고 본다)을 만들 수 있

7

을까? 글 재료는 글을 쓰려는 사람의 독특한 경험 또는 사고에서 나온다. 누구나 가질 수 있는 경험과 사고는 책이 될 수 없다. 저자만의 특별하고 새로운 그 무언가가 있어야 한다. 만약 당신이 책을 쓰려는 욕망은 있으되 글 재료가 없다면 어떻게 해야 할까? 지금부터 만들어 나가면 된다. 3년쯤 뒤에는 당신만의 글감이 마련될 것이다.

글 재료가 있어서 책을 쓰는 것이 아니다. 책을 쓰기 위해 글 재료를 모아 나가는 것이다. 글 재료를 모아 가면서 간간이 컴퓨터를 켜면 된다. 그리고 자판을 두드려라. 컴퓨터를 켜지 않는 사람은…… 당연히 글을 쓸 수 없다. 연필 또는 펜으로 원고지에 글을 쓴다? 육필 원고는 그 내용의 빈부를 떠나 시대에 뒤떨어진 느낌을 준다. 김훈은 아직도 연필로 글을 쓴다…… 고 항변하지 마라. 김훈은 논외다. 우리 모두 김훈이 아니다. 김훈이 되고 나서 연필로 쓰면 된다.

책도 많이 읽고 글감도 있고 컴퓨터도 켤 줄 아는데 아직 책을 내지 못했다면? 가장 큰 요인은 이런 것이다. 프로필이 약하다는 것. 즉, 내놓을 만한 명함이 빈약하다는 것이다. 이 부분도 해결 방법이 없는 것은 아니다. 프로필이 없으면 프로필을 만들면 된다(참 쉽다).

이보다 더 중요한 건 '할 말이 뭔지 모르겠다'는 것이다. 저자에게 '할 말'이 있어야 비로소 책이 된다. 할 말 없이 어떻게 처음부터 책을 쓰냐고? 그런 사람 많다. 무조건 원고부터 채우고 보는 사람들이다. 읽어 보면 건질 게 없다. 일기 쓰듯 써서 그렇다. 일기와 책이 될 원고는 다르다. 일기는 자기만족을 위한 글이고 책이 될 원고는 서비스 상품이다. 돈을 내고 살 독자를 만족시키지 못하면 시장에서 선택되지 않는다. 독자들은 복잡하면서도 단순하다. 사람이 원래 그렇다. 그러므로 저자는 자신의 주장을 리피트 프로그램이 입력된 MP3처럼 무한 반복해야 한다. 다양하고 요령 있게.

글을 쓰고자 하는 사람이 제일 싫어하는 것이 글을 쓰는 것이다. 그 다음은 책을 읽는 것이다. 글을 쓰고 책을 내려는 사람들이, 글을 쓰고 책을 읽기보다는 카페에 모여서 "글을 쓴다는 건 역시 어려워, 그 이유는 첫째……" 하고 수다 떠는 것을 더 좋아한다. 1시간 동안 지속적으로 글을 쓰지 못하는 사람도 6시간 내리 '글을 쓰지 못하는 이유'에 대해 이야기할 수 있다(나도 마찬가지다).

왜 그럴까? 일단 시작을 쉽게 하지 못하기 때문이다. 글을 쓰고 책을 읽기 시작하면 도무지 다른 것에 신경을 쓸 수 없다. 글과 책 속에 빠져 느끼는 몰입의 쾌락은, 집단 마약 파티를 하는 중독자의 마음처럼 설레고 두렵다. 때문에 늘 글을 쓰기 전에 책상을 정리하고, 책을 펴기 전에 서핑부터 한다. 훌륭한 변명이다.

책 읽기의 즐거움은 퇴색된 듯하다. TV와 영화와 게임이 21세기 우리와 우리 아이들의 눈을 사로잡고 있다. 인정한다. 그러나 손에 딱 잡히는 하드백hardback 문고판의 예쁜 책 한 권을 선물로 받았을 때와 그 책 속에서 우리의 머리를 망치로 치는 듯한 구절을 발견했을 때의 기쁨(우리 머리를 망치로 쳐대지 않는 책이라면 왜 읽어야 하는가—카프카)은 그 무엇과도 바꾸기 힘들다. 인류의 지식과 감동은 종이와 손이 만나는 곳에서 일어나는 화학적 반응 안에 여전히 존재한다.

《인디라이터》란 제목으로 처음 책이 나온 것은 지난 2007년 5월이다. 벌써 8년이 지났다. 급변하는 출판문화 환경은 필자에게 새로운 내용을 덧붙여야 한다는 조급함을 갖게 했다. 이번에 개정판을 내면서 일부 내용을 고치고 바꿨다.

인디라이터는 새로운 패러다임으로 무장한 필자들을 말한다. 그 자신이 독자이기도 하면서 저자다. 아이템을 찾고 기획하고 한 권의 책을 낼 만한 원고를 쓰고, 그 원고를 출간하는 사람이다. 지금까지의 작가는 '신춘문예'라는 관문을 통과하고 창작의 고통을 겪으며 '나는 예술가'라는 자랑스러운 계급장을 단 채, 알코올과 실연과 담배 연기 속에 조사 하나를 쓰기 위해 밤을 새우는 사람이었다. 인디라이터는, 통과해야 할 관문은 생략하고 계급장 따위는 떼어 놓은 채 즐겁고 재미있게 글을 쓰는 사람이다. 앞으로는 인디라이터의 활동 영역이 더 넓어질 것이다. 일반인들 역시 자기 일을 갖고도 충분히 인디라이터로 활동하게 될 것이다. 낮에는 직장에 다니고 밤에는 글을 쓴다면, 당신도 인디라이터다.

이 책에서 나는, 우선 '기획서 잘 쓰는 법'을 강조했다. 아직도 원고지 1,000장을 들고 출판사를 찾아가 "원고 좀 검토해 주세요" 하는 사람들이 있다면 이 책을 꼭 읽어 보기 바란다. 그렇게 하기에는 세상은 변했고 출판사 관계자들은 너무 바쁘다.

두 번째 '책을 내기 위한 글쓰기'에 초점을 맞춰 보았다. 글쓰기의 종류도 여러 가지다. 자기만족을 위한 글쓰기, 치유를 위한 글쓰기, 블로그 글쓰기, 설득을 위한 글쓰기, 상사에게 잘 보이기 위한 글쓰기……. 이 책은 내 글을 읽게 될 독자를 염두에 둔 글쓰기에 대해 이야기하고 있다.

책을 내기 위한 글쓰기는 뭐가 다른가? 책을 낸다는 말, 출간한다는 말의 영어 단어는 퍼블리시publish다. '공적으로 알린다'는 뜻으로 형용사형은 퍼블릭public이다. 반대말은 프라이빗private이다. 개인적인 것, 사적인 것을 뜻한다. 남이 알지 않았으면 하는 것이다. 남에게 알려서도 안 되고 알려져도 안 되고 알리고 싶지도 않은 것들은 그저 고이 가슴에 묻어 두거나 비밀 일기에 적어 놓거나, 접근이 금지된 개인 블로그에 적어 놓으면 된다.

그러나! 이런 것들을 알리고 싶다면, 책으로 내고 싶다면, 출간하고 싶다면 문제는 달라진다. 글도 조금 더 공적인 것이 되어야 한다. 여기서 말하는 공적인 글은 개인적인 이야기의 반대가 아니다. 스타일의 공적 형태, 글쓰기의 원칙, 알면 도움이 되는 작은 팁…… 뭐 이런 것들을 뜻하는 것이다.

세 번째 '출판에 대한 실용 지식'을 전달하려고 애썼다. 저자와 편집자의 관계는 어떤 것인지, 프로필은 어떻게 쓰는지, 계약서 조항 중 유념해야 할 사항은 무언지, 아이템 선정은 어떤 식으로 해야 하고 출판사와는 어떻게 접촉하는지에 대해 설명했다.

2007년 1월 어느 날, 〈조선일보〉는 "요즘 소설가들, 여기서 갈라진다―독자 만족이냐 자기만족이냐."란 기사를 실었다. 한마디로 자기 자신을 위해 글을 쓰는지, 독자를 위해 글을 쓰는지 고민하는 소설가들에게 묻고 있는 것이다.

소설가들이야 대답을 어떻게 했건 간에 인디라이터는 오직 '독자를 위한, 독자에 의한, 독자의 작가'다. 나는 의도적으로 작가라는 말을 피하고 인디라이터 혹은 저자라는 말을 즐겨 썼다. 그동안 작가라는 이름으로 수많은 사람이 죽어 갔기 때문이다. 전쟁터도 아니고 테러 현장도 아니고 바로 생활이 펼쳐지는 우리들의 시장 안에서…… 그리고 작가라는 사람들이 면류관처럼 이고 있는 정신 속에서. 그러나 우리는 그들에게 월계수 잎을 엮어 준 적이 없다.

이 책이 나오기까지 많은 사람들이 애썼다. 심산스쿨 교장 심산 형께 감사드린다. 모자란 강의를 들어 주고 자신들의 이야기를 실을 수 있게 허락해 준 인디라이터반 수강생 여러분께도 고맙다는 말을 전한다. 생애 첫 책을 들고 찾아오는 그대들은 자랑스럽다. 빈손으로 찾아오는 그대들은 사랑스럽다. 책을 내고 내지 않고를 떠나 여러분은 내 인생의 동지다.

2015년 봄, 홍대 입구 작업실에서

명로진

독자를
붙잡아 두기 위해서

살아오면서 얼마나 많은 글을 읽었을까? 얼마나 많은 글을 썼을까? 글을 쓸 생각을 하니 머리가 아픈가? 맞춤법, 띄어쓰기, 표준말⋯⋯ 이런 것들이 떠오르는가? 염려하지 마라. 글쓰기는 그 이상의 것이다. 오늘날 우리는 30년 전 사람들보다 몇 배나 더 읽고 쓴다. 당신이 오늘 인터넷 상에, 블로그에, 동호회 커뮤니티에 올린 글을 모아 보면 A4 용지 10장도 넘을 것이다. 책 한 권을 내려면 A4 용지 100장 정도면 된다. 그럼 열흘만 자판을 두드리면 책 한 권 분량의 글을 쓰게 된다는 계산이다(이론상으로는 그렇다는 말이다).

우리는 우리가 아는 것 이상으로 문법적으로 올바른 글을 쓰고 있다. 그러니 문법적인 것들은 잠시 잊어라. 어차피 매일 쓰는 글, 잘 다듬어서 책 한 권 내보라. 나는 이 책 전체를 통해서 당신에게

14

론다 번의 '시크릿' 식으로, 무한 반복하며 속삭일 것이다. 이왕 쓰는 글, 모아서 책 내라고. 놀다 가라고. 재미있게 글 쓰라고.

그럼 어떻게 쓰란 말인가? 어떤 글을 써야 하는가? 우리가 써야 할 글의 장르는 기존의 구분에 따르면 '에세이＝수필＝산문'이다. 에세이란 천의 얼굴을 가진 장르다. 에세이란 무엇인가? 지어낸 이야기다. 무엇이든 써도 된다. 에세이는 결코 '100퍼센트 사실'이 아니다. 베스트셀러 작가인 빌 브라이슨이나 A. J. 제이콥스가 자신의 책에 처음부터 끝까지 실제로 겪은 일만 썼다고 생각하면 오산이다. 경험과 사실에 근거해서 보다 더 매혹적이고 흥미진진한 글을 썼을 뿐이다. 실은, 경험을 하는 것보다 그 경험을 매력적인 글로 쓰는 부분이 더 어렵다. 그게 우리의 할 일이다.

어떤 작가는 자신의 책 서문에 "내가 쓴 이야기는 100퍼센트 실제 있었던 이야기다."라고 밝히고 있다. So What? 그럼 영화 〈해운대〉는 윤제균 감독이 실제 겪었던 이야기란 말인가? 《아내가 결혼했다》를 쓴 박현욱은 이중 결혼 경험을 쓴 것인가? 피천득 선생은 〈인연〉이란 수필의 주인공인 아사코를 정말 세 번 만났을까? 세 번 만나는 동안 키스 한번 하지 않았을까? 혹 그 이상의 관계를 맺지는 않았을까? 혹 아사코를 한 번만 만난 건 아닐까? 그 뒤 두 번의 만남은 작가가 지어낸 이야기 아닐까? 아니 아니, 진짜 아사코란 인물이 있기나 했을까!

아사코가 실존 인물이든 아니든 아～～～～～무 상관없다. 독자는 〈인연〉을 읽으면서 사람과 사람 사이의 애틋한 만남과 이별에 대해 감동받으면 그만이다. 아사코가 피천득 선생의 상상 속의 인물이라면? 〈인연〉을 읽은 모든 사람들이 분개하며 집단 소송을 내야만 할까? "피 선생! 왜 우리를 속였습니까? 아사코가 가짜라니, 말이 됩니까?" 하고?

에세이의 본질을 모르는 소리다. 다시 말하지만 에세이는 픽션, 꾸며낸 이야기다. 에세이는 영화나 소설과 하등 다를 바가 없는 장르다. 이런 의미에서 아사코는 아예 처음부터 실존하지 않는 인물이어야 옳다. 그렇지 않다면 에세이를 쓰는 사람들은 모두 자신만의 아사코를 실제로 만나야만 한다. 이 얼마나 피곤한 일인가.

소설가 김경욱은 패스트푸드점에서 벌어지는 황당한 테러 사건을 그린 〈맥도날드 사수 대작전〉이란 단편을 썼다. 나는 그에게 패스트푸드점에서 일해 본 경험이 있느냐고 물었다. 그는 이렇게 대답했다. "작가에게 할 수 있는 가장 어리석은 행위는 '책에 쓴 대로 진짜 그런 경험을 했느냐'고 묻는 것이다."라고. 난 졸지에 맹구나 영구 수준의 독자가 됐다. 그는 패스트푸드점에 가보지도 않았으며 오로지 책을 통해 패스트푸드점의 매장과 주방에 대해 공부했다고 말했다. 그럼에도 그는 훌륭한 소설 한 편을 썼다. 마치 패스트푸드점에서 석 달 정도 아르바이트를 하고 한 달 동안은 점장을 한 것이 아닌가 싶을 정도로. 독자가 그렇게 생각했다면 그는 성공한 작가다. 에세이라고 그렇게 쓰지 말란 법 있나?

에세이도 그렇게 써야 한다. 어라? 이 사람 보게. 번듯하게 책을 냈다고 해서 기껏 읽었더니 처음부터 거짓말하는 법을 가르치는 건가? 에이~ 기분 나빠, 라고 생각한다면 아직 글쓰기의 속성을 몰라서 하는 소리다. 중요한 건 진짜 있었던 일인가, 아닌가가 아니다. 얼마나 그럴 듯한가! 얼마나 읽히게 썼는가! 얼마나 재미있게 썼는가이다. 그럼 왜 우리는 있지도 않은 일을 있었던 것처럼 써야 하는가?

독자를 붙잡아 두기 위해서다. 진실을 외면하고 구라를 치라는 게 아니다. 글을 다듬어 가는 과정에서 자기를 버리라는 말이다. 지금까지 나만을 위한 글, 나 혼자 읽고 만족하는 글을 썼다면 이제부터는 내 글을 읽는 사람을 염두에 두고 글을 쓰라는 거다. 지극히 개인적인 경험을 쓸 때도 그 경험을 문자로 읽는 사람들(나아가 책을 읽기 위해 돈을 지불한 사람들)을 지루하지 않게 해주어야 한다. 이게 우리의 글쓰기 자세다.

차례

저자의 말 | 당신이 가진 고유한 생각이 있다면 _4
들어가며 | 독자를 붙잡아두기 위해서 _14

Chapter 1 기초체력 다지기

오해가 사람 잡네…23
책을 많이 읽어야 쓸 수 있다? | 노력하지 않아도 쓸 수 있다? | 쓰지 않아도 쓸 수 있다? | 글쓰기는 정신적인 노동이다? | 인간관계를 확대해야 한다?

글쓰기 허약체질부터 개선하자…34
기본적인 스펙 | 맞춤법 문제 | 아이템 문제 | 책으로 만드는 절차 | 호기심을 가져라 | 창조하기 위해서는 비워야 한다 | 여행하기를 즐겨라 | 내 사전엔 포기란 없다 | 고기 낚는 귀를 가져라 | 저자로서 경력을 쌓아라 | 외로운 시간에 익숙해져라 | 잘 놀아야 한다

꾸준히 하면 늘 수밖에 없다…54
글쓰기를 취미이자 특기로 만들어라 | 매일 써야 한다 | 장문을 써라 | 문학은 기본이다 | 틈새를 노려라

Chapter 2 재료 준비 이렇게 하자

내 블로그로 글 재료 만들기…67
하고픈 말이 뭐요? | 블로그 글과 책 글의 차이 | WANTED! 나만의 편집자 | 두려움 없애기 | 블로그에 무엇을 쓸 것인가? | 아이템을 찾기 전에 | 눈 씻고 아이템 찾기 | 불행과 절망도 미래를 위한 자산 | 뉴스는 곧 아이템 | 아이템의 블루 오션 | 오랜 시간이 필요한 것은 아니다 | 가장 훌륭한 글은 아직 써지지 않았다

좋은 재료를 고르는 안목은 거저 생기지 않는다…92
글 재료 고르기 | 억울하면 경험하라 | 자료 보는 눈 만들기 | 자료는 저자를 위해 봉사한다

남의 것을 맛보지 않고는 내 것 또한 잘 만들 수 없다…106
어떻게 읽을 것인가? | 도서 구매의 7원칙 | 두고두고 요긴하게 보는 책

Chapter 3 내 책 만들기

누구를 위한 책인지 알고 쓰자 … 123

전체 관람용인가 전문가용인가? | 어린이와 어르신을 위한 책을 써보자 | 어린이책이 대세 | 아이들 웃기기

메인 재료부터 갖은 양념까지, 어떤 책을 만들까 … 138

기획서 쓰기 | 기획서의 구성 요소 | 기획서는 한 장으로 족하다 | 제목이 전부다 | 기획서의 꽃, 목차 | 프로필 쓰기 | 피칭 기술이 필요하다 | 편집자는 제1의 독자 | 다른 시각, 다른 의견

이제 쓰자 … 168

How to show를 생각하라 | 모델 북을 정하라 | 문체를 찾아라 | 두 가지 대표적인 문체에 대해 이야기해 보자 | 페르소나 이데알, 이상적 인간을 정하라 | 기본 테크닉에 충실하라 | 브랜드를 염두에 두고 써라 | 첫 장에서 독자를 다운시켜라 | 백과사전을 쓸 것인가 | 분업화된 글쓰기를 하자 | 여행기의 테마 찾기

형식을 뛰어넘는 글쓰기 … 198

차라리 소설을 써라 | 가상 체험을 제공하라 | 스토리텔링, 쉽고도 어려운 이야기 | 스토리텔링에 꼭 필요한 것 | 설명이든 묘사든 재미있게 | 글쓰기도 게임처럼 | 메타포를 이용하라 | 삼천포가 없으면 독자들은 떠난다 | 새로운 시각을 가져라 | 쉽게 써라 | 정제된 글쓰기를 하라 | 정제된 글쓰기를 위한 5원칙 | 도움이 되는 그 밖의 장치들

Chapter 4 이것만은 꼭 챙기자

나도 책 한번 내볼까? … 247

책을 내는 방법들

저작권을 지키는 것만이 살 길이다 … 247

저작권 3원칙 | 다른 사람의 저작권을 침해하지 말 것

계약서에 사인하기 전에 꼭 알아야 할 것들 … 264

계약서 자세히 살펴보기 | 계약금보다 중요한 것 | 출판 계약의 검토 시한에 대한 일반론

나오며 | 당신도 이런 쾌락을 알았으면 좋겠다 _ 282
부록 01 필독서들 | 부록 02 책을 만든 사람들 | 부록 03 이 책에 나온 책들

Chapter 1
기초체력 다지기

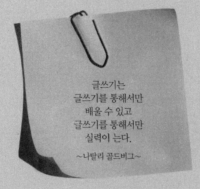

글쓰기는
글쓰기를 통해서만
배울 수 있고
글쓰기를 통해서만
실력이 는다.

~나탈리 골드버그~

오해가 사람 잡네

보통 사람들은 일단 A4 용지 3장 쓰기도 힘들어 한다. 필자가 처음 인디라이터반이란 걸 열었을 때, 수강생들에게 매주 A4 용지 4장씩 써오는 숙제를 내줬다. 수강생들은 이 분량을 부담스러워했다. 반년 뒤 숙제의 양은 A4 용지 3장으로 줄었다. 그럼에도 대부분의 수강생들은 하루 종일 3장의 원고를 놓고 끙끙거린다(지금은 2장이다……).

어떻게든 A4 100장의 원고를 썼다고 해도 그걸 책으로 낼 수 있느냐 하면, 역시 아니다. 대체로 100장 이상의 글을 쓰고 나서, 그중 쓸데없는 것들을 가지 치고 편집한 다음 책으로 내는 것이기 때문에 실제 저자가 써야 할 원고는 A4 130장 정도다(200자 원고지 1,000장 분량!).

일단 이 책을 읽는 여러분은 그 목표부터 달성하는 것이 중요하다. 마케팅은 출판사가 해줄 수 있고 맞춤법은 편집자가 고쳐 줄 수 있다. 그러나 의자에 엉덩이를 붙이고 앉아서 쓰는 것은 여러분이 직접 해야 한다. 물론 수고료 1,500만 원쯤을 주고 대필 작가를 구한 다음, 한 달 동안 구술을 할 수 있는 처지라면 그렇게 해도 된다. 문제는 당신이 떼돈을 번 그룹 회장님이 아니라는 거다.

여기까지 읽은 당신은 '속았다'고 말할지 모른다. 앞에서 나는 '누구나 책을 낼 수 있다'며 당신을 유인했다. 그리고 지금은 '일단 A4 용지 130장을 써야 한다'고 말한다. 이런 예를 들고 싶다.

① 법대 입학생이 교수에게 물었다.

"선생님! 변호사가 되기 어려운가요?"

"아냐, 쉬워. 로스쿨 나와서 사법고시 패스하면 돼."

② 의예과 신입생이 교수에게 물었다.

"선생님! 성형외과 전문의 되기 어려운가요?"

"아냐, 쉬워. 의대 6년, 인턴 1년, 레지던트 4년 한 뒤에 전문의 시험 통과하면 돼. 아, 군 복무 2년은 뺐다."

③ 음대 신입생이 교수에게 물었다.

"선생님! 연주회 하기 어려운가요?"

"당장 내일이라도 넌 연주회 할 수 있어. 너 다섯 살 때부터 지금까지 매일 여섯 시간씩 피아노를 쳐왔잖니."

책을 집어던지고 싶은가? 참아라. 위의 3가지 경우보다 A4 용지 130장 쓰는 게 훨씬 쉽다. 당장 당신의 블로그를 펼쳐 보라. 지금까지 써온 글이 책 한 권 분량 이상일 거다. 와! 그럼 이제 책으로 내기만 하면 되냐고? 오, 노! 이 책 다 읽고 내면 안 잡아먹지~(햇님 달님 속 호랑이 버전).

우리가 지금까지 갖고 있었던 글쓰기에 대한 오해는 무엇이었을까? 지금부터 말하는 글쓰기는 앞서 말했던 공적인 글쓰기(=독자를 염두에 둔 글쓰기)를 말한다.

책을 많이 읽어야 쓸 수 있다?

아니다. 책을 많이 읽지 않아도 쓸 수 있다. 우리는 사실 매일 많은 글을 읽으며 산다. 아침에 일어나서 들추는 신문, 직장을 오가며 보는 무가지, 직장에서 틈틈이 보는 인터넷의 이야기들……이 모든 것이 글이다. 우리는 우리가 모르는 사이에 하루에도 한 권 분량의 글을 읽는다. 이미 양으로는 충분하다. 책! 책! 책! 하지 않아도 된다.

물론 질적인 읽기 행위가 뒤따르면 더 좋다. 질적인 읽기를 위해 가장 바람직한 행위는? 당연히 종이 책 읽기다. 먹어야 싸는

25

것과 마찬가지로 글을 쓰는 사람은 대체로 다른 사람의 글을 먹고 산다. 세상의 모든 책은 이미 쓰인 책에 대한 베껴 쓰기다. 우리의 집필 행위는 앞서 산 작가들에 대한 오마주Hommage에 불과하다. 도서관에서 놀아 본 사람들은 안다. 아무 데나 가서 아무 쪽이나 펼쳐 보면 다른 책의 인용으로 이뤄진 게 책이란 걸.

난 책 안 읽는데……. 너무 겁먹지 마라. 일단, 2주일에 책 한 권 읽기를 실천해 보라. 1년이면 25권의 책을 읽을 수 있다. 출퇴근할 때 오가는 버스나 지하철 안에서 책을 읽어 보라. 2주일에 책 한 권 정도는 충분히 읽을 수 있다. 문자 보내기를 중지하고 책을 펼쳐 봐라. 정말 재미있다! 날 믿어라.

다치바나 다카시는 지하 1층에서 지상 3층에 이르는 '고양이 빌딩' 작업실을 가졌는데, 그 건물 안에는 무려 3만 권의 책이 쌓여 있다. 어마어마한 독서를 통해 그는 40여 권의 책을 써왔다. 그는 "한 권을 쓰기 위해 100권 이상을 읽는다"고 말했다. 스티븐 킹은 《유혹하는 글쓰기》에서 "읽을 시간이 없는 사람은 쓰지도 마라"고 말했다. 그러나 이 말은 전문적인 작가들에게나 해당한다. 우리는 사실 '책 읽기'에 대한 두려움을 갖고 있다. 작가들이 하는 말에 너무 쫄지 마라. 당신의 말투로 써라. 당신이 늘 하는 수다대로 글을 써라. 비트겐슈타인이 말했다. "당신이 아는 것에 대해 써라. 그리고 그 나머지에 대해선 침묵하라"고. 그게 정답이다(도서관에서 놀아본 사람들은 안다. 아무 데나 가서 아무 쪽이나 펼쳐 보면 다른 책의 인용으로 이뤄진 게 책이란 걸—정혜윤, 《그들은 한 권의 책에서 시작되었다》에서 재인용한 진중권의 말).

노력하지 않아도 쓸 수 있다?

거짓말이다. 노력해야 쓸 수 있다. 세상에 공짜는 없다(법대생, 의대생, 음대생을 보라!^^). 위대한 작가들이 글쓰기의 어려움을 토로하는 것은 더 완벽한 문장을 만들기 위함이다. 아예 써지지 않는 고통을 호소하는 것이 아니다. 작가들은 대체로 문장 자판기다. 글이 줄줄줄 나온다. 그렇지 않고서야 작가가 될 수 없다. 문제는 그렇게 되기까지 많은 노력을 했다는 것이다. 사람들은 그 사실을 간과한다.

연기자들 사이에 전설처럼 내려오는 말들이 있다. 신구, 이순재, 김성겸 같은 대배우들에 대한 이야기다. "대본을 한 번 보고 나면 토씨 하나 안 틀리고 줄줄 외운다."는 식의 소문이다. 사실은 그 전날 수백 번 봤기 때문에, 촬영 전에 한 번만 쓰윽 보고도 바로 연기를 할 수 있는 것이다. 설사 처음 보는 대본이라 해도 순식간에 암기할 수 있는 이유는 이전부터 수도 없이 '대본 보기' 연습을 했기 때문이다.

그러나! 책 한 권을 쓰기 위해서 고시공부 하듯이 매일 8시간씩 글을 쓸 필요는 없다. 하루에 20분 정도 블로그에 글을 쓰거나 자판을 두드리는 것만으로도 족하다.

쓰지 않아도 쓸 수 있다?

거짓말이다. 쓰지 않으면 쓸 수 없다. 다시 말해서 써보지 않으면 쓸 수 없다. 나탈리 골드버그는 말한다.

> "글쓰기는 글쓰기를 통해서만 배울 수 있고, 글쓰기를 통해서만
> 실력이 는다."

검도에서 '머리!' 한 번을 정확히 때리기 위해 몇 번의 죽도를 휘두르지 아는가? 하루에 500번씩 매일 휘두른다. 열흘이면 5,000번, 1년이면 182,500번이다. 그런 연습을 수년 동안 해야 정확한 한 번의 '머리!' 가 나온다. 하물며 글쓰기는 말해 무엇하랴. 일주일에 A4 용지 3장도 쓰지 않으면서 어떻게 책이 나오길 바라는가?

내 친구 김 박사는 의대에 입학한 지 10년 만에 깨알만 한 상처에 메스를 댈 수 있었다(의대생의 케이스!). 또 다른 친구 조 원장은 사법고시 8수 만에 자기가 갈 길이 법조계가 아니라는 걸 깨달았다(법대생의 케이스! 지금은 밑에 변호사를 거느리고 떵떵거리고 산다). 초보자용으로 편곡된 소르의 짧은 연습곡 하나를 치기 위해 나는

6개월 동안 매일 3시간씩 클래식 기타를 퉁겨야 했다. 중학생 안정민은 피아노를 배운 지 10년 만에 쇼팽의 〈즉흥환상곡〉 전곡을 연주할 수 있었다. 플루티스트 한리영에 의하면 플루트를 제대로 불기 위해선 하루 10시간씩 꼬박 5년은 연습해야 한다고 한다(음대생의 케이스!). 우리 중 어느 누구도 처음 받아 본 대금을 훌륭히 불어낼 수는 없다. 이런 사실을 당연하게 받아들이는 사람들도 글쓰기는 쉽게 생각한다.

글? 어렸을 때부터 배웠는데 뭘 연습을 해? 그냥 쓰면 써지는 거지……라고. 맞다. 우리는 사실 어렸을 때부터 읽기 쓰기를 해 왔다. 단, 그냥 쓰면 안 된다. 그냥 쓰지 말고, 몇 개의 원칙을 알고 규칙적으로 써야 한다. 그 원칙과 규칙은 이 책 전체를 통해 반복 주입된다(《시크릿》의 케이스!).

일주일 중 어떤 날은 정기적으로 글쓰기에 할애해야 한다. 우리 뇌 속에는 글쓰기에 대한 근육이 있어서 매일 훈련하면 강해지고 여러 날 동안 쓰지 않으면 약해지기 시작한다. 반복적으로, 규칙적으로, 정기적으로 글쓰기를 하면 이 근육은 손상되지 않는다. 상상력이나 창의력도 근육과 같아서 자주 써야 발전한다(벨기에의 안무가 빔 반데부스키는 말했다. "환상은 우리의 근육과 같아서 매일 단련해야만 하는 것입니다."라고). 글쓰기 근육을 키우려면 글을 써라. 왕도는 없다.

글쓰기는 정신적인 노동이다?

아니다. 글쓰기는 육체적인 노동이다. 따라서 오래 글을 쓰려는 사람은 체력부터 길러야 한다. 바둑은 정신적인 노동이라고 알려져 있다. 그럼 천재 바둑기사이자 골초인 조훈현 씨는 왜 담배를 끊었는가? "젊은 기사들의 체력을 상대하기가 점점 어려워졌기 때문"이라고 토로한 바 있다. 바둑 역시 고도의 육체노동이다. 한 판 두고 나면 온몸의 기운이 쫙 빠져 버린다.

글쓰기도 마찬가지다. 취재를 하고 사람들을 만나고 자료를 뒤지고 도서관과 서점을 돌아다니고 자판을 두드리려면 엄청난 체력이 요구된다. 새벽까지 술을 마시고 담배 연기에 절어 있는 모습은 오래 전 시인의 모습이다(더구나 우린 시인도 아니다). 글을 쓰고 그 글로 책을 내려면 자기 관리를 잘해야 한다. 배에 왕王 자를 새기라는 얘기가 아니다. 어쭙잖은 예술가 취향 따윈 버리라는 거다.

집필을 할 때도 '밤새워 쓰고 아침 해 밝아오는 창을 뿌듯하게 바라보는' 습관은 갖지 마라. 지쳐서 다음 날 못 쓴다(더구나 우린 전업 작가도 아니다. 다음 날 일을 해야 한다……). 밤에 쓰면 더 잘 써진다는 사람도 있다. 그럼 낮엔 뭐하는가? 할 거 다 하고 해가 지면 쓰기 시작한다? 옳지 않다. 만약 당신이 회사에 다닌다면 새벽에 일어나서 30분 만이라도 읽고 써라.

《리버보이》의 작가 팀 보울러가 그렇게 했다. 어려서부터 작가의 꿈을 간직했던 그는 생계를 위해 직장에 다녀야 했던 시절, 새벽에 3시간씩 글을 썼고 결국 세계적인 베스트셀러 작가가 됐다. 《죽기 전에 유명 작가가 되는 법How To Be a Famous Writer before you're Dead》의 저자 에이리엘 고어는 "일어나자마자 제일 중요한 일을 먼저 하라. 작가에겐 쓰는 게 제일 중요한 일 아닌가?"라고 말했다. 물론 해가 지고 나서야 글을 쓰기 시작하는 유명 작가들도 있다. 무시해라(우린 아직 무명이다).

인간관계를 확대해야 한다?

꼭 그런 건 아니다. 시즌과 오프 시즌으로 나누어 말하고 싶다. 인디라이터로서 나는 일상을 시즌(출판사와 책 계약을 하고 본격적으로 집필을 하는 시기)과 오프 시즌(취재기 혹은 휴식기)으로 나눈다. 이런 구분은 보디빌더의 일상에서 얻은 힌트다.

보디빌더들은 시합을 두어 달 앞둔 시즌에는 식이요법과 트레이닝으로 지옥 같은 나날을 보낸다. 시합이 먼 미래에 있을 때 즉 오프 시즌에는 피자와 햄버거도 먹고 와인도 마시며 몸과 마음을 쉬게 한다. 그렇지 않으면 정작 시합에서 좋은 성적을 낼 수 없다. 인간의 몸은 기계가 아니다. 쉴 땐 쉬어야 근육이 생기는 것이다. 피라미드의 꼭대기에 있는 작가들일수록 365일 내내 시즌인 경우가 많다.

집필로 바쁠 때는 되도록 작업만 하려 노력하라. 주로 오프 시즌에 사람들을 만나라. 인간관계를 끊고 따돌림을 당하라고? 노! 필자가 하려는 말은 이것이다. 글을 쓰는 사람에겐 글이 우선이라는 것! 책으로 승부해야 한다는 것! 인맥으로 승부하는 일은 영업하는 사람들에게 맡겨라. 당신은 그 시간에 글을 써라. 대체로 사람을 적게 만나면 관계에서 오는 스트레스가 덜하다. 단 외로운 것은 감내해야 한다.

동호회 회장이라고? 고등학교 동창회 총무라고? 당신이 가지 않아도 그 모임들은 다 굴러가게 되어 있다. 우리에게는 책을 내야 한다는 목적이 있다. '내 이름으로 책을 출판하기 전까지는 그 어떤 모임에도 가지 않는다'는 식의 각오가 있어야 한다. 친구 만날 거 다 만나고 술 마실 거 다 마시다가는 책 한 권도 못 내고 올 한 해가 또 가게 된다. 물론 당신은 동호회나 동창회에 가서 늘 이렇게 말할 것이다.

"나의 꿈은 책을 내는 것이야……."

인디라이터란?

인디펜던트 라이터Independent Writer의 준말이다. 인디라이터는 시나 소설을 쓰는 순수문학 작가와는 전혀 다른 패러다임으로 무장한 작가다. 인디라이터는 '문예물을 제외한 저술의 여러 분야에서 한 가지 아이템에 대해 완벽한 기획안을 쓸 수 있으며, 그에 따라 한 권의 책을 써낼 수 있는 사람'을 지칭한다. 간단히 말하면 '상업적 저작물을 쓰는 사람'이라 할 수 있다.

상업적이란 말은 프로페셔널하다는 뜻이다. 어설프지 않다는 말이다. 상업적 저작물은 '누군가 돈을 지불하고 구입하는 책'이다. 8,000원이든 3만 원이든 그만큼의 값어치를 한다. 저자들은 책을 구입하는 독자들에게 그 비용만큼의 가치를 주어야 한다. 이지성, 한비야, 이수광, 이철환, 이덕일, 박광수 등이 인디라이터의 모델들이다. 이들의 책이 출간되면 수만 부에서 수십만 부가 팔린다. '인디라이팅'의 베스트셀러 작가군이라 할 수 있다.

누구나 처음부터 베스트셀러 작가가 될 수는 없다. 그러나 모든 베스트셀러 작가들도 첫 책을 낼 때는 무명이었다. 내 이름이 인쇄된 한 권의 책을 갖고 싶은가? 그렇다면 당신도 오늘부터 인디라이터다.

라이터라는 말을 썼지만, 책이 글만으로 이루어지는 건 아니다. 사진에 취미가 있다면 사진을 위주로 책을 만들면 된다. 그림에 자신이 있으면 그림으로, 만화를 잘 그리면 만화로, 일러스트에 소질이 있으면 일러스트와 짧은 설명이 곁들여진 책을 만들면 된다.

최근 출간되는 여행서를 보면 사진과 글의 비율이 반반이다. 부족한 사진 실력은 멋진 글로 보충하면 된다. 글솜씨가 모자라면 재미있는 사진으로 보상하면 된다. 일단, 책을 한 권 내고 싶은 마음을 갖는 것이 중요하다. 다른 사람들이 게임과 알콜과 패션 신상(품)에 꽂혀 있을 때 한 권의 어여쁜 책에 마음이 끌리는 것, 이게 인디라이터의 출발이다.

글쓰기
허약체질부터 개선하자

기본적인 스펙

책 쓰기를 위한 글을 쓰려면 기자와 같은 전문성, 집착, 끈기, 무모함, 오만함이 있어야 한다. 취재를 하면서 걸려도 할 수 없다는 깡도 지니고 있어야 한다. 형사와 같은 추리 능력, 2박3일을 꼼짝 않고 자리를 지키는 잠복 능력도 있으면 좋다.

또 학자와 같은 연구 능력과 정보 수집 능력, 기억력과 암기력, 책을 읽고 그중 자기에게 필요한 부분만을 다시 찾아낼 줄 아는 비상함까지 겸비해야 한다. 게다가 작가와 같은 글쓰기 능력은 필수다. 한마디로 인디라이터는 '기자＋형사＋작가＋학자'여야 한다(한마디로 '성질 더러운 직업들'을 모았다고 보면 된다).

어느 누구도 저 모든 덕목을 한꺼번에 갖출 수는 없다. 당연하다. 희망 사항일 뿐이다. 목표는 클수록 좋으니까. 나 역시 저 성질 더러운 직업들의 특징을 다 갖고 싶지는 않다(갖고 있지도 않다). 그저 조용히 사람들을 만나고 폼 나게 글을 쓰며 쏠쏠히 인세를 챙기고 싶을 뿐이다.

우리가 글을 쓰는 이유는? 책을 내기 위해서다. 그것도 팔리는 책을 내기 위해서다. 대체로 글의 기본은 시나 소설 같은 순수문학이다. 하지만 시나 소설은 아무나 쓸 수 없다. 시나 소설을 써서 생계를 유지하는 것이 현실적으로 점점 어려워지고 있다(외계인은 가능하다!). 팔리지 않는 시집 열 권보다 팔리는 책 한 권을 쓰는 것이 인디라이터의 목표다.

문학적 재능보다는 현장 취재 능력이 더 중요하다. 사물에 대한 재해석 능력, 연구 능력, 비판 능력, 창의력도 필요하다(물론 문학적 재능까지 있다면 금상첨화겠지만).

내가 스포츠신문 기자로 재직할 당시 옆구리에 사전을 끼고 늘 새로운 단어들을 찾아서 기사를 쓰는 선배가 있었다. 문장은 고어古語와 아름다운 우리말로 넘쳐 났다. 선배의 꿈은 소설가였다. 데스크는 선배의 노력을 높이 샀지만 내 생각은 달랐다. 그 시간에 난 현장으로 달려갔고 누구보다 빨리 기사를 써내려 했다. 신문을 읽는 사람들은 새로운 단어를 찾기 위해 사전을 뒤지지 않는다. 기사는 소설이나 교과서가 아니기 때문이다. 글을 아름답

게 쓰는 능력이 있으면 좋겠지만, 그보다 더 중요한 것은 전해야 할 바를 쉽고 정확하게 전하는 능력이다. 취재 능력이란 포기하지 않는 정신과 통한다. 기자들은 자연인이 아니라 그 신문을 읽는 수십만 독자들의 대변인으로서 취재원을 만난다. 홍길동 기자 본인은 겸손할 수 있다. 그러나 기자로서 날카로워야 한다. 김정일 국방위원장과 인터뷰하면서 "기쁨조가 여성 인권을 침해한다고 생각해 본 적은 없나요?"라고 물을 수 있어야 한다. 김정일 위원장은 열이 날 수도 있고 홍길동 기자가 오만불손하다고 생각할 수도 있다. 보위부에 명령해서 테러를 지령할 수도 있다. 그러나! 그럼에도 불구하고 기자는 물어야 한다. 기자는 불독이다. 한번 물면 놓지 않는다. 그렇게 태어났다. 깨갱할 때 깨갱하더라도 물어야 한다.

우리 역시 미래에 내 글을 읽어 줄 독자를 위해 글을 쓴다. 그러므로 당당하게 취재원을 만나야 한다.

맞춤법 문제

나는 인디라이터반 수강생에게 《글쓰기를 위한 4천만의 국어책》, 《나의 한국어 바로 쓰기 노트》, 《건방진 우리말 달인》 같은 책들을 권장한다. 이 책들은 말 그대로 우리말을 바로 쓰는 법에 대해 밝혀 놓은 것으로 글을 쓰며 수시로 참고할 만하다.

《나의 한국어 바로 쓰기 노트》를 보면 이문열, 박경리, 이효석 같은 대작가들이 우리말을 잘못 쓴 예를 들고 있다. 이런 작가들도 우리말 맞춤법을 헷갈려 한다. 하물며 우리 같은 사람들은 어떠랴? 그냥 쓰면 된다. 새로운 맞춤법 책이 발행될 즈음이면 이미 그 책은 쓸모없어진다. 말은 늘 새롭게 변화하고 진화하기 때문이다.

일단 저자가 책 한 권 분량의 원고를 쓰면, 맞춤법은 출판사에서 친절하게 고쳐 준다. 처음엔 맞춤법이나 문법 따위는 생각하지 말고 무조건 써라. 중요한 건 당신의 이야기지 법이 아니다.

좋은 문장에 대한 환상도 버려라. 좋은 문장에 대한 논의는 절대 21세기 안에 끝나지 않는다. 내가 글을 잘 쓰고 있는 걸까? 다른 사람들이 잘 읽힌다고 할까? 이런 생각도 하지 마라. 혹 당신이 맞춤법과 띄어쓰기를 꿰뚫고 있다면? 더 이상 바랄 게 없다. 편집자들이 좋아한다.

문학으로 먹고 살려면 시간이 너무 오래 걸린다. 절차도 복잡하다. 소설이나 시집을 내려면 일단 '낙타 바늘구멍' 격인 신춘문예부터 통과해야 한다. 어느 세월에 통과하고 인정받아 책을 낸단 말인가? 요즘은 블로그만 잘 만들어도 책을 낼 수 있는 시대다. 책을 내는 방법은 무궁무진하다.

필자는 대학 4학년 때 첫 책을 냈다. 지금 생각하면 부끄럽기 짝이 없는 감성 시집이었다. 나는 완성된 원고를 무식하게 일일이 복사해서 서울 시내 출판사 스무 군데 정도에 보냈다. 이런 방법을 '계란으로 바위 치기' 혹은 '베티 블루식 출판사 섭외법' (249쪽 참고)이라고 한다. 다행히 한 출판사로부터 연락이 왔고 책을 내게 됐다. 얼마 뒤 당시로서는 꽤 큰 액수의 인세가 통장에 입금되었다. 한 학기 등록금을 해결했다. 신춘문예 통과를 기다렸다면 지금까지 책을 내지 못했을 거다(그럴 만한 능력도 못되지만).

아이템 문제

다 좋다. 그럼 도대체 무엇에 대해 써야 하는가? 아이템이 되는 건 다 쓸 수 있어야 한다(아이템 문제는 나중에 다시 이야기하자). 자기 전공 분야를 쓰면 최선이지만 여타 분야에도 관심을 갖고 있어야 한다. 《네 멋대로 써라》의 저자 데릭 젠슨은 스스로를 작가이자 철학자이며 농부이자 육상 높이뛰기 코치 그리고 글쓰기 선생이라고 밝히고 있다.

심산스쿨 대표 심산은 시인이자 소설가이며 시나리오작가이자 산악문학가 그리고 와인평론가다. 박인식은 미술평론가이자 산악인이며 소설가면서 와인집 주인이다. 조영남은? 가수이자 화가이며 작가인 동시에 가구 디자이너다. 각각의 분야에 대한 책도 냈다.

나의 선배인 김경숙은 대학에서 불문학, 대학원에서 국제정치학을 전공했지만《This is Grammer》란 영문법 책을 써서 대박을 터뜨렸다. 필자 역시 방송·연극에서부터 자동차, 비행기, 춤에 이르기까지 다양한 분야의 책을 썼다(감히 위에 나열한 분들과 비교하려는 건 아니다. 코너로 몰리다 보면 당신도 이상한 책을 쓰게 된다. 세상은 나를 구석으로 몰았다).

똑같은 현상을 두고 어렵게 쓰는 사람과 쉽게 쓰는 사람이 있다. 쉬운 글이 좋은 글이다. 어렵게 쓰는 사람들의 특징은? 자기가 무슨 말을 하는지 자신도 모른다는 거다. 어려운 현상을 어렵게 쓰는 것보다 어려운 현상을 쉽게 쓰는 사람이 더 고수다.

《일하면서 책쓰기》에 "한비야의 경우를 보면 스스로 '초등학생도 다 알아듣게 글을 쓴다' 고 밝히고 있다."는 구절이 있다. 내가 가장 적절한 독자라고 생각하는 사람의 학력은 중학교 3학년이다. 당신이 아는 것을 중학교 3학년에게 설명한다 생각하고 써라(중학교 3학년이 우리보다 더 똑똑할지도 모른다……).

도올 김용옥은 이렇게 말했다.

쉽다는 뜻은 대화의 쌍방이 공감한다는 뜻이다. 우리는 공감이 가지 않을 때 '어렵다' 라고 이야기한다. 분명한 것은 쉬운 것과 어려운 것들이 나의 의식의 흐름 속에서 끊임없이 교차되고 중복되고 섞이는 것이지만, 어렵고 쉬운 것의 궁극적인 기준은 쉬운 데에 있다는 것이다. 궁극적으로 공감이 되지 않는다면 말짱 헛것이라는 이야기다. 어려운 것은 쉬운 것을 위해서 있는 것이지만, 궁극적으로 쉬운 것이 어려운 것을 위해서 있는 것은 아니다.

《논술과 철학 강의》

물론 다듬지 않은 글은 좋은 글이라 할 수 없다. 글은 다듬을수록 좋아진다.

책으로 만드는 절차

시대가 바뀌었다. 책으로 낼 수 있을지 없을지도 모르는 원고지 1,000장을 들고 출판사를 찾아다니는 것은 어리석은 짓이다. 먼저 기획을 하고 목차를 만들고 출판사와 계약을 마친 후에 자료 조사를 하고 원고를 써서 책으로 내는 방법도 있다. 이 방법이 훨씬 효율적이고 경제적이다. 중요한 건 생각이다. 당신의 생각!

인디라이터에게는 프리젠테이션 능력도 필요하다. 3분 안에 편집자를 감동시키지 못하면 책 내기 힘들다. 영화 시나리오작가들은 5분 동안 작품에 대해 제작자와 감독에게 설명해야 한다. 이 과정을 피칭Pitching이라고 한다.

편집자를 사로잡는 기획안을 쓰기 위해서는 간결하고 진실된 문체로 접근해야 한다. 그리고 '편집자를 위한' 기획안을 써야 한다. 너무 쉽다고? 정답은 늘 단순하다. 문제는 그것을 깨닫기까지

긴 시간이 걸린다는 것이다. 위의 명제는 수백 장의 기획안을 쓰면서 10년 이상의 세월을 흘려보낸 뒤에 내가 깨달은 것이다. 제발 이렇게 기획안을 만들어라.

그 기획안은 편집자님 보시기에 좋았다더라.

과거에는 글을 쓸 줄 아는 사람이 드물었다. 그래서 잘 쓰는 사람들이 대접받았다. 작가들은 '작가'라는 타이틀만으로도 거드름을 피울 수 있었다. 하지만 세상은 변한다. 역사학으로 박사학위를 딴 사람이 논문 한 편 못 쓰고 있을 때, 역사책을 쓴 소설가는 수백만의 독자에게 영향을 주고 있다. 경영학 전공자가 신문에 칼럼 하나 발표하지 못하고 있을 때, 시골의사는 투자지침서를 내놓고 있다. 작가라는 사람들이 어깨에 힘주고 글 한 줄 쓰지 못하는 동안, 세상은 인디라이터들의 책으로 채워지고 있는 것이다.

출판평론가나 매스컴의 책 담당 기자들, 비평가들에게 인정받으려고 글을 쓰고 책을 내는 게 아니다. 설령 초보자인 우리들이 어찌어찌 글을 써서 책을 낸다 해도, 그들은 작품성 타령이나 하면서 그 견고한 '출판의 성城'에 발을 들여놓는 것을 비웃을 것이다. 그러거나 말거나.

우리는 쓴다. 쓰고 쓰고 또 쓴다. 누구를 위해서? 독자를 위해서. 인디라이터는 오직 독자를 위해 봉사한다. 독자들이 책을 사주시면, 우리는 그들의 주머니에서 나온 인세로 집도 사고 차도 사고 와인도 마시는 거다. 그러므로 우리를 인정해 주지도 않으면서 돈 한 푼 안 주는 이상한 사람들에겐 신경 쓰지 마라.

스티븐 킹은 《유혹하는 글쓰기》에서 이렇게 말한다. "어떤 글은 '좋다' 어떤 글은 '나쁘다'라고 규정하는 것에서 허위의식은 비롯된다."라고. 누가 뭐라 하든 상관하지 말란 얘기다.

원고가 책이 되어 나왔다고 해서 하루아침에 유명해지거나 부자가 되는 건 아니다. 애인이 더 사랑해 주는 것도 아니다(애인과 헤어질 수는 있다. 내 제자 중에는 책을 내고 나서 신문, 잡지에 인터뷰가 실리고 나자, 애인이 '네가 너무 유명해지면 부담 된다'며 떠난 경우도 있다. 진짜다!).

그럼 도대체 우린 왜 책을 쓰겠다는 것인가? 저자가 책을 써내려는 마음은 자식을 낳는 어머니의 심리와 같다. 그게 뭐냐고? 그게 정말 뭘까? 1970년대 활동했던 가수 이용복처럼 나도 울 엄마에게 묻고 싶다. "어머니, 왜 저를 낳으셨나요?"

호기심을 가져라

글을 쓰려면 다섯 살짜리 어린아이의 호기심으로 모든 사물과 현상에 대해 "왜?"라고 물을 수 있어야 한다. 이런 호기심이 없다면 쓰기 힘들다.

아인슈타인은 "내가 다른 사람과 다른 점은 그저 호기심이 좀 더 있다는 것 뿐"이라고 말했다. 다치바나 다카시는 "인류가 원숭이의 숲으로부터 걸어 나와 오늘날의 문명을 이루었던 가장 근본적 원인은 '숲 저 너머에는 무엇이 있을까?' 하는 호기심을 버리지 않았기 때문"이라고 했다.

데릭 젠슨은 자신의 글쓰기 수업을 듣는 학생들에게 이렇게 말했다. "여러분이 만일 지배의 테두리를 벗어나 본능과 희열을 타고서 시간과 의식에서 풀려나 보는 일에 흥미가 없다면, 솔직히 다른 수업으로 가는 게 더 나을 겁니다."라고. 무슨 소린지 잘 모르겠다고? 호기심을 가지라는 뜻이다(내 멋대로 해석!).

창조하기 위해서는 비워야 한다

가득 찬 잔에는 물을 더 채울 수 없다. 글쓰기를 위해서는 글쓰기가 아닌 다른 것들을 배워야 한다. 글쓰기만 갖고는 글을 쓸 수 없는 것이다. 왜? 글쓰기는 창조다. 크리에이티브한 행위(아, 한국말로 먹고사는 사람의 영어 남용!). 창조적인 행위를 하기 위해서는 다른 분야의 창조적인 작품들로 자신에게 쉬지 않고 자극을 주어야 한다. 자극을 주는 것을 게을리 하면 우리의 감각은 점점 무뎌져 간다.

우리는 자신이 초보자임을 인정하고 기꺼이 형편없는 아티스트가

43

됨으로써 진정한 아티스트가 될 기회를 얻을 수 있다. 아마도 시간이 지나면 정말로 훌륭한 아티스트가 될 것이다. 강의를 하면서 이 점을 지적할 때면 자신을 방어하는 적대감에 부딪히는 경우가 많다.

"하지만 피아노를 잘 치게 될 때쯤에는(또는 연기를 잘하고, 그림을 잘 그리고, 멋진 소설을 쓸 때쯤에는) 제가 몇 살이 되는지 아세요?"

맞는 말이다. 하지만 그런 노력을 하지 않아도 그 나이가 되는 것은 마찬가지다.

줄리아 카메론, 《아티스트 웨이》

글을 잘 쓰려면 산에 오르고 영화를 보고 춤을 추고 미술관과 박물관과 공연장을 찾아가야 한다. 글쓰기 강의에서 음악을 들려주면 가끔 수강생들은 이렇게 말한다. "우린 글쓰기 수업을 받으러 왔지 음악 들으러 온 게 아니에요." 수강료를 돌려주고 싶은 마음을 참으며(이미 받아서 쓴 시점이 대부분이므로) 나는 묻는다.

"베토벤 피아노 소나타 한 곡을 다 들어 본 적이 있나요?"

그는 답한다. "없어요."

"그럼 잠자코(속으로는 입 닥치고! 라고 말한다) 한번 들어 봐요." 나는 말없이 백건우가 연주하는 데카 레코드의 OP13 소나타 8번을 돌린다. 18분의 연주가 끝나고 그에게 묻는다.

"좋았어요?"

"네……"

"그 느낌을 글로 써봐요."

영감은 끊임없이 구르는 돌 위에서 꽃피는 것이지 죽은 자의 책상 위에서 생기는 게 아니다.

여행하기를 즐겨라

인디라이터의 여행법은 무엇인가? 가이드의 안내를 따라가는 것이 아니라 스스로 계획을 세우고 일정을 맞추는 것이다. 가이드가 없는 곳에서 여행은 시작되고 길을 잃고 나서야 여행의 진실은 모습을 드러낸다. 나는 그동안 50여 곳이 넘는 나라와 도시를 주유했다. 내 속에는 영원히 꺼지지 않는 노마드 본능이 숨어 있는 것 같다. 내가 지금까지 여행했던 곳은 다음과 같다.

아프리카 - 이집트 · 리비아 · 튀니지 · 남아공

유럽 - 에스토니아 · 핀란드 · 영국 · 프랑스

북미 - LA · 엘파소 · 시애틀 · 마이애미 · 칸쿤 · 시후다드 후아레스 · 치와와

남미 - 쿠바 · 에콰도르

아시아 - 중국 · 인도 · 일본 · 필리핀 · 태국 · 인도네시아 · 사이판 · 홍콩

대양주 - 호주……

지난 15여 년 동안 6대륙을 모두 돌아본 셈이다. 여행은 늘 나를 신선하게 만들어 주었다. 사실 100권의 책을 읽는 것보다 한 달의 배낭여행이 우릴 더 성숙하게 만든다(나라도 100권의 책을 읽느니 한 달의 배낭여행을 하겠다. 누가 날 좀 보내 다오!). 1,000장의 원고를 쓰는 것보다 보름 동안의 남태평양 여행이 우릴 더 행복하게 한다(누가 날 좀 행복하게 해다오!).

여행은 나에게 풍부하고 다양한 쓸 거리를 제공해 준다. 역으로 그 쓸 거리는 나에게 다시 여행할 자유와 여유를 마련해 준다. 그러므로 나는 쓰기 위해 여행하고 여행하기 위해 쓴다.

> 우리는 자기 분야 외에는 모르도록 훈련되어 있다. 여행은 내가 모르는 지역과 분야에 대한 넘나듦이다. 그런 넘나듦을 통해 스스로에 대해 물음을 던지고 성찰하게 된다면 그런 과정들이 작은 평화의 원형이 되는 것이다.
>
> 임영신,《출판저널》 2006년 12월호

내 사전에 포기란 없다

어찌어찌 A4 100장의 원고를 완성했다 치자. 원고를 출판사에 보낸다고 해서 덜컥 책으로 내줄까? 절대 그렇지 않다. 나 역시 인디라이터 초기에는 무식하게 열 군데, 스무 군데 출판사에 원고를 돌렸다. 나중에 출판 쪽에 인맥이 생기고 나서는 그 인맥을 통해 원고를 보내고 책을 냈다. 그러나 인맥이 있다고 해서 출판이 쉬운 것은 아니었다.

《세상에 꼭 하나뿐인 너를 위해》라는 책을 집필했을 때였다. 알음알음으로 열음사·바다출판사·청년사·문예당·중앙M&B 등 10여 개 출판사 관계자들을 만났다. 그러나 정작 책을 출간하겠다고 나서는 출판사는 없었다. 다음과 같은 이유에서였다.

> 첫째, 편집자가 거절한 경우(모 출판사 편집위원은 절친한 대학 선배였으나 '책을 출판할 수 없는 10가지 이유'란 이메일을 보내와 기를 죽였다. 정말 나 스스로에게 급 실망했었다)
>
> 둘째, 담당 편집자는 '좋다'고 했으나 내부 의견이 부적절한 경우
>
> 셋째, 편집자와 내부 의견 모두 좋았으나 출판사 대표가 반대한 경우

책 하나 출판하는 것이 매번 난산이었다. 중간에 포기해 버릴까 하는 생각도 했다. 첫 번째 경우의 선배는 메일에 "뭐 이런 걸 다 책으로 내려고 하냐? 너의 개인사 아니냐? 시시콜콜한 신변잡기를 들어 줄 독자들이 있을까? 이런 글은 너의 개인 기록이니 그냥 써두었다가 나중에 네 아들이 크면 읽어 주는 게 나을 것 같다."는 친절한 설명도 덧붙였다. 한마디로 이런 말이었다.

"너의 원고는 쓰레기다!"

하지만 나는 포기하지 않았다. 원고를 죽이기 싫었던 까닭도

있지만, 누군가 이런 식의 이야기를 원하는 사람도 있을 거라 생각했다. 결국 1년 넘게 출판사 섭외에 씨름하며 지칠 무렵 사회평론이란 출판사에서 연락이 왔다. "계약하자."고.

발행 부수가 많지는 않았지만, 책은 그해 백상출판문화상 최종 후보에까지 올랐다. 그것만으로도 그동안의 과정은 충분히 보상받은 셈이다.

고기를 낚는 귀를 가져라

귀는 안테나이면서 어망이다. 다양한 사람들을 만나다 보면 그들의 인생 이야기를 들을 수 있다. 그중에는 기발한 아이템도 있다. 그 아이템을 책으로 낼 수도 있다.

내가 진행했던 원고 중에 《너의 성공을 디자인하라》라는 것이 있다. 국제적인 헤드헌터인 S 씨를 만나 이런저런 이야기를 나누던 중 그의 이야기를 책으로 엮어내면 어떨까? 하는 생각이 떠올랐다. 그도 동의했고 함께 작업을 하게 됐다. 그 자리에 다른 사람들도 같이 있었지만 그들은 S 씨의 이야기를 책으로 낼 생각은 하지 못했다.

사업가는 길거리를 가다가도 '돈 벌 아이템'이 보인다고 한다. 인디라이터 역시 길거리를 가다가도 '책으로 쓸 아이템'이 보여야 한다. 늘 생각하라. 이런 걸 책으로 쓸 수 있을까? 이런 건 책으로 내면 재미있지 않을까? 이걸 어떻게 하면 책으로 만들 수 있을까? 등등.

난파선 인양 작업을 하는 사업가가 있다. 잘 아는 선배의 남편인데 남부럽지 않은 재산가다. 이 양반은 태풍 소식이 들리면 몸을 부르르 떨며 이렇게 말한다. "이번에 또 몇 척 빠질 거 같지 않냐?" 태풍이 세면 셀수록 좋아한다. 왜? 일거리가 생기니까. 돈을 벌게 되니까. 비즈니스를 하게 된다는 설렘 때문에 흥분되니까.

우리도 책으로 낼 '거리' 앞에서는 떨려야 한다. 나는 사람을 만나서 이야기하다 보면 가끔 떨리곤 한다. 예지 기능이 생긴 것이다. 야! 이건 책으로 되겠다는 생각이 뇌리를 스치면서 척추를 지나 대뇌부까지 전달되는 과정에 근육이 과잉 반응을 한다. 기실 그 최초의 떨림에서 한 권의 책은 시작된다. 그 떨림이야말로 자료 수집→ 집필→ 출판사 섭외→ 계약→ 디자인→ 교열·교정→ 인쇄→ 발행의 지난한 과정을 거쳐 한 권의 책을 탄생시키기까지 인디라이터를 버티게 하는 힘이다. 모두 떨어 보자. 부르르.

저자로서 경력을 쌓아라

사람들은 책을 살 때 디자인이나 출판사보다 저자에 대해 더 관심을 갖는다. 저자의 프로필은 책의 내용보다 중요하다. 독자와 저자가 처음 만나는 순간, 저자는 책의 내용에 앞서 프로필로 독자를 설득해야 한다.

활발하게 역사 관련 서적을 쏟아 내고 있는 이덕일, 주강현 등은 역사 전문가다. 한비야는 죽을 고생을 해가며 오지를 돈 끝에 사랑의 개념을 정립한 여행가이자 구호 전문가이고 유홍준은 문화재 전문가다. 일단 경력에서 편집자와 독자에게 신뢰를 주는 것이다. 오랜 세월을 두고 자신의 전문 분야를 뚜벅뚜벅 가야겠다는 결심을 해라. 지금 당장 책을 내지 못하더라도 언젠가는 자신의 이름이 새겨진 저서를 출판할 수 있을 것이다.

외로운 시간에 익숙해져라

고독은 즐길 만한 것이 못 된다. 하지만 인디라이터는 대부분의 일을 혼자 해야만 하므로 고독을 인정해야 한다. 동료와 같이 자료를 찾는다거나 쓸 거리를 찾기 위해 여행을 함께할 수는 있지만, 글은 혼자 써야 한다. 한 권의 책을 내기 위해서는 혼자 글 쓰는 그 긴 시간의 고독을 당연한 것으로 받아들일 줄 알아야 한다.

2007년, 방송 일로 김탁환을 만났을 때 나는 물었다. 작가 지망생에게 해주고 싶은 말은 없느냐고. 그는 "작가는 혼자 밥 먹을 줄 알아야 한다."고 답했다. 식사 때가 됐다고 일일이 같이 밥 먹을 사람 찾아 나서서는 글을 쓸 수 없다는 뜻이다(사업하는 사람은 늘 누군가와 함께 밥 먹을 줄 알아야 한다. 내 선배 사업가 한 사람은 한 때 저녁을 3번씩 먹곤 했다. 사업상 접대가 밀려서……).

그런 의미에서 축구 선수나 야구 선수는 축복받은 사람들이다. 그들은 훈련도 경기도 늘 다른 사람들과 함께한다. 적어도 그들은 일하면서 고독하지는 않다. 경기에서 져도 혼자만 욕먹지는 않는다. 다만 경기에 지고 나서 혼자서만 술을 마시면 욕을 먹거나 신고를 당하기도 한다(팀 성적이 좋지 않을 때는 더욱 조심할 것!).

잘 놀아야 한다

피카소는 말했다. "모든 아이는 예술가다. 문제는 어른이 되고 나서도 어떻게 예술가로 남아 있느냐 하는 것이다."라고. 잘 쓰고 잘 버티기 위해서는 즉 인디라이터로 책을 만들어 내기 위해서는 잘 놀아야 한다! 잘 논다는 것은 삶을 재미로 받아들인다는 뜻이다. 그 받아들임의 미학 속에서 호기심이 생기고 호기심의 충족 과정이 반복된다. 자발적인 지식욕과 정보 취합의 프로세스가 나타나는 것이다. 그러다 보면 어느새 한 아이템에 대해 준전문가 수준이 된다. 한 권의 책을 쓸 기초 체력이 자연스럽게 길러지는 셈이다. 그것도 슬슬 놀면서.

늘 재미있는 일, 새로운 놀잇감을 찾아보라. 그러다 보면 쓸 거리가 생긴다. 그 쓸 거리를 책으로 만들다 보면 그 과정이 또 흥미진진한 게임이 된다. 아니 책을 만들어 내지 못한들 어떠랴. 이미 한바탕 놀고 난 뒤인걸(문제는 놀기만 하고 쓰지 않는다는 것이다. 나나 여러분이나……).

놀이는 정의될 수 없다. 놀이 안에서 모든 정의는 길을 잃고 춤을 추고 합쳐지고 쪼개지기 때문이다. 아무리 힘든 노동이라도 즐기는 마음으로 하면 이는 놀이다. 놀이를 통해 우리는 사람, 동물, 사물, 아이디어, 이미지, 우리 자신과 새롭게 상호작용하는 방법을 발견한다. 놀이는 우리를 속박에서 해방하고 행동영역을 넓혀준다. 또 놀이는 자신의 능력을 재확인시키고 전례 없는 방식으로 그 능력을 사용하게 만든다.

스티븐 나흐마노비치, 《놀이, 마르지 않는 창조의 샘》

조금만 재미있어도 일을 놀이처럼 할 수 있다. 우리는 종종 놀이에서 발휘하는 상상력이 훌륭한 작품의 핵심을 이룬다는 것을 잊고 있다.

줄리아 카메론, 앞의 책

인디라이터의 작업 순서

❶ 아이템을 찾는다➡ 언제나 · 뜻밖에 · 느닷없이 · 골똘히 찾는다.

❷ 기획서를 쓴다➡ 기획서가 반이다.

❸ 시장 조사를 한다➡ 소비자(독자) 조사 · 서점(비슷한 저서에 대한) 조사를 한다.

❹ 정보를 찾는다➡ 자료를 모은다.

❺ 사진 혹은 그림을 모은다➡ 자기가 찍은 사진은 최고의 자산이다.

❻ 쓴다 ➡ 이제야 쓰는 것이다.

❼ 프로필 · 서문 · 에필로그 · 추천사 등을 받는다➡ 추천사는 출판사에서 대신 받아주기도 한다.

❽ 기획서를 출판사들에 돌린다➡ 거의 반응이 없을 것이다. 절망하지 마라.

❾ 한 출판사에서 '책으로 내자'는 연락이 오면 기뻐한다➡ 축하한다. 인디라이터로의 첫발을 내딛는 당신을!

❿ 출판사와 계약을 한다➡ 주의! 무턱대고 사인하지 마라.

⓫ 교정 · 교열을 한다➡ 편집자에 따라서는 당신의 원고를 개판 5분 전으로 고쳐 놓기도 한다.

⓬ 표지 디자인 등을 점검한다➡ 출판사의 일이지만 저자도 관여한다.

⓭ 책이 나온다➡ 내 이름이 박힌 책의 첫 장에 사인을 해서 사랑하는 사람에게 선물로 준다(단, 미리 그에게 물어 본다. 내가 책을 내서 유명해져도 날 버리지 않을 거지? 라고).

책 한 권을 내기 위해서 이런 긴 과정을 거쳐야 한다. 저자가 되려면 위의 과정 하나하나에 관여해야 한다. 그중에서도 가장 먼저 해야 할 일은?

아이템! 아이템! 아이템을 찾는 것이다.

꾸준히 하면
늘 수밖에 없다

1938년부터 2003년까지, 무려 65년 동안 100권의 작품을 써온 미국의 대표적인 그림책 작가 타샤 튜더는 이렇게 말했다.

> 내 삽화를 본 사람들은 "아, 본인의 창의력에 흠뻑 사로잡혀 계시는군요."라고 말한다. 말도 안 되는 소리. 난 상업적인 화가고, 쭉 책 작업을 한 것은 먹고살기 위해서였다. 내 집에 늑대가 얼씬대지 못하게 하고, 구근도 넉넉히 사기 위해서!
>
> 《행복한 사람 타샤 튜더》

그렇다. 타샤 튜더는 먹고살기 위해 글을 쓰고 그림을 그렸다. 그 덕에 버몬트에 30만 평에 이르는 대지를 사서 저택을 짓고 산다. 그녀의 정원은 놀랍다. 《타샤의 정원》에 실린 사진들은 하나하나가 영화의 한 장면 같다. 푸른 숲과 나무들, 꽃들, 사슴과 동물들, 그림 같은 집과 들판…… 그러므로 고상함 따위는 잊어라. 우리에게는 베스트셀러와 스테디셀러를 위한 헝그리 정신만이 있을 뿐이다. 그 헝그리 정신만이 우리에게 대지와 저택을 가져다 줄 것이다.

물론 돈이 전부는 아니다. 우리에게는 집필이 곧 자유요, 놀이요, 즐거움이다. 한비야의 경우를 보자. 세계 여행 책을 써서 돈은 돈대로 벌고 명예는 명예대로 차지하고, 결국 자기가 하고 싶은 일(세계 구호단체에 들어가서 봉사하는 것)을 하며 삶의 의미도 찾았다.

지금 이 책을 보는 당신에게 하나의 목표를 가지라고 말하고 싶다. 1년 안에 책을 한 권 낸다! 불가능한 것 같은가?

공병호 박사는 1997년부터 2008년까지 모두 103권의 책을 출간했다(네이버 북 검색, 역서 및 공저 포함). 1년에 평균 8.5권의 책을 낸 셈이다. 어느 해에는 12권을 낸 적도 있다. 그러면서 한 해 평균 100회의 강연을 소화해 낸다(공 박사는 혹시 책을 내는 사이 보그 아닐까?).

이지성 씨도 대단한 다작 작가다. 2007년에 11권, 2008년에 10권의 책을 냈다. 미술사학자 노성두 씨는 1994년부터 2008년까지 70여 권의 책을 냈는데 2006년에만 12권의 역서를 출간했다

(아! 이런 분들은 정말 써로게이트Surrogates—인간의 일을 대신해 주는 로봇—일지 모른다……).

시나리오를 쓰는 사람은 '1년에 시나리오 한 편씩 쓴다'는 목표를 이루기가 매우 어렵다. 시나리오만 썼다고 전부가 아니기 때문이다. 시나리오가 영화화되기까지는 100가지의 난관이 기다리고 있다. 좋은 시나리오조차도 영화화되지 못하는 경우는 허다하다. 그중 가장 흔한 것이 돈 문제다. 제작비를 댈 수 없어 중간에 엎어지는 것이다. 그 외에 감독 선정, 캐스팅, 영화사 도산 등등 수많은 이유가 있다(나도 엎어지는 영화에 출연해서 출연료도 못 받은 적이 몇 번 있다).

그에 비하면 좋은 원고가 책으로 나오는 것은 훨씬 쉽다. 제작 기간도 짧고 제작비도 적게 들고 제작에 따르는 결정 과정도 단일, 단순하다. 내 책《물속에서 아이를 낳으시겠다구요?》의 경우에는 원고와 사진을 출판사에 넘기고 나서 딱 열흘 만에 책을 받아 보았다.

글쓰기를 취미이자 특기로 만들어라

쓰는 게 즐겁고 행복해야 한다. '한 장의 원고지를 메우는 작가의 피를 토하는 고통……' 이런 건 시인이나 소설가의 몫이다. 인디라이터는 '글을 쓰는 동안 자유롭고 글쓰기를 통해 오르가

슴을 느끼는 사람'이어야 한다. 글쓰기가 지겹거나 어렵다고 느낀다면? 쓰지 않으면 된다.

제대로 된 글이 나오기까지는 오랜 시간이 걸린다. 일단 하고 싶은 말을 써라. 컴퓨터를 켜고 한 자 한 자 써보라. 일단 쓰기 시작하면 멈추지 마라. 글이 잘 써질 때는 약속도 하지 마라. 일단 양이 풍부해야 질도 나아지기 때문이다. 무조건 쓰고 봐야 하는 것이다.

물론 그렇게 쓴 글들은 다시 고쳐야 한다. 미국의 법률가 루이스 브랜다이즈는 이렇게 말했다.

"There is no such things as good writing, only good rewriting(한 번에 좋은 글을 쓴다는 건 말도 안 된다. 고쳐 써야만 좋은 글이 나온다).

미국 작가 제임스 미치너는 'I'm not a very good writer, but I'm an excellent rewriter(나는 별로 좋은 작가가 아니다. 다만 남보다 자주 고쳐 쓸 뿐이다)."라고 말했다.

재미있는 글쓰기, 유쾌한 글쓰기를 위해서는 뻔뻔하게 써야 한다. 문학평론에서는 뻔뻔함을 '진정성'이라고 한다. 스스로 놀랄 정도로 뻔뻔해지면 진솔하고 활력이 넘치는 글이 나온다. 이런 글은 독자를 지루하게 하지 않는다.

글쓰기의 첫 번째 규칙은 '읽는 사람을 지루하게 하지 마라'다. 두 번째 규칙은 '독자를 지루하게 하지 마라'. 세 번째 규칙은 '읽는

사람을 지겹게 하지 마라' 다. 자, 이제 넷째 규칙도 짐작할 수 있
겠지?

데릭 젠슨,《네 멋대로 써라》

매일 써야 한다

매일 A4 1장 정도를 써라. 말이 되든 안 되든 써봐라. '수벽' 이
란 전통 무예가 있다. 수벽은 태권도의 원조격으로 태견 무형문
화재 신한승 선생의 수제자 육태안 님이 일가를 이룬 우리의 무
술이다. 나는 육태안 선생에게 직접 지도를 받아 전인傳人(태권도
로 말하면 유단자)의 인수를 받았다(대련 신청은 정중히 사양한다).

육태안 선생은 수벽을 하기 전 합기도 8단의 고수로서 '무사가
되자' 는 마음으로 홀연히 계룡산에서 수도하다가 신한승 선생을
만나 태견을 전수받았다. 육태안 선생 가라사대 "매일 당수가 천
기술을 이긴다."고 했다. 오래 동안 당수 기술 하나만 연마한 사
람이 1,000가지 기술을 가진 사람을 만났다 치자. 1,000가지 기
술을 가진 사람이 '이놈을 어떤 기술로 패줄까?' 생각하는 동안
당수 한 방을 날려서 1,000가지 기술 가진 놈을 쓰러뜨린다는 거
다. 의미는 좀 다르지만 글쓰기도 이와 비슷하다.

인디라이터에게 중요한 질문은 왜 쓰는가가 아니다. 무엇을 쓸

것인가 또는 어떻게 쓸 것인가도 아니다. '지금 쓰고 있는가?' 이다. 실존은 언제나 본질에 앞선다.

일어나자마자 뭐든 써라. 이루고 싶은 꿈, 미래 희망, 버려야 할 버릇, 어젯밤 생각, 앞으로 쓰게 될 책에 보충할 내용, 기발한 아이디어라고 생각하는 것 등등. 이런 끼적임은 나중에 좋은 글을 쓰기 위한 재료가 된다. 좋은 글은 어느 날 하늘에서 떨어지는 것이 아니다. 말도 안 되는 끼적임이 모이고 모여서 만들어지는 것이다. 쓰는 시간은 10분이면 족하다.

이렇게 쓰고 나면 자신도 모르게 기분이 좋아질 것이다. 내용은 상관없다. 책에 수록할 수 있든 없든, 단지 하루의 시작을 가장 좋아하는 일로 열었다는 사실이 스스로를 즐겁게 할 것이다.

장문을 써라

주제를 하나 정해 놓고 A4 용지 100장 정도 되는 글을 써보라. 요즘은 활자가 큰 책들을 내기 때문에 책 한 권을 내기 위해 필요한 텍스트 양이 A4 100장이다. 사진 자료가 많다면 그보다 훨씬 적은 양의 원고로도 책을 낼 수 있다.

우리 지방의 맛집이라는 주제를 정해 놓고 자신이 가는 식당들에 대해서 써봐라. 서울의 박물관들, 부산의 공원들, 만화책 50 선, 내가 들은 가장 황당한 이야기, 게임의 역사, 수도권의 데이트

하기 좋은 사찰 등등, 말이 되든 안 되든 100장을 써봐라.

일단 원고가 완성된다면 당신은 예비 저자로서 한 단계 올라서게 된다. 그 이전과 이후는 다르다.

문학은 기본이다

시집과 소설, 에세이를 합하여 문학 도서 100권을 읽어라. 1년 동안 꾸준히. 처음 읽는 사람들은 민음사나 창비의 시선집부터 읽기 시작해라. 김훈·신경숙·공지영·한강·조경란·이승우 등의 소설을 골라 읽어라. 류시화·이해인·도종환의 산문을 구입해 독파해라. 당신의 글쓰기에 큰 도움이 될 것이다.

21세기에 남아 있을 것 같지 않은 취미인 '독서'를 좋아하는 사람은 일주일에 한 권 이상 책을 읽는다. 한 대학 후배가 한 달에 20권 가까운 책을 구해 읽는 걸 봤다. 이런 독자들을 생각하면 등골이 오싹하다. 매일 쏟아지는 신간 중에 어떤 책을 골라 읽어야 할지, 일주일에 2~3권을 읽어야 하는 것은 아닌지, 하루 이틀 책 읽기를 게을리하면 시대에 뒤떨어지는 것은 아닌지 근심이 된다.

정말 시간이 없다면, 세상 사람들이 한 달에 한 권 정도만 책을 읽게 해달라고 기도해라. 그렇게 된다면 글을 쓰는 사람들도 지금보다 책을 훨씬 덜 읽고도 책을 낼 수 있다(요즘 내가 하는 기도 중에 하나다).

틈새를 노려라

남들이 쓰지 않는 것, 쓰지 못하는 것을 써라. 남들이 다 쓰는 것은 빨리 접어라. 도전 정신을 가지고 달려들어라. 하이에나처럼 물고 늘어져라. 남들이 쉽게 생각하지 못하는 아이디어를 끄집어내라. 남들이 너무 가볍거나 무겁다고 생각하는 것, 남들은 당연하다고 생각하는 것, 남들이 전혀 생각해 내지 못하는 것 등에 대해 과감하게 도전해라. 다른 이들이 겉모습만 보는 아이템에 대해서는 현미경을 들이대고 해부하지 않는 것들에 대해서는 메스를 들어야 한다.

글쓰기 3계명

1. 쓰기 시작했으면 멈추지 말고 끝까지 써라

맞춤법은 맞나? 이게 말이 되나? 순서가 맞나? 이거부터 쓰는 게 아닌데……, 이걸 글이라고 썼나?

쓰기 시작하면 별의별 생각이 다 떠오른다. 그러나 일단 쓰기 시작했으면 거침없이 끝까지 써 내려가라. 구성은 나중에 해도 된다. 영화를 찍을 때 촬영장에서 상세한 편집을 하지 않는다. 일단 다 찍어 놓고 나서 편집을 하는 것이다. 글도 마찬가지다. 우선은 무작위로 쓴다. 원고 분량을 다 채우고 나서 목차를 다시 써도 아무도 시비 걸지 않는다.

조사 하나 때문에 밤새 끙끙거려 봐야 아무도 알아주지 않는다. 내가 샤또(성)의 주인이라면, 일단 내 까브(지하 와인 저장고)에 다양한 와인이 가득 들어차 있어야 한다. 그래야 손님이 오면 취향에 맞춰 서빙을 하거나 판매할 수 있다. '난 그렇게 못해. 우리 집엔 메를로 단일 품종으로 만든 최고급 와인 페트러스 딱 10병 밖에 없어.' 라는 생각을 고집한다면 돈이 조금밖에 없는 손님이 왔을 땐 팔 수조차 없다.

무엇이든 파일을 채워 놓으면 출판사나 편집자의 스타일에 맞게 원고를 내놓을 수가 있다.

2. 글감 노트, 글 재료집을 만들어라

아이디어는 적어 놓지 않으면 달아나 버린다. 늘 쓸 재료들을 메모해야 한다. 글감 노트를 만들어서 앞으로 무엇을 쓸 것인가에 대해 적어 놔라. 하나의 아이템에 대해 쓰고 있는 도중에도 다른 아이템에 대한 아이디어는 수시로 떠오르게 마련이다. 그때그때 자기만의 글 재료집에 보관하거나 PC 혹은 책상 앞의 잘 보이는 곳에 눈에 띄게 붙여 놓도록 한다. 자다가도 아이디어가 떠오르면 반드시 일어나서 적어 놔라. 다음 날 아침이 되면 생각들은 없어져 버린다. 사라진 편린을 찾아 뇌 속의 길들을 헤매는 동안, 최소한 뇌세포 수천 개는 전사한다.

3. 일주일에 하루는 글 근육을 쉬게 하라

10시간씩 컴퓨터를 들여다보고 있으면 눈이 빠질 듯 아픈 적이 한두 번이 아니다. 이럴 때는 컴퓨터를 끄고 밖으로 나가라.

김훈은 아침 일찍 글쓰기 전에 오늘은 도저히 안 되겠다, 싶으면 바로 자전거를 타러 나간다. 심산은 배낭을 메고 산으로 훌쩍 떠난다. 내 후배 한 사람은 게임을 한바탕한다(매일 게임부터 해서 문제지만).

무엇이든 좋다. 영화를 보든 책을 읽든 미술관이나 박물관을 가든. 그러나 TV나 게임에는 너무 매달리지 마라. 눈을 혹사시키기 때문이다. 영화나 책 역시 눈 운동이 필요하므로 썩 권하고 싶지는 않다. 대신 등산을 하든가, 공원을 산책하든가 달리기 · 자전거 · 수영 같은 활동을 해라. 그렇게 바람을 쐬고 나면 다시 쓰고 싶은 에너지가 생긴다.

배우 생활을 하는 사람들은 몸의 신호에 예민하다. 자기 관리가 습관화되어 있다. 몸이 "이제 배터리가 거의 방전되었거든! 충전시켜 줘."라고 말하면 만사를 제쳐 놓고 쉰다. 일단 늘어지게 잠을 자고 나서 가벼운 운동을 하고 하루나 이틀 스스로에게 휴가를 준다. 휴대전화도 꺼놓고 친구들도 만나지 않는다. 지방으로 훌쩍 떠나 버리거나 온천에 가서 하루 종일 몸을 담그고 있곤 한다(아, 나도 배우 생활만 하게 해다오).

대부분의 사람들은 육체가 "충전 필요!"라는 신호를 보내도 무리하게 일을 계속한다. 사실 우리 몸은 수시로 신호를 보낸다. 게을러지라는 신호다. 하지만 욕망이라는 괴물은 늘 그 신호를 무시하고 얼마 남지도 않은 배터리로 자꾸 몸을 혹사하게 만든다.

그러다 어느 날 갑자기 뚝! 하고 배터리가 나가 버린다. 그때는 충전하려 해도 할 방법이 없다. 우리 몸은 차량용 배터리와는 다르다. 한 번 기능이 정지해 버리면 보험회사의 긴급 구조차가 와서 전선을 연결해도 되살아나지 않는다.

Chapter 2
재료 준비 이렇게 하자

가장 훌륭한 시는,
아직 써지지 않았다.
~나짐 히크메트~

내 블로그로
글 재료 만들기

블로그를 운영하는 사람들은 이미 한 권을 책을 만들기 위한 충분한 재료를 갖고 있는 셈이다. 그러나 블로그식 글쓰기와 책을 위한 글쓰기는 다르다.

가장 좋은 책은 좋은 내용을 가진 책이다. 보통 콘텐츠Contents란 말로 표현하는 이 내용들은 그러나, 버무리지 않으면 안 된다. 버무림의 기술은 콘셉트Concept라고 한다. 콘셉트는 뭘까? 영어사전 풀이는 개념이다. 인디라이터에게 콘셉트란 '그래서 당신은 무슨 말을 하고 싶은 겁니까?'에 대한 대답이다.

블로그에 올리는 글과 책이 되어 나오는 글의 가장 큰 차이는 바로 이것이다. 콘셉트가 있느냐 없느냐. 블로그에 올리는 글은 대부분 아무 생각 없이 올리는 글이다. 왜 우리는 아무 생각없이 글을 올릴까? 블로그를 이용하는 사람들의 뇌 속에 개념이라는 프로그램이 장착되어 있지 않아서이기도 하지만(필자 포함), 블로그가 현대인의 확장된 다이어리이기 때문이기도 하다. 일기는 누군가 보지 않는 것을 전제로 쓴다(일기나 비밀에 대한 가장 기발한 명언은 영국의 정신분석학자 도널드 위니콧이 한 말이다―숨겨지는 것은 재미있지만, 아무에게도 발견되지 않는다는 것은 불행한 일이다).

블로그에 올리는 글이 책이 되어 나오려면 '저자의 할 말'이 명확해야 한다. 흔히 "콘셉트가 있다 없다."라는 말을 하는데 저자의 할 말이 확실할수록 콘셉트는 뚜렷해진다.

하고픈 말이 뭐요?

인도 불가촉천민 지역의 차 농장에서 석 달 동안 일하고 돌아온 강남 아줌마(자칭 골드 미시) 김영자 님의 예를 들어 보자. 《아쌈 차차茶》의 저자인 김영자 님은 인도에서 돌아오자마자 엄청난 양의 글을 블로그에 올렸다. 한 달 만에 A4 용지 100장의 원고가 됐다. 어느 날, 그는 내게 이 원고를 들고 왔다. 내용은 흥미로웠다. 아쌈 지방의 차 농사에 얽힌 역사와 문화, 인도에서 만난 친구들, 차 노동자들의 애환, 여인네들의 피폐한 삶 등이 저자 특유의 문체에 녹아 있었다. 그런데 2퍼센트 부족했다. 그 2퍼센트가 뭐였을까? 한 달 동안 그와 함께 고민한 끝에 물었다.

"그래서, 하고 싶은 말이 뭡니까?"

"……."

두 달 뒤에 다시 물었다.

"하고 싶은 말이 뭡니까?"

"……."

6개월쯤 뒤, 가장 악랄한 공산당 기관원이 되어 다시 그를 취조했다.

"김영자 동무! 도대체 하고 싶은 말이 뭐시기요? 날래 대답하라우!"

"(완전 졸아들어) 아쌈 여자들이 불쌍해요……. 이 사실을 사람들이 좀 알았으면 좋겠어요."

"그 보라우! 할 말 있지 않소! 그럼 이제부터 아쌈 애미나이들이 불쌍하다는 마음을 진득허니 품고서리 원고를 다시 써보시라요!"

김영자 님은 콘텐츠를 처음부터 다시 버무려 나갔다. 얼마 후 보여 준 원고는 완전히 달라져 있었다. 아무 생각 없이 일기를 쓰듯 스케치했던 흑백의 원고는 색깔이 뚜렷한 아크릴화로 변신해 있었다. 아쌈 여인들에 대한 동정과 연민이 원고를 관통하고 있었다. 저자가 자기 목소리를 가지는 순간이었다.

극단적으로 말하면 글을 잘 못 써도 된다. 문체 따위는 아무래도 상관없다. 내세울 프로필이 없어도 괜찮다. 자기 목소리만 있으면 된다. 쓰는 사람이 무슨 말을 하려는지 무슨 말을 하고 있는지 정확히만 알고 있으면 된다. 저자의 중심이 확실하게 서 있어야 하는 것이다. 나머지 문체와 경력과 필력과 기획 등은 저자의 중심을 위해 복무한다.

이게 책을 위한 글을 쓰는 사람에게 가장 필요한 것이다. 일관된 목표, 중심이 되는 생각, 300쪽짜리 종이 뭉치를 돈 주고 살 미래의 소비자에게 보여 주고 싶고 들려주고 싶은 핵심적인 의도! 이게 없으면 소용이 없다. 프로필이 아무리 화려해도 돈이 아무리 많아도 구구절절 1,000장의 원고를 썼다 해도 '하고 싶은 말'이 없으면 알맹이가 없으면 목적이 분명치 않으면, 책을 낼 수 없다는 말이다.

하고 싶은 말이 뭔지 스스로도 모르겠다고? 그럼 나도 당신이 하고 싶은 말을 알려 줄 수 없다. 어떤 선생도 당신이 하고 싶은 말을 가르쳐 줄 수는 없다. 나이지리아 작가 치누아 아체베가 말했다. "Nobody can teach me who I am(내가 누구인지는 남이 가르쳐 줄 수 없다)."

당신이 하고 싶은 말은 당신이 찾아야 한다. 남에게 물어선 안 된다. 그러게 저 유명한 유행가 가사가 존재하는 것 아니겠는가? 내가 나를 모르는데 난들 너를 알겠느냐……

블로그 글과 책 글의 차이

　많은 사람들이 블로그를 운영하고 블로그에 사진을 올리고 블로그에 글을 쓴다. 그러나! 블로그 글이 곧 책 글이 되는 것은 아니다. 블로그 글과 책이 될 글의 가장 큰 차이점은 바로 에디팅 Editing이다. 블로그 글은, 내가 올리고 내가 만족하고 내가 소비하는 것이다. 좀 서툴게 올렸다고 해서 욕하거나 비난하는 사람은 없다.

　블로그의 댓글과 그 댓글을 쓴 사람의 속마음을 보라.

　└ 와, 로진님. 짱이예요. 정말 글 좋네요(이런 걸 글이라고 썼어요?).

　└ 나도 유럽 배낭여행 가고 싶어용(너 여행 갔다 왔다고 자랑질이냐?).

　└ 저런 가방 어디서 사요? 색깔 너무 화려하다(진짜 촌스럽네. 나 같으면 줘도 안 가져).

　└ 애인 진짜 미인이시다(제 눈에 안경. 성형한 티 확 난다).

　└ 사진 속 님들이 모두 토끼 눈이 되셨네요~ (적목 방지 기능도 모르냐? 디카 어디 거야?)

　└ 글 속의 카페 어디 있는지 자세히 좀 알려 주세요(위치가 어디야? 가 보긴 한 건가?).

　└ 이런 묘사란! 너무 귀엽네요(글 진짜 유치하게 쓰는구만……).

　댓글을 올리는 사람들은 왜 저렇게 예의바르고 바른생활만 하

는 남녀들일까(일부 악성 댓글만 올리는 사이코는 제외하고)? 블로그
의 글 자체가 상품이 아니기 때문이다. 블로그의 글이 책으로 만
들어져서 상품으로 되려면 많은 단계를 거쳐야 한다. 블로그 글
쓰기는 바로 수익을 내는 행위가 아니다. 만약 우리가 블로그에
올리는 글 하나하나에 따라 통장 잔액이 오락가락한다면? 블로그
에 다는 댓글의 정확성에 따라 댓글 다는 사람에게 보수가 지급
된다면? 아마 예의는 걷어치우고 직접적이고 비판적이며 상처를
남기는 날카로운 언어의 칼춤이 난무할 것이다. 최근 블로그를
통해 광고도 하고, 블로그에 글을 써서 돈을 버는 사람도 있긴 하
다(그러나 댓글 올리기가 직업인 사람은 없다).

　난 그냥 바른생활 청춘으로 살련다…… 라고 생각한다면 아무
상관없다. 지금처럼 나긋나긋한 글을 올리고 방긋방긋한 댓글을
보며 좋아라 하면 된다. 그렇게 한다고 아무에게도 피해가 돌아
가지 않는다. 오히려 쓰는 자와 보는 자 모두에게 소소한 행복을
준다. 그럼 됐다. 이제 책을 덮자. 블로그에 글을 올리자. 그리고
댓글을 기다리자. 와우, 글 너무 멋져요…….

　그게 아니라면, 당신이 쓴 글로 책을 한 권 내고 싶다면 당신의
글은 달라져야 한다. 더 멋있게 달라져야 한다. 더 재미있게 변해
야 한다. 더 날카롭게(엣지있게!) 다듬어져야 한다.

　책을 위한 글을 쓰기 위해 가장 필요한 것은 에디팅이다. 편집
이란 말이다. 편집하는 사람을 에디터Editor(편집자)라고 한다. 블
로그 글에는 편집자가 없다. 위에서 말했듯 매너 남녀만 있을 뿐

이다. 책을 위한 글에는 편집자가 있다. 책을 만드는 편집자는 한 권의 책을 기획하고 한 권의 책의 개념을 세우고 한 권의 책을 위해 원고를 파헤치고, 결국 한 권의 책을 위해 원고를 재구성하는 사람이다.

이 사람들 하는 일이 남의 원고 보는 일이다. 프로다. 원고 보는 일에 목숨까진 안 걸어도 월급봉투는 걸어 놓는다(현대 사회에선 그게 그거다). 편집자는 저자에게 결코 듣기 좋은 소리만 하지 않는다. 그러다 자기가 잘리기 때문이다. 할 말은 꼭 한다. 우리의 원고를 한 권의 좋은 책으로 만들기 위해서다. 그들의 말은 정확하다(인간성은 별개 문제지만). 그러므로 당신만의 편집자를 가져라. 그게 '내 책 쓰는 글쓰기'를 위한 첫 번째 할 일이다.

WANTED! 나만의 편집자

내 블로그 만을 위한 편집자, 나만의 편집자를 구하려면? 출판사에서 편집자로 일하는 사람을 내 블로그 편집자로 만든다면 더 바랄 게 없다. 그러나…… 그건 헌팅에서 성공하려면 포르쉐 오픈카를 타면 된다는 말과 같다. 다음과 같은 사람이 나만의 편집자가 되면 좋을 것이다.

① 편집 경력을 가진 사람, 출판 관련 일을 해본 사람

② 기자나 작가 등 글을 쓰는 일을 해본 사람

③ 문학을 전공한 사람

④ 파워 블로거(블로그 내용을 책으로 내본 경력이 있으면 더 좋다)

⑤ 책을 좋아하고 많이 읽어 본 사람, 글쓰기에 관심 있는 사람

이런 편집자를 어떻게 구할까? 여기서부터는 사업가의 영역이다. 왕도가 없다. 아쉽게도 아직까지는 '스마트한 편집자와 쭉빵 블로거 커플 연결 회사' 같은 건 없다. 모든 수단과 방법을 동원해라. 선후배와 가족과 친지를 동원해라. 인맥 관리 사이트를 이용해라.

나만의 편집자를 구했다면? 그를 '관리' 하라. 밥도 사고 술도 사고 고기도 사라. 생일이 되면 잔치도 열어 주고 선물도 주어라. 영화도 보고 연극도 봐라(이러다 결국 나만의 편집자와 사귀게 되는 거 아닌가? 음……).

나만의 편집자에게 당신이 바랄 것은? 단 한 가지! 당신이 블로그에 올리는 글에 대한 진솔하고 발전적인 비평(그러므로 접대를 너무 심하게 하지는 말 것. 접대에 눈이 먼 편집자가 당신의 글에 대해 무조건 별 다섯 개를 붙일 수 있음. 염불보다 잿밥이라나……).

제대로 된 편집자를 만나는 건 어렵다. 사실 나만의 편집자를 만나는 것이 '블로그로 책 내기' 의 시작이자 끝이다.

두려움 없애기

책을 내려는 사람이 갖는 두려움은 다음과 같은 것들이다.

　세상에 책은 너무 많아!

맞다. 그러나 당신이 내려는 책은 없다. 이 단계에서 포기한다면 당신은 아무것도 하지 못한다.

　이런 책은 이미 있을 거야!

아니 아직 없다. 당신이 써야 한다. 그러나 원고를 써놓고 보니 이런 일이 생긴다.

　이런, 그새 비슷한 책이 나왔네!

그럴 수도 있다. 괜찮다. 그건 당신이 쓴 책이 아니다. 비빔밥은 전국 어디에나 있다. 그렇다고 당신이 비빔밥 집을 하나 더 내지 말란 법은 없다. 더 맛있게 만들면 된다.

〈로렌조 오일〉이란 영화가 있다. 영화의 내용은 이렇다.

　오돈 부부에게 로렌조라는 다섯 살 난 아들이 있다. 아이는 ALD라는 불치병에 걸린다. 당시 의료계는 이 병의 원인도 치료법도 모르는 상태였다. 근육이 서서히 마비되어 수년 동안 식물인간인 채로 지내다 죽어가는 끔찍한 병이었다. 그저 아이가 죽어 가는 모습을 지켜볼 것인가? 부부는 ALD에 대해 연구하기 시작했다. 그때까지 어느 의사도 이 병을 연구하지 않았다. 희귀병인 데다 연구비가 없다는 이유 때문이었다. 부부는 의사가 아니었음에도 밤을 새워 공부한다.

이들은 우연히 폴란드 의학지에서 로렌조의 병과 비슷한 증세를 가진 쥐에 대한 실험 기사를 발견하고 이를 연구한 의사를 어렵게 설득, 해결책을 발견한다. 올리브유에서 추출한 순수한 기름을 몸속에 주입하면 ALD의 원인이 사라진다는 것이다. 결국 아이가 병에서 나았음은 물론이고 다른 사람들도 이 '로렌조 오일'을 복용하고 병을 고치게 된다.

로렌조 부모는 '내가 아니면 우리 아들을 살릴 사람이 이 지구상에는 아무도 없다. 심지어 그가 노벨의학상 수상자라 해도'라는 절박한 마음을 갖고 있었다. 당신도 당신의 블로그에 대해 이런 생각을 품기 바란다. 아니 당신이 로렌조 부모가 아니라 해도 당신이 블로그에 쓴 글을 살릴, 책으로 낼 사람은 당신밖에 없다. 이제부터 블로그에 쓰는 글을 한 권의 책을 쓰기 위한 글로 바꿔보자.

블로그에 무엇을 쓸 것인가?

지금까지 다양한 이야기를 블로그에 올렸다면 이제 한 가지의 아이템을 정해 보자. 책을 내려면 일정 기간 만이라도 한 가지 주제를 정해 놓고 써야 한다. 이때 제일 먼저 부딪히는 문제는 이것이다. 어떤 내용의 책을 만들 것인가? 사실 해답은 '무한'이다. 요리 · 여행 · 인테리어 · 레저 · 스포츠 같은 취미 생활부터 창업이나 부동산 관련 분야, 자신만의 처세 혹은 직장 생활 노하우, IT 관련 소재, 어린이, 나아가 정치 · 경제 · 사회 · 문화 · 예술 등등. 이 분야들의 조합과 이종교배도 물론 가능하다.

이런 제목의 책이 나올 수 있다. 된장에 미친 된장녀—쇼핑하다 진짜 된장 만들기에 매달려 명품 된장 만든 여자 이야기, 상모 돌리는 유 상무—대기업 임원으로 근무하다 사물놀이 패에 들어가 열심히 상모돌리기를 하는 저자의 우리 문화 사랑 이야기, 불가촉천민은 접촉 되나 안 되나—잘나가던 강남 아줌마의 인도 아쌈 홍차밭 노동 이야기, 카페에서 커피 팔면서 카피 쓰기—프리랜서 카피라이터의 홍대 카페 창업기, 게임 잘하면 인생 게임 끝—게임 그래픽 담당자의 게임 이야기, 빠리 가이드하다 빠릿빠릿한 남자 만나기—파리에서 가이드하다 연인을 만나 결혼까지 한 개그 작가 이야기 ……

개그 같다고? 위에 든 예 중 몇몇은 실제 인디라이터들이 출간한 책에 대한 설명이다(진짜 책 제목은 다르지만). 결론은 무엇에 대해서든 쓸 수 있다는 것이다. 당신이 가진 것이 무엇이든 당신은 쓸 수 있다. 당신이 살아온 인생을 내게 보여 다오. 그럼 당신이 무엇에 대해 써야 하는지를 말해 주겠다.

아이템을 찾기 전에

책 쓰는 글쓰기를 하기 전에 염두에 둘 것이 있다. 바로 '업데이트' 다. 책을 위한 글은 한 번 쓰고 마는 것이 아니다. 1~10년에 한 번씩 업데이트(재판이나 개정판 등을 발행할 때)를 해야 한다. 여기 3권의 책이 있다.

에릭 칼의 《배고픈 애벌레》. 1969년 초판 발행 이후 전 세계 30개국에서 번역 출판되었으며, 2,000만 권 이상 판매됐다. 지금도 여전히 팔리고 있다. 이 책을 읽은 독자(주로 어린이와 어머니)들이 에릭 칼의 다른 책들을 열심히 사준 것은 물론이다. 내용은 애벌레의 일생이다. 애벌레의 일생은 40년 전이나 지금이나 똑같다. 저자가 글을 쓰고 그림을 그릴 때인 1969년 당시 애벌레와 지금의 애벌레가 많이 다를까? 혹 21세기의 애벌레는 유전자 조작 농산물을 먹고 더 진화했을까? 아니다. 변한 게 없다. 업데이트도 필요 없다. 계속 찍어 내기만 하면 된다. 판은 갈 필요 없고, 쇄만 거듭되는 것이다.

앤서니 윌슨의 《트랜스포트—A 비주얼 히스토리》. 이 책은 어린이 도서로 유명한 영국의 돌링 킨더슬리사에서 나온, 사진으로 보는 운송수단의 역사이다. 맨 마지막 부분을 보면 "1994년—세계 최대의 홍콩 국제공항이 완성되었다."라고 쓰여 있다. 이 기록은 이미 1998년에 말레이시아 쿠알라룸푸르 국제공항이 완성되면서 깨졌다. 암스테르담 스키폴 · 인천 · 두바이 등의 국제공항이 확장해 가면서 언제 또 순위가 바뀔지 모른다. 이런 책은 5년에 한 번씩 업데이트해 주어야 한다.

사비에르 치미츠가 쓴《포뮬러 1 모터 레이싱》. F-1대회에 얼마나 많은 사람이 참가하고 얼마나 첨단의 기술이 동원되며, 어느 국가가 몇 번 대회를 개최했고 어느 드라이버가 몇 번 우승했는가 하는 내용으로 꾸며져 있다. 이런 책은 1년마다 업데이트해야 한다. 자동차 산업이 그만큼 빨리 발전하기 때문이다.

같은 아이템을 놓고 고민한다면《배고픈 애벌레》류가 훨씬 효율적이다. 업데이트가 필요한 책을 쓰기 위해서는 그 분야에 끊임없이 관심을 가져야 한다. 자동차에 늘 관심을 가지고 있어야만 F-1대회에 대한 책을 쓰고 매년 업데이트할 수 있다(물론 그책이 초판 발행으로 끝나 버리면 업데이트할 필요도 없지만).

아이템을 정할 때는 항상 '지속 가능한 콘텐츠인가?' 하는 것을 염두에 두어야 한다. 그 지속 가능 시간은 5년 정도로 잡는다(5년은 단행본 출판 계약 기간의 단위이기도 하다). 여행기를 올릴 때도 어떤 곳의 화장실은 매우 깨끗했다는 식의 기술은 피해라. 화장실의 청결도는 하루하루가 다르기 때문이다. 반면 그곳의 단풍은

색이 붉기로 유명하다는 식의 내용은 가능하다. 단풍의 색깔은 5년 전이나 지금이나 크게 다르지 않기 때문이다.

눈 씻고 아이템 찾기

아이템이 없다고? 술만 마셔도 책이 한 권 나온다. 2006년 뉴욕타임즈 베스트셀러인 《지옥에서도 맥주를 마실 거야 I Hope They Serve Beer in Hell》란 책을 보자. 이 책을 쓴 터커 맥스는 술과 관련된 파워 블로거였다. 그는 듀크대학교 법학과 박사과정을 졸업한 인텔라치(?) 작가다(인텔라치란 인텔리면서 양아치란 뜻이다).

그의 취미는 술 마시기다. 그것도 지겹도록 매일, 엄청나게 마시기다. 어느 날 그는 음주측정기로 혈중 알콜 농도를 재가며 술을 마신다.

......

오후 9시 10분, 보드카 한 잔을 마셨다. 알콜 농도는 나타나지 않는다. 서른을 훨씬 넘은 것 같은 유대인 아줌마들이 날 쳐다본다. 둘 다 뽕브라를 했다. 술을 빨리 마시기 시작했다.

9시 40분, 혈중 알콜 농도 0.05. 슬슬 취기가 오른다.

10시 26분, 0.09를 기록했다. 의학적으로 0.35가 넘으면 대부분의 사람이 죽는다.

10시 30분, 부드러운 데킬라를 마셨다. 마시고 또 마셨다.

11시 14분, 0.15. 바 주위의 사람들에게 음주측정기를 보여 주었다. 사람들이 놀라는 눈치였다. 또 마셨다. 유대인 여자 둘이 말을 건다. 이렇게 예뻤나?

12시 18분, 0.20 기록! 남자들은 환호성을 지르고 여자들은 나를 열망하는 눈치였다. 신이라도 된 것 같았다. 더 마셨다.

12시 31분, 누군가 내 측정기를 불었다. 0.22! 나에게 도전한다는 의미로 받아들였다. 나도 마셨다.

12시 54분, 나도 0.22를 기록했다!

12시 54분, 0.24!

1시 10분, 먹은 걸 다 토해 냈다. 밖으로 나왔다.

1시 11분, 나뭇가지 위에 쓰러졌다. 다시 토하기 시작했다.

1시 14분, 다리가 왜 이렇게 아픈 건지 모르겠다. 피가 난다.

1시 24분, 내 바지가 어디 갔지?…….

아침 8시 15분, 생선 썩는 냄새에 눈을 떠 보니 내 차 안이었다…… (나는 차 안에도 토해 놨다. 독자들이여, 제발 이런 짓은 하지 마라……)

맥스는 학창시절부터 박사학위를 딴 이후까지 겪은 술과 관계된 모든 걸 적는다. 남자라면 누구나 겪어 봤을 만한 이야기들이 등장한다. 그는 술만 마시면 개가 된다. 경찰서에 끌려가기도 하고 여자 친구에게 뺨도 맞는다. 노상 방뇨는 일도 아니다. 가끔 엘리트적인 반성이 엿보이지만 대부분 양아치 같은 언행으로 채워져 있다. 이런 것도 책인가? 책이다.

이 책의 내용은 맥스의 블로그에 올랐던 것들이다. 2005년 책으로 만들어졌고 2009년 가을에 할리우드에서 영화로 만들어졌다(2010년 현재 이 책은 한국에 번역되지 않았으며 영화 역시 개봉되지 않았다). 터커 맥스는 미국에서 유명인사가 되면서 돈과 명예를 거머쥐었다. 따라서 더 많은 술을 마시고 더 좋은 바에 다니며 더 많은 여자들을 후리고(!) 있다. 술만 잘 마셔도 인기 있는 블로그를 만들고 책 한 권을 쓸 수 있는 것이다(물론 우린 이런 정보를 접하게 되면 책을 쓰기 보다는 술부터 마시고 본다……).

터커 맥스의 미덕은 기록하면서 마신다는 점이다. 그는 술 마시고 벌어진 일을 잘 적어 둔다(작가답다!). 깨어난 다음에는 전날의 기억을 더듬으며 집필을 한다(물론 이때도 낮술을 한 잔 걸쳤을 테지만). 더불어 그는 타고난 유머 감각을 잃지 않는다. 술 취한 사람들이 그렇듯이 그는 세상 모든 일에 히죽히죽거리며 낙천적으로 반응한다. 우리의 영웅 터커 맥스를 보라. 쓸 거리가 없다는 말은 핑계에 불과하다(갑자기 맥주 한 잔이 땡긴다).

《가난한 자는 복이 있나니》란 책을 보자. 이 책은 지하철에서 "예수 천당, 날마다 천당"이라고 외치고 다니는 맨발의 노인 최춘선 씨에 대한 이야기다.

다큐멘터리 감독이자 작가인 김우현은 지하철에서 이 초라한 노인을 우연히 만난다. 책에 실린 사진 속의 최춘선 씨는 영락없는 노숙자 행색이었다. 다른 사람 같았으면 당연히 이 노인을 흔한 노숙인 중 한 명이라고 생각했을 것이다. 아니면 그저, 또 광신도 하나가 떠들고 다니는군 하고 신경을 쓰지 않았을 것이다. 99.99퍼센트의 사람은 그렇게 생각한다. 그러나 김우현은 달랐다. 그는 인디라이터의 시각을 갖고 있었다.

백발의 노인이 맨발로 다니는 것도 그렇고, 전도하는 말을 하다가도 "농가 부채 150억! 미군 군비가 400억!"이라고 외치는 것도 이상하여 김우현은 할아버지를 끝까지 따라갔다. 알고 보니 이 할아버지는 동경 유학까지 갔다 와서 엄청난 재산을 가난한 사람들에게 다 나눠 주고 무無교회주의를 실천하는 양반이었다. 남북통일이 되기까지는 신발을 신을 수 없다며 사시사철 맨발로 다니는 것일 뿐, 집도 버젓이 있고 부인도 있었다. 게다가 목사 안수까지 받은 사람이었다.

《가난한 자는 복이 있나니》는 이야기도 흥미롭고, 글솜씨도 괜찮고 감동도 있는 책이었다. 이 책이야말로 말미잘의 촉수 같은 호기심이 만들어 낸 작품이다. 놀라운 것은 2년도 안 되는 기간에 40쇄나 발행되었다는 사실이다.

아이템이 없다고? 아이템은 지천으로 널렸다! 다만 우리가 발견하지 못할 뿐이다. 아니 발견하지 않을 뿐이다. 게을러서, 우유부단해서, 배가 불러서, 매달 월급이 나와서, 부모한테 빌붙어 살면 그만이어서, 남편이 돈을 잘 벌어서, 아내가 약사여서 등등. 우리가 아이템을 발견하지 않는 이유는 백만 가지도 넘는다.

그러나 신께서는 마음이 가난한 블로거로 하여금 어떤 아이템이든 눈에 띄게 하신다. 미리 우리를 위해 그 길을 예비해 놓으셨다. 그러므로 오늘부터 우리는 지하철역의 노숙자 한 사람 한 사람도 잘 관찰하며 다녀야 한다. 물론 술도 많이 마셔야 한다……(그리고 집에 돌아와 블로그에 글을 올려야 한다. 가장 중요!).

불행과 절망도 미래를 위한 자산

《작가는 어떻게 책을 쓸까?》라는 책이 있다. 그림책인데 어린이들이 보면 "아하! 작가는 이렇게 쓸 거리를 찾고 이렇게 글을 쓰고 이런 식으로 책을 내는구나." 하고 이해할 수 있게 만들었다. 아마도 이 책을 만든 작가는, 다음엔 무슨 내용으로 그림책을 만들까를 고민하다 그런 자신의 모습을 책으로 내야겠다고 마음먹었을 것이다.

작가는 그런 거다. 어떤 작가는 "이혼하고 나니까 제일 처음 드는 생각이 '이젠 이혼에 대해 책으로 쓸 수 있겠구나' 하는 것이었다."라고 말했다. 참 지독한 대응이다.

서문에서 말했듯 작가에겐 좋은 점이 있다. 이혼해서 아프다고? 그 아픔을 잘 간직해라. 나중에 쓸 거리가 된다. 교통사고를 당해서 다리가 부러졌다고? 병원에 누워 있는 한 달 동안 의사, 간호사를 비롯해서 다른 환자들을 잘 관찰해라. 나중에 쓸 거리가 된다. 친구한테 배신을 당했다고? 시험에서 낙제를 했다고? 여친이 다른 남자를 만난다고? 왕따를 당한다고? 실연을 당했다고? 하던 가게를 말아먹었다고? …… 다 좋다. 잘 기억해 두고 꼼꼼히 기록해 두고 현장 보존을 위해 사진까지 찍어 둬라(애인하고 헤어질 때 그의 뒤통수를 열심히 찍어 놔라. 나중에 책에 싣고 '바로 이 눈넘이 날 버리고 갔다.'고 설명을 달아라. 뒷모습을 실으면 명예훼손에 걸리지 않는다. 그러나 그 눈넘은 알 것이다. 그 두상이 누구의 것인지를).

다른 사람에게 고통인 경험이 당신에겐 훌륭한 쓸 거리가 된다. 다른 이에게 아픈 시간이 당신에겐 보석 같은 나날이 된다. 일상의 당신에게 고통스럽고 아픈 시간과 공간은 쓰는 순간의 당신에게는 천국이다. 그러므로 쓰는 자는 축복받은 사람이다. 어떤 불행과 절망도 미래를 위한 자산이 되기 때문이다(그렇다고 애인한테 차이진 마라).

뉴스는 곧 아이템

《우리 어린이 자연그림책 세트》를 쓴 이태수는 세밀화로 유명한 화가다. 그는 2001년 봄, 경기도 산본 신도시 아파트 18층 화분 받침대에 황조롱이가 둥지를 틀었다는 뉴스를 듣는다. 곧장

산본으로 달려가 황조롱이와 대면한 그는 이후 1년 동안 틈이 날 때마다 찾아가 이 맹금류를 관찰하게 된다.

어미는 알을 낳고 먹이를 물어 와 새끼를 먹이고, 어느 정도 자란 새끼에게 날기 훈련을 시켰다. 이 모든 과정을 지켜본 이태수는 '황조롱이 깃털을 제대로 그려 보려고 무뎌진 펜촉을 서른 번 가까이 갈아 끼우며 작업'한 끝에 책 한 권을 세상에 내놓았다. 《늦어도 괜찮아 막내 황조롱이야》가 바로 그것이다. 뉴스만 잘 들어도 아이템이 생긴다. 물론 레이더를 작동하고 있는 자에게만!

아이템의 블루 오션

어떤 아이템에 대해 쓰면 좋을까? 책 쓰려는 블로거들의 영원한 고민이다. 아이템에도 레드 오션과 블루 오션이 있다. 여기 '광화문 걸어서 즐기기'와 '아름다운 수메르 이야기' 두 개의 소재가 있다. 이 내용을 블로그로 만든 다음 미래에 책을 만든다고 가정해 보자.

〈광화문 걸어서 즐기기〉는 광화문 주변을 걸으면서 미술관·고궁·카페·산책로 등을 소개하는 내용이다. 전형적인 레드 오션이다. 누구나 가볼 수 있는 곳이기에 내용에 대해 수시로 확인이 가능하다. 독자가 읽을 때쯤에는 책에 소개된 카페가 없어졌을 수도 있다. 광화문 주변이라는, 서울 안의 오래된 지역에 대해 잘 아는 향토지리―사학자가 내용의 진위 여부에 대해 딴지를 걸 수도 있다. 광화문에서 직장 생활을 하며 다양한 곳을 가본 사람이 이의를 제기할 수도 있다. 한마디로 집필하기 어려운 아이템이다.

물론 나라도 아니고 도시도 아니고 구區도 아니고 한 동네에 집중했다는 것은 높이 살만하다. 그만큼 구체적이고 집중적인 아이템이기 때문이다.

〈아름다운 수메르 이야기〉는 수메르 신화에 대한 이야기다. 내 제자 중 한 사람이 제시한 아이템이었다. 원고는 '듣도 보도 못한 이야기'로 가득하다. 한국 사람들로서는 매우 낯선 아이템이다. 저자는 이슬람(정확히는 메소포타미아) 지역에 대한 깊은 지식과 취재 경험을 갖고 있었다. 일반인이 접근하기 어려운 분야이기 때문에 집필 내용에 대해 독자들은 순응할 수밖에 없다. 또한 저자는 자신의 경력을 무기 삼아 마음껏 쓸 수 있다. 블루 오션인 것이다. 그러나 왜 그곳은 푸른 바다(블루 오션)가 됐을까? 왜 사람들은 그 바다에서 헤엄치지 않는 것일까?

그건 그만큼 대중이 신경을 쓰지 않는다는 거다. 도대체 대한민국 사람 중에 이슬람에 관심 있는 사람이 몇이나 되겠는가(이슬람, 실크로드, 티벳과 관련된 아이템은 이상하게도 한국에서 잘 안 팔린다……)?

오랜 시간이 필요한 것은 아니다

김선미의 《아이들은 길 위에서 자란다》를 보자. 이 책은 저자 김선미와 두 딸이 3번 국도를 따라 곤지암에서 고흥까지, 다시 배를 타고 마라도까지 가는 과정을 담았다. 여행 기간은 겨우 14일. 짧은 기간의 경험으로 책 한 권을 펴냈다.

책은 아기자기한 재미를 준다. 시간 죽이기용이 아닌 진솔한 모녀들의 기록이다. 엄마와 두 딸의 국토 순례에 대한 책이 그전까지 없었다는 것이 이 책의 미덕이었다. 책은 꽤 여러 곳에 소개되었고 전용 블로그까지 생겼다. 김선미는 처음엔 무작정 아이들과 여행을 떠났다. 그러다 출판사에 다니던 친구가 세 모녀 여행 이야기를 듣고 "책으로 내자."고 제안, 빛을 보게 됐다. 다행히 여행 틈틈이 찍어둔 사진이 꽤 있었다.

김선미는 오랜 기간 책을 쓰고 만들어 온 사람이다. 때문에 2주 동안의 여행을 가지고도 책 하나를 훌륭히 펴낼 수 있었다. 누구는 3년 동안 해외여행을 하고 돌아와도 글 한 줄 못 쓰기도 하고, 누구는 열나흘 여행으로도 책 한 권을 낸다. 세상이 그렇다.

가장 훌륭한 글은 아직 써지지 않았다

한명희는 《연기자를 위한 발성훈련 핸드북》 서문에서 이렇게 말했다.

> 누군가 우리에게 맞는 발성 훈련서를 마련해 주길 바라면서, 제게
> 그 일을 권유할 때면 "나나 잘 할래요" 하고 농담처럼 대꾸하곤 했
> 습니다. (중략) 아직도 두드려 보고 헤쳐 가야 할 길이 아득한데,
> 온 만큼 열어 놓으면, 그닥 잘 닦이지 않은 길이라도 없는 것보다
> 는 도움이 되지 않을까 해서 용기를 내어 이정표를 세워 봅니다.

한마디로 '한국인에게 맞는 발성 훈련서'가 그전까지는 없었
다는 말이다. 이런 저자들은 허다하다.

심산은《한국형 시나리오 쓰기》서문에서 "시나리오 워크숍을
처음 시작하면서 그에 맞는 교재를 찾다가 당시까지 국내에 출간
되어 있던 모든 시나리오 작법서를 몽땅 사들여 탐독하기 시작했
다. 그리고 절망했다."라고 말한다. 그가 의도한 시나리오 워크숍
에 딱 맞는(세상에서 하나뿐인) 책이 없었던 것이다. 결국 심산은
새로운 책을 번역하는데 그것이《시나리오 가이드》였다. 5년 동
안 이 책을 교재 삼아 가르쳐 오던 그는 또다시 갈증을 느낀다. 당
연한 얘기지만《시나리오 가이드》의 예들이 모두 외국영화였기
때문이다. 그러고는 또다시 '길 없는 곳에 길을 내는 개척 등반의
시도―한국적 시나리오 작법의 모색'을 감행한다. 그 결과물이
《한국형 시나리오 쓰기》라는 저서다.

박영규는《한 권으로 읽는 조선왕조실록》서문에서 이렇게 말

했다.

나는 약 1개월에 걸쳐 조선 종묘사에 관련된 내용들을 집중적으로 찾아보았다. 그러면서 나는 점차 백과사전에 기록된 내용들이 너무 부실할 뿐만 아니라 앞뒤가 맞지 않는 것들이 많다는 것을 깨달았고, 그 때문에 조선왕조실록을 한 권의 책으로 간추려 묶어야겠다는 결심을 하게 되었다.

세상에 책이 많을 것 같지만 당신이 의도하는 '바로 그 책'은 아직 나오지 않았다. 그러므로 당신이 그 책을 써야만 한다. 오늘 당신이 쓰는 블로그의 한 페이지에서 그 책의 첫 장은 시작된다.

가장 훌륭한 시는, 아직 써지지 않았다.

나짐 히크메트

누가 책을
낼 수 있나

결론부터 말하자면 누구나 낼 수 있다. 하지만 아무나 될 수는 없다. 다음과 같은 문제에 대해 해결을 모색하고 끊임없이 노력하는 사람만이 자기 이름이 박힌 책 한 권을 낼 수 있다.

어떤 정보(지식·노하우)를 갖고 있는가와 그것을 글로 쓰는 것은 별개의 문제다. 인디라이터는 일단 자신이 가진 정보를 글로 써야 한다. '글을 쓸 줄 안다'는 것은 자신이 쓴 글이 '다른 사람 보기에 좋은 글'이 된다는 뜻이다. 자판을 두들긴다는 의미가 아니다.

다른 사람 보기에 좋은 글을 썼다는 것과 그것을 책으로 내는 것은 또 다른 문제다. 영화감독은 영화 한 편을 스크린에 올려야 감독이고, 시나리오작가는 크레디트를 얻어야 작가이듯이 자신의 글을 한 권의 책으로 내야 비로소 인디라이터가 되는 것이다.

세상에는 시집 한 권 내지 않고 다른 일로 생계를 해결하면서 스스로를 '시인'으로 소개하는 사람도 물론 있다(그 이유는 만약 내가 스스로를 피아니스트라고 소개하면 사람들은 "피아노를 한번 쳐보라."고 하지만, 시인이라고 소개하면 절대 "시 한번 읊어보라."고 하지 않기 때문이다).

자신의 책을 냈다 해도 '책으로 내는 것'과 '업으로 삼아 먹고 사는 것' 즉 프로페셔널 라이터'가 되는 것 역시 별개의 문제다(책을 써서 먹고사는 사람은 대체로 지구인의 모습을 한 극소수 외계인들뿐이다. 스티븐 킹이나 조안 롤링 같은).

이 각각의 단계 사이에는 말할 수 없이 깊은 골이 존재한다. 그 골을 하나 하나 넘다 보면 어느새 우리도 점점 영화 〈디스트릭트9—외계인 전용 구역〉 속 거주자의 모습이 될지도 모른다.

좋은 재료를 고르는 안목은
거저 생기지 않는다

국회도서관 옆에 산다고 정보를 잘 찾을 수 있을까? 아니다 (여의도 아파트 값이 비싸서 살래야 살 수도 없다. 더구나 국회 옆? 심한 악취가 나는 오염된 지역이다). 검색에 능하다고 해서 정보를 더 잘 모을 수 있을까? 회의적이다(늘 처음에 하려던 검색과는 다른 것을 검색하고 있는 우리를 발견하곤 한다). 컴퓨터 기술과 인터넷이 발달되어 있다고 해서 책에서 얻는 정보는 없어도 되는 것일까(책이 컴퓨터보다 장식용으로 더 낫다)?

정보의 홍수 시대에 살고 있는 이때, 인디라이터에게 중요한 것은 무엇일까? 정보와 자료를 '재료' 이것을 바탕으로 완성한 글을 '요리' 라 하자.

글 재료 고르기

1. 어디에서 재료를 찾을 것인가

재료를 구할 곳은 차고 넘친다. 재래시장(도서관), 백화점(서점), 할인마트(인터넷) 등등. 클릭 하나면 정보가 있는 곳을 알려주는 세상이다.

2. 어떤 재료를 살 것인가

중요한 질문이다. 재료를 살 곳은 많지만 재료가 다 신선한 것은 아니다. 없는 것이 없을 것 같은 할인점에 가도 유통기한이 거의 다 된 굴과 막 잡은 굴이 공존한다. 물론 가장 좋은 굴은 한 겨울에 직접 경남 통영에 가서 사오는 것이다. 그렇다고 매번 통영까지 내려갈 수는 없는 일. 통영까지 가지 않고도 좋은 굴을 구하는 루트를 아는 것, A마트보다 B마트가 더 신선하다든지 하는 지식을 갖는 것이 좋은 요리를 하기 위해 필요하다.

3. 얼마를 주고 살 것인가

역시 중요하다. 통영 굴 200그램을 A시장에선 3,000원에 파는데, B마트에선 3,500원에 판다면? 당연히 A시장으로 가게 된다. 그런데 왕복 버스비가 2,000원이다? B마트는 걸어가도 된다? 그럼 이야기가 달라진다. 500원 비싸더라도 B마트로 가야 한다.

정보 역시 마찬가지다. 동일한 정보를 얻는 데 들어가는 시간과 노력을 경제적 가치로 환산했을 때, 가장 효율적인 방법을 찾아야 한다.

4. 정보에는 A · B · C급이 있다

책상에 앉아서 온라인 검색으로 찾는 정보 C

도서관 혹은 서점에서 책을 통해 찾는 정보 B

현장에서 직접 발로 뛰며 부딪쳐서 얻는 정보 A

C가 인터넷 쇼핑몰을 통해 산 굴이고 B가 재래시장 혹은 할인점에서 산 굴이라면, A는 통영에서 산 굴이다. A급 정보가 가장 좋지만 그것만으로는 좋은 책을 쓸 수 없다(매번 통영 굴만 먹을 수 없듯이). ABC를 적절히 조화해서 써야 한다. 그러나 C급 정보만을 취합해서 글을 쓴다면 절대로 좋은 책을 쓸 수 없다. 인터넷을 검색하면 모든 정보가 다 나올 것 같지만 결코 그렇지 않다. 그것은 국회도서관에서 '등산'에 대한 모든 책을 대출해 읽는다 해도 북한산에 한 번 오른 경험을 대치하지 못하는 것과 같은 이치다.

인터넷보다는 책이, 책보다는 현장이 언제나 인디라이터에겐 우선이다. 유홍준의 《나의 문화유산 답사기》는 현장성이 주재료다. 한비야의 《걸어서 지구 세 바퀴 반》역시 그렇다. 현장성은 그무엇보다 신선한 재료다. 이런 재료는 그냥 물만 붓고 끓여도 시원한 국물이 된다. 그러므로 자료 조사(레시피와 조미료!)에서 2퍼센트 부족하다고 느낀다면 현장(신선한 재료!)을 찾아라.

　프랭클린 포어의 책 《축구는 어떻게 세계를 지배했는가》를 보자. 현장의 우선권이 다른 어떤 책보다도 강하다. 축구 매니아인 포어는 세르비아와 영국, 브라질, 중동, 미국을 돌며 축구의 현장을 답사한다. 단순히 인터넷이나 책을 보고 쓴 것이 아니다. 쇠몽둥이와 각목을 들고 상대 훌리건을 족치는 걸 자랑으로 아는 세르비아 패거리의 두목을 만난다. 상대편 응원단에 대해 살인을 저지를 정도로 포악한 글래스고 레인저스 팬들의 집결지에서 술을 마시기도 한다. 영국에서 제일 유명한 훌리건인 개리슨과 인터뷰를 하기도 한다. 이 책은 그 어떤 축구 해설가의 책보다 더 우월하다. 왜? 작가가 늘 현장에 있었기 때문이다.

　앨런 와이즈먼은 신재생에너지에 대한 개념조차 미비했던 1970년대부터 콜롬비아 오지의 작은 마을 가비오따쓰를 오가며 친환경 에너지 공동체에 대한 글을 구상했다. 1998년 그는 《가비오따쓰》라는 논픽션을 발표했다. 한 권의 책을 위해 와이즈먼은 수도 없이 국제선 비행기를 탔고, 내전으로 총성이 오가는 지역을 넘나들었으며 수많은 사람을 만났다. 무엇보다 그는 현장을 사랑했다.

　마이클 폴란은 《잡식동물의 딜레마》를 쓰기 위해 양계장에 가서 닭 도살에 참여하고 옥수수 농장 취재를 위해 수천 마일을 여행한다. 《죽음의 밥상》을 쓴 피터 싱어는 농업 재벌 콘아그라사의 한 계열사가 운영하는 미국 미주리주 카티지의 한 농장에서 칠면조 인공수정 작업을 수행하기도 한다.

우리는 한동안 그 작업의 두 가지 부분, 즉 칠면조 정액 채취와 정액을 암컷에게 주입하는 일 모두를 맡게 되었다. 정액은 수컷들이 사육되는 곳에서 채취된다. 우리는 일단 수컷 칠면조 한 놈의 다리를 붙잡아 자빠뜨린 다음, 다리와 한쪽 날개를 잡고 들어 올렸다. 그 녀석의 가슴과 목이 닿도록 벤치에 밀어 붙여 꼼짝 못하게 만들고 나서 정액 사출구를 들어 올려 다른 직원이 정액을 채취하도록 했다. 그는 칠면조의 똥구멍을 마사지해서, 마침내 그것이 열리고 흰 거품 같은 정액을 쏟아내게 했다. 그리고 진공 펌프를 써서 그것을 주사기 속으로 주입했다……

가득 찬 주사기는 암컷 칠면조 축사로 넘겨졌다. 암컷 축사에서 우리가 한 일은 암컷의 엉덩이를 까는 것이었다. 암컷의 다리를 붙잡고 교차시켜 한 팔로 그 발과 다리를 고정할 수 있게 만든다. 우리는 일단 한 손으로 암컷을 붙들고 구멍이 난 상자 속에 처넣는다. 머리는 한쪽 구멍으로, 꼬리는 반대쪽 구멍으로 빠져 나오게 한다. 동시에 다리를 잡고 있던 손을 아래로 꽉 내림으로써 암컷의 엉덩이를 추켜올리고, 똥구멍이 벌어지도록 만든다.

정액 주입자는 엄지손가락으로 똥구멍 아래를 꾹꾹 눌러 수란관이 드러나도록 한다. 공기 압축기가 달린 튜브에 연결된 대롱을 암컷의 똥구멍에 꽂고 방아쇠를 당기면 공기 압축의 힘으로 정액

이 수란관에 주입된다⋯⋯. 암컷을 담당하는 일꾼은 시간당 600마리의 엉덩이를 까야 한다. 12초당 한 마리를 수정시키는 셈이다. 이렇게 빨리 일을 하다 보니 칠면조를 거칠게 다룰 수밖에 없다. 물론 더 괴로운 건 암컷 칠면조다. 1년 동안 매주 이런 일을 치러야 한다⋯⋯.

우리가 태어나서 해본 일 중에 가장 힘들고, 가장 바쁘고, 가장 지저분하고, 가장 불쾌하고, 가장 보수가 형편없는 일이었다. 새똥 범벅인데다. 칠면조 깃털과 먼지가 가득 찬 곳에서 우리는 십장과 다른 일꾼들에게 욕을 바가지로 먹고 또 먹었다. 우리는 하루 만에 일을 그만두었다.

소름이 끼칠 만큼 자세한 칠면조 공장의 하루는 우리에게 다큐멘터리를 보는 듯한 착각을 불러일으킨다. 피터 싱어가 그랬듯이 인디라이터에겐 현장 실습보다 더 좋은 프로필이 없다.

아직도 작가를 고상한 직업이라고 생각하는가? 세상의 모든 고상한 직업은 노가다일 뿐이다. 패션 디자이너—휴가도 없이 일년 내내 봄·가을 패션쇼를 준비한다. 남자이면서도 모델한테 "이년, 저년" 해가면서. 의사—의대 입시하는 순간부터 개인 병원을 낼 때까지 기계처럼 환자를 돌본다. 개인 병원을 내고 나면 한숨 돌린다. 대출금 몇 억 정도만 갚으면 되니까. 영화배우—추운 겨울에 옷을 벗고 여름에 코트를 입는 일이 다반사. 밤새는 게 일상이다. 인기는 한순간, 들어갈 돈은 무한대다. 대학교수—졸업

한 애들이 빌빌하면 얼마 못 가 자신도 빌빌하게 된다. 고등학교에 가서 똑똑한 아이들 끌어와야 하고 자기 제자 취업시켜야 하며 일 년에 한 권씩 책을 내고, 연구 성과를 올리면서 동시에 재단에 잘 보여야 한다……. 에휴, 세상 일이 모두 이렇다.

억울하면 경험하라

모 와인스쿨에 등장한 서울대 출신 수재가 있었다. 그는 와인스쿨에서 가르치는 내용을 달달 외우는 데다 와인 이론에 빠삭했다. 보르도 그랑크뤼와 크뤼 부르주아(프랑스 와인의 등급체계에서 고급 와인들을 일컫는 말) 목록을 모두 암기하고 부르고뉴 포도밭 지도를 상세히 그릴 정도였다. 어느 날 누군가 그에게 물었다.

"음…… 와인에 대해 상당히 박식하시군요. 그런데 로마네 콩티 1985년산 마셔 보셨나요?"

이 대목에서 수재는 입을 다물고 말았다. 마셔 보지 못한 것이다. 아무리 이론에 밝아도 와인계에서는 와인 많이 마셔 본 사람이 장땡이다. 그는 와인계를 떠나야 했다.

필자가 살사 댄스에 대한 책《명로진의 댄스 댄스 댄스》를 썼을 때의 경험이다(일천한 경험을 자꾸 들먹이는 것에 양해를 구한다. 나는 책에서 읽은 내용만으로 글을 쓰는 사람들을 100퍼센트 신뢰하지 못한다). 출판사로부터 계약금을 받고 원고를 다 써놓고도 뭔가 미진함을 느꼈다. 그 2퍼센트가 뭘까? 고민하던 끝에 '살사의 고향 쿠바에 가보질 못했다'는 것을 깨달았다.

나는 계약금 500만 원을 들고 무작정 캐나다와 멕시코를 거쳐 쿠바로 들어갔다. 아바나의 한 호텔에 2주 동안 머물면서 낮엔 자고 밤엔 살사를 추러 돌아다녔다. 부에나비스타 소셜 클럽을 비롯한 쿠바음악 밴드의 라이브 공연을 보고 국립 무용대 출신 선생에게 춤도 배웠으며, 살사에 대한 취재도 했다. 원고는? 달랑 '머리말' 하나 쓰고 돌아왔다. 그 머리말 끝에 '2003년 겨울, 해일이 몰아치는 아바나에서'라는 문구를 첨가할 수 있었다.

이 책은 우리나라에서 처음으로 출판된 살사 댄스에 대한 책이었다. 게다가 저자는 쿠바까지 다녀왔다! 과연 누가 내 앞에서 살사를 논하랴? 나보다 살사에 대해 이론적으로 더 잘 알고 살사를 더 잘 추는 사람들도 내 앞에서는 꼬리를 내릴 수밖에 없었다. 왜? 쿠바에 갔다 오질 않았으니까. 누군가 내게 이론을 제기하면 난 이렇게 말했다. "쿠바에선 그렇게 안 추거든?" 그럼 그는 조용히 물러났다(《몰입의 재발견》을 쓴 칙센트 미하이칙센트에 의하면 이런 걸 '지적 착취'라고 한다. 내가 생각해도 그때의 나는 못된 넘이었다).

산에 대한 책을 쓰려면 산을 올라야 하고 태권도에 대한 책을 쓰려면 검은 띠를 따야 한다. 억울하면 출세하라는 말은 우리에게 이렇게 적용된다. 억울하면 경험하라!

자료 보는 눈 만들기

어떤 자료(또는 정보)를 갖고 있느냐가 중요한 게 아니다. 그 자료를 어떤 시각으로 보느냐가 중요하다. 어떤 재료를 갖고 있느냐보다 그 재료를 어떻게 요리하느냐가 더 중요하듯이. 싱싱한 생태를 갖고 있다고 누구나 감칠맛 나는 생태찌개를 만드는 건 아니다. 삼각지 한강 생태탕 주인아주머니 손에 들어가야 죽이는 생태찌개가 되는 거다(앞에서 나는 재료만 좋으면 물만 부으면 된다고 했다. 음…… 이런 걸 모순이라고 한다). 이덕일 씨의 자료 보는 능력은 한강 생태탕 주인아줌마와 맞먹는다.

> '역사가가 보는 자료라는 게 새로울 것이 없는데도 다양한 자료의
> 비교 분석을 통해 새로운 진실을 발견해 내는 이덕일의 능력은 타
> 의 추종을 불허한다' 고 한 편집장이 평가했다.
>
> 탁정언 외《일하면서 책 쓰기》

이덕일 씨는 '문제의식을 갖고 보면 같은 자료에서도 계속 새로운 것이 보인다' 고 말한다. '어떤 시각으로 자료를 해석할 것인가' 하는 문제의 해결을 위해 졸저《방송이 신통방통》에 실린 방송 관련 직업군의 설명을 예로 들겠다(이 책은 초등 · 중학생용이라는 점을 염두에 둘 것).

다음은 드라마를 만들기 위해 필요한 사람들이다.

작가 드라마의 대본을 쓰느라고 하루에 커피를 8잔 정도 마신다. 보통 오후 3시에 일어나서 밤새워 글을 쓰고 새벽 5시에 완전히 파김치가 된 모습으로 잠자리에 든다.

연출 영화감독에 해당한다. '큐' 사인을 잘 주기 위해 손짓 연습을 많이 한다. 드라마 한 편을 끝내면 5~6킬로그램 정도 빠지므로 다이어트가 필요 없다.

카메라 언제나 땀을 뻘뻘 흘리며 무거운 카메라를 들고 다닌다. 카메라 렌즈만 들여다보기 때문에 가끔 머리를 부딪치거나 돌에 걸려 넘어지기도 한다.

편집자 애써서 찍은 필름들을 필요 없다면서 싹둑싹둑 잘라 버리는 사람. 100분 정도 촬영된 테이프를 주면 3분 정도로 줄여 준다.

조명 주로 뜨거운 라이트를 연기자들에게 갖다 대는 일을 한다. 조금도 쉴 틈 없이 뛰어다닌다.

분장 배우의 얼굴을 마음대로 바꿔 놓는 사람. 때로는 귀신으로, 때로는 할아버지로 변장시킨다.

진행 무대감독 또는 FD^{Floor Director}라고도 한다. 촬영현장에서 항상 소리치면서 "조용!"이라고 외치거나 연기자를 찾으러 다닌다. 주로 밤늦게 전화해서 "내일 촬영 있다"고 알리는 역할도 이 사람의 몫이다.

섭외 그림 같은 카페, 예쁜 집, 아름다운 오솔길 같은 곳을 찾으러 다니는 사람. 자동차 트렁크에 텐트와 침낭을 넣고 드라마 촬영

장소를 고르러 다닌다.

기록 스크립터라고도 한다. 한 신scene을 몇 번 찍었는지, 감독이 뭐라고 말했는지, 연기자는 어떤 색 옷을 입었는지 시시콜콜히 적고 다닌다.

세트 디자이너 스튜디오의 가짜 집들과 사무실들을 그럴 듯하게 설계하는 사람.

의상 담당자 또는 코디네이터 한 장면 촬영이 끝나면 대개 이렇게 말한다. "옷을 벗으세요!" 옷을 벗으면 또 새 옷을 가져다 준 다음 말한다. "옷을 입으세요!"

보조 출연자 자기 이름이 있음에도 불구하고 '아줌마2', '지나가는 남자A' 등으로 불리는 사람.

방송 관련 직업군에 대한 재료는 '대본' 하나면 충분했다. 방송 드라마 대본에는 다양한 스텝들의 연락처가 적혀 있다. 윗글을 쓸 때 나는 방송 활동을 통해 직업군에 대한 경험과 이미지가 축적되어 있는 상태였다. 그 경험과 이미지를 대본에 적힌 스텝들 하나하나에 맞추어 보면서 설명을 써 내려갔다.

자료는 저자를 위해 봉사한다

필자의 기자 시절 일이다. 매주 특이한 가게를 한 군데씩 찾아

기사를 써야 했는데 쉽지 않았다. 항상 마감 전날이 되어서야 허둥지둥 대학로나 홍대 주변을 찾아 헤매곤 했다. 그날도 신촌을 배회하고 있었는데 느닷없이 후배 녀석이 전화를 했다. 형식적인 인사만 하고 끊으려던 차에 녀석은 말했다.

"부천에 새로 DIY 가구점을 열었으니 언제 한번 놀러 와요."

"그래, 알았어. 수고하고…… 뭐? 어디에 뭘 열었다고?"

나는 그길로 부천에 달려가 우리나라 최초의 DIY 가구점에 대해 취재를 했다.

기자 시절 마감에 쫓기다 보면 안 보이던 아이템도 보이곤 했다. 하나에 몰두하면 세상의 모든 현상과 사물이 그것을 향해 존재하는 것처럼 느껴진다. 원고에만 마감이 있는 것이 아니라 자료 조사에도 마감이 있다. 마감이 다가올수록, 보이지 않던 자료들이 여기저기서 나타나 "날 써주셔." 하고 외쳐대곤 한다.

　　A. 어떤 아이템을 생각해 내고 ⇨ 집필을 하기 위해 자료를 찾는다.

　　B. 자료를 찾다 보니 ⇨ 집필을 위한 아이템(혹은 쓸 거리)이 떠오른다.

보통 집필과 자료 조사는 A가 일반적이지만 B도 가능하다. 귀납적 방법에 의해 발견되기도 하는 것이다. '빵에 대해 써야지.' 하고 빵집 순례를 할 수도 있지만, 자주 가서 먹다 보니 '빵에 대해 써야지.' 하는 생각이 날 수도 있는 법이다. 인디라이터는 주변의 모든 현상을 책으로 내려는데 늘 정신을 쏟아야 한다. 그러다 보면 자료 찾기가 아이템 발견으로 이어지는 B가 일상이 된다.

나는 한 가지 주제에 대해 책을 쓰면서 자주 도서관과 서점에 들러 그 주제와 전혀 관계가 없는 책들을 재미 삼아 읽곤 한다. 그러다 보면 의외의 자료(또는 거리)들이 툭툭 튀어나오곤 한다.

《박정희 평전》이란 책이 있다. 이 책엔 박정희가 민주주의에 대해 얼마나 아전인수 격의 해석을 했는지 자세히 나와 있다. 문득 떠오르는 게 있어 '자료의 아전인수론'이라고 메모를 해놨다. 같은 자료도 저자에 따라 해석이 다르다는 것을 박정희에 빗대어 이야기하면 되겠다는 생각이었다. 이런 내용을 책에 쓴다면 《박정희 평전》을 인용하면 된다. 만약 '인디라이터는 자료 해석에 독재자가 되어야 한다'는 논리를 펼치려 한다면 책에서 읽은 대목을 예로 제시해도 된다(실은 책을 읽으면서도 머리 한구석엔 이 부분을 인디라이터 책에 어떻게 적용할 수 있을까 하는 생각뿐이었다).

자료를 찾다 보면 '자료는 살아 있다'는 것을 느끼게 된다. 여행론을 쓰면 세상의 모든 자료는 여행론을 위해 존재한다. 역사론을 쓰면 모든 자료는 역사론을 위해 존재한다. 저자가 자료를 찾는 것이 아니다. 자료가 저자를 위해 봉사하는 것이다.

위의 이론에 반대하는 사람도 있을 것이다. 그러나 많은 저자들이 자기 이론을 뒷받침하기 위해 얼마나 얼토당토않은 인용구들을 갖다 붙이는지 모른다. 기실 세상의 모든 이론은, 빈약한 자기주장을 든든한 대가의 음성을 빌어 들려주려는 저자의 졸렬한 의도에서 시작한다.

100만 부로
10억 벌기

베스트셀러 작가인 정찬용, 한호림, 한비야, 이원복 등은 모두 100만 부 이상의 출간 부수를 기록한 책의 저자들이다. 책을 출판할 때 저자는 인세로 책값의 10퍼센트 정도를 받는다. 책값이 1만 원이면 그 10퍼센트인 1,000원을 받는다. 100만부가 판매됐다면 10억을 인세로 받게 된다. 인세로 10억을 벌려면 책 100만 부를 팔아야 한다. 어렵다고? 책 1권으로 100만 부를 팔든가 10권을 10만 부씩 팔든가 아니면 100권을 1만 부씩 팔면 된다.

개그맨 전유성 씨는 1995년《컴퓨터, 1주일만 하면 전유성만큼 한다》라는 책으로 대박을 터뜨렸다. 그해에 약 80만 부가 팔렸다. 그 즈음 방송국에서 만난 전유성 씨는 이런 말을 했다.

"베스트셀러가 좋긴 좋아. 이 책 한 권으로 번 돈이 그동안 방송 출연해서 번 돈보다 더 많은 거 같아."

사실일지도 모른다. 당시 방송 출연료는 그리 많지 않았다. 개그맨 엄 모 씨의 말을 빌리면 '한국은행에서 지폐 찍어 내는 분들 모욕하는 수준'이었다. 전유성 씨는 방송 출연을 그렇게 자주 한 사람은 아니다. 꽤 알려진 개그맨이었음에도 당시 소형차를 타고 다녔다. 전유성 씨가 워낙 소탈한 성격이긴 하지만 아마도 가끔 출연하며 받는 개런티로는 대형차를 구입하기 힘들었을지도 모른다.

어쨌든 그의 재기발랄함이 그대로 드러나는 책으로 전유성 씨는 순식간에 베스트셀러 작가가 됐다. 그는 거금의 목돈을 손에 쥐게 됐고 베스트셀러의 경제적인 위력(?)을 실감했다.

남의 것을 맛보지 않고는
내 것 또한 잘 만들 수 없다

세상의 모든 책은 '교육용' 아니면 '오락용'이다. 교육용의 극단적 방식이 교과서이고 오락용 100퍼센트가 만화책이다. 인디라이터로서 인세로 먹고살 수 있는 책을 만들려면 '교육용＋오락용' 구성의 적절한 조화가 이루어져야 한다. 연구 능력이 우월하다면 '교육용＞오락용' 책을 쓰고, 집필 능력이 우월하다면 '교육용＜오락용' 책을 염두에 두는 것이 좋다. 그러나 궁극적으로 교육이 오락이 되고 오락이 교육이 되어야 한다. 재미가 없으면 더 이상 교육이 아니기 때문이다.

마셜 맥루한은 "교육과 오락을 구분하는 사람은 교육의 '교' 자도 모르는 사람이다."라고 말했다. 학교를 뜻하는 'School'의 어원은 'Schola'인데 그리스어로 '여가' 즉 레저를 뜻했다. 당시

학교에서는 스포츠와 음악, 시와 수사학(남을 설득하는 법을 가르치는 학문)을 주로 가르쳤다. 학교는 귀족 자제들의 재미있는 오락실이었다. 재미 없는 학교는 다닐 이유가 없었다. 논리학·철학·역사·수학·외국어는 훨씬 뒤에 가서 교과목으로 채택됐다. 공자님도 음악과 시, 춤을 매우 중요한 과목으로 생각했다. 현재라고 다를까? 교육과 오락이 만나는 교집합은 풍부한 주제를 던져 준다. 인디라이터에겐 에듀테인먼트가 좋은 쓸 거리다.

필자는 인디라이터반을 처음 개설하면서 어린이·어학·역사·여행 분야에 주목했다. 이 분야의 하위 아이템으로 무엇에 관심을 가지면 좋을까?

① 어린이 – 태교·임신·출산·육아·교육·컴퓨터게임·음악·스포츠과학·천체·생물·신체·운송수단·수학 및 여타 교과 과목 등

② 영어(어학) – 국어·중국어·일본어·제2외국어 등

③ 역사 – 고고학·고대사·건축·한류·전쟁사·자연사·복식사·음식과 술의 역사·문화사·미술사 등

④ 여행 – 여행 에세이·여행 방법론·특정 지역 여행기·여행 사진 저서·음식 기행(맛 기행)·술 기행·와인 기행·해양 스포츠(스노클링, 스쿠버, 시 워킹Sea Walking) 기행·오지 기행·봉사 여행기(한비야 저서) 등산·낚시·오토캠핑·휴양림·모험 스포츠 기행·펜션·크루저 여행·기차 여행·자동차 여행·자전거 여행·버스 여행·경비행기 여행 극지 여행·대륙 횡단·공짜 여행하는 법·시골 여행 등

이중 나는 이 분야라면 자신 있다고 말할 수 있는 아이템이 있는가? 없다면 '나만이 쓸 수 있는' 아이템을 새로 개발할 수 있는가? 만약 저자로서 자신의 장점이 뭔지 잘 모르겠다면 커리어 코치 윤영돈 교수가 제안하는 방법을 따라해 보자.

자신의 장점을 발견하기 위해서는 일단, 작은 장점이라도 종이 위에 써보는 것이 중요하다. 리스트를 만드는 것이다. 브레인스토밍식으로 써 내려가다 보면 "이거다!" 하는 게 보인다.

M. 스캇 펙 박사의 스케줄 관리법도 유용하다. 그는 우리에게 일주일 동안의 일과를 기록하라고 말한다. 월요일 아침부터 일요일 저녁까지 먹고 자고 배설하는, 생존을 위한 최소의 행위를 제외하고 여러분이 하는 일을 분 단위로 적어 보라. 일주일 뒤 그 결과를 분석해 보라. 내가 가장 많이 하는 일이 무엇인가? 책읽기인가(그럴 리는 없을 것이다)? TV 보기(우리들 중 30퍼센트는 여기에 해당한다)? 게임하기(그럴 수도 있다)? 술 마시기(한때 내 일과의 대부분이었다)? 학원 다니기(아직도 더 쌓을 스펙이 있는가)? 친구 만나기(만나서 뭘 하는가)? 가만히 있기(이것도 꼭 나쁘지만은 않다).

당신한테 딱 맞는 아이템은 당신이 일주일 동안 가장 많이 하는 일에서 나온다. 부인하지 마라. 내 후배 한 사람은 12년 동안 은행에서 근무했다. 한번은 미래가 보이는 것 같지 않아 점쟁이를 찾아가서 물었다. "저는 무슨 일을 해야 하나요?" 점쟁이는 사주를 뽑아 보더니 이렇게 말했다. "돈 만지는 일이 딱 맞아!" 아침 9시부터 밤 8시까지 은행 일을 했다면, 은행 일이 잘 맞는 거다.

당신이 가지고 있는 것으로 떡을 만들 생각을 해라. 괜히 커 보이는 남의 떡에 눈독들이지 말고.

　사실 인디라이터의 글쓰기 아이템은 무궁무진하다. 어떤 아이템을 잡느냐, 나아가 주제로 무엇을 택하느냐는 별로 중요하지 않다. 그 주제를 어떻게 쓰느냐가 더 중요하다.

　필자가 《명로진의 댄스 댄스 댄스》를 썼을 때 출판사 관계자가 말했다. "이건 명로진 씨만 쓸 수 있는 아이템이다." 살사 댄서＋연예인＋작가의 3박자를 갖춘 데다 국제적인 살사 축제를 개최한 사람은 당시 나밖에 없었다. '나만이 쓸 수 있는 아이템'이었기에 쉽게 책으로 낼 수 있었다(지금 생각해 보면, 편집자로서 저자에게 예의를 갖춰 한 외교용 언사였던 것 같다. 그러므로 책이 얼마나 많이 팔렸는지는 묻지 말아 달라).

어떻게 읽을 것인가?

　책을 내려는 사람으로서 '읽는' 행위는 중요하다. 물론 21세기를 사는 우리들이 다양한 매체의 다양한 글을 읽고 있지만, 당연히 종이 책을 읽어야 한다. 종이 책 읽기 원칙을 몇 개 소개한다.

1. 일단 다독

책과 인터넷 검색은 차원이 다르다. 책 한 권은 종합 예술의 결과다. 책을 읽는다는 것은 저자와 편집자, 북 디자이너의 장인 정신을 흡수하는 행위다. 우선 많이 읽어야 한다. 대부분의 작가들은 다독한다. 한 달에 20권 이상의 책을 읽고 하루에 A4 용지로 10장의 원고를 쓰기도 한다. 많이 읽지 않으면, 읽는 감각이 점점 무뎌진다. 나중엔 읽는 것 자체가 지루하고 권태로워진다. 그렇게 되면 쓰는 행위도 점점 어려워진다.

2. 속독은 옵션

다독을 하다 보면 자연스레 속독 능력이 생긴다. 속독을 따로 배우는 것도 좋다. 읽어야 할 책은 너무 많고 시간은 한정되어 있기 때문이다. 《책을 읽는 방법》을 쓴 히라노 게이치로는 천천히 읽는 것을 지지하는 작가다. 스스로를 '슬로 리딩Slow Reading' 하는 사람이라며 느릴 지遲자를 서서 지독遲讀을 해야 한다고 주장하기도 한다.

필자는 속독과 정독을 섞은 독서법이 좋다고 본다. 읽은 책을 다시 보며 필요한 정보가 어디에 있는지 찾을 때는 속독법이 도움이 된다. 일단 필요 부분을 찾고 나서 그때부터 정독 또는 지독을 하면 된다. 정독이든, 지독이든 독서는 지독至毒하게 해야 한다.

3. 필요한 정보부터

처음부터 끝까지 다 읽을 필요는 없다. 우선 앞뒤 표지를 살펴고 목차·중간·끝·날개·띠지 등등 내키는 대로 보라. 주로 겉장, 날개 등에 그 책의 주요 내용은 거의 다 들어가 있다. 단, 목차를 분석하는 일은 매우 중요하다. 목차를 꼼꼼히 살피면 책 읽는 시간이 3분의 1로 줄어든다. 필요 없는 부분은 과감히 통과하라.

단, 서문은 꼭 읽어야 한다. 저자의 의도가 가장 잘 드러나는 곳이기 때문이다. 가수의 앨범을 생각해 보자. 한 곡이 보통 3분 30초이고 12곡이 수록된다. 그중 들을 만한 곡은 대체로 처음 세 곡이다. 이 세 곡 속에 핵심이 있다. 나머지 노래들은 앨범 내려고 만든 곡이다. 책도 마찬가지. '저자가 하고 싶은 말이 있는 부분'을 먼저 찾아내고 정독하라.

4. 체크! 체크! 체크!

일단 중요 부분을 머릿속에 저장해 놓고 포스트잇, 테이프 등으로 표시를 해놓는다. 더불어 체크해 놓은 곳은 독서 노트에 따로 적어 놓는다.

다치바나 다카시는 메모나 표시를 하지 말고 무조건 끝까지 읽으라고 했지만, 나는 읽으면서 중요 부분은 반드시 포스트잇을 붙여 놓는다. 그래야 나중에 찾기가 편하다. 물론 포스트잇을 붙이는 동작과 읽는 동작은 동시에 이루어진다. 독서의 흐름을 끊지 않기 위해서다.

5. 정보의 가지치기

"유림이라는 대작도 '공자의 일생'이란 책 한 권에서 시작됐다."

소설가 최인호는 《유림》을 쓰기 위해 300여 권의 책을 읽었다고 한다. 공·맹을 거쳐 주자, 순자, 퇴계, 율곡, 조광조 관련 책에 이르기까지. 공자를 읽다 보면 맹자로 가게 되고 제자백가로 뻗어나가는 것은 당연한 이치다. 한 뿌리에서 나온 줄기가 가지를 치듯이, 정보 찾기에도 위와 같은 가지치기는 적용된다.

책을 따라   A —— B —— D
                       C —— E
                       F —— G

위와 같은 식으로 '정보의 가지'를 쳐라. 그러다 보면 자신이 원하는 것 이상의 열매를 맺게 된다. 하나의 책에서 가지 쳐 나가는 각각의 책 역시 충실하게 연구하다 보면 수확은 늘어난다.

6. 마우스를 믿지 마라

온라인 검색보다는 종이 책이 더 깊은 정보를 준다. 마우스는 거울 속에 비친 자료의 겉모습만 비추어 주기 때문에 가끔 왼쪽과 오른쪽이 바뀌는 오류를 제공한다. 그러나 책은 정직하다. 책은 나무의 속성을 잊지 않고 있다. 우리가 그를 만질 때 그는 때때로, 자연이 간직해 온 예측 불가능한 세계로 우리를 인도한다.

7. 더럽게 읽어라

번역가이자 출판 컨설턴트 김명철은《북배틀》이란 책에서 이렇게 말했다. "책은 깨끗이 볼수록 머리에 남는 게 없는 법이다."라고. 맞는 말이다. 책을 접고 찢고 발기고 흠내라. 연필과 형광펜과 빨간색으로 밑줄을 그어라. 책을 먹고 마시고 싸라. 책과 여행하고 책을 베고 자고 책을 밟고 일어서라. 책과 섹스하라. 그럼 책도 당신을 사랑할 것이다. 남들에게 보여 주지 않은 그의 속살을 어느 날 당신에게만 보여 줄 것이다.

도서 구매의 7원칙

온라인 검색으로 구입하기보다는 서점에 가서 책을 직접 들춰보고 나서 구입하는 게 좋다. 어떤 아이템에 대해 책을 쓰기로 했다면 그 자료가 되는 책들을 구입하는 기간을 따로 정해야 한다. 이때 대형 서점으로 출근해서 다양한 도서를 접해 보고 필요한 책을 구하도록 한다.

어떤 분야든 최첨단 정보를 얻고 싶을 때, 예를 들어 원숭이학에

관한 것일 경우 대략 높이 1미터에 구입비 5만 엔 정도의 자료를
읽으면 대강의 내용을 파악할 수 있습니다.

다치바나 다카시,《나는 이런 책을 읽어왔다》

다치바나 다카시는 책을 쌓아 올려서 1미터 정도 되는 높이가
되어야 대강의 내용을 파악할 수 있다고 했다. 책 하나의 두께가
보통 3센티미터이므로 이 정도가 되려면 30~40권은 되어야 한
다(책 구입과 독서에 대하여는 다카시의 위 책 81쪽, '실전에 필요한 14가
지 독서법'을 참고하라).

인디라이터가 책을 구입하는 기준은 '이 책을 써먹을 수 있는
가?'이다. 즉 인용 가치가 있는가가 중요하다. 그러므로 다음과
같은 원칙에 준해서 도서를 구매하도록 하자.

1. 에피소드가 많은 책을 골라라
그래야 써먹을 수 있다.

2. 겉모습에 현혹되지 마라
허접스러운 책에서 오히려 더 많은 것들을 얻을 수도 있다. 컬
러와 디자인에 속지 말고 콘텐츠를 봐라.

3. 아이템의 개론서와 역사서부터 훑어라
예를 들어 댄스에 대해 쓰고 싶다면 춤의 역사에 대한 책부터

구입해라.

4. 대형 서점의 외서 코너를 공략해라
의외의 책을 발견할 수 있다.

5. 서점의 베스트셀러 목록을 정기적으로 점검하라
아마존닷컴 등 온라인 서점에서 벤치마킹을 하거나 아이템을 발견할 수도 있다. 린 체니의 《우리 가족의 미국 횡단기》란 책이 있다. 이 책은 체니 가족이 메사추세츠의 집을 떠나 미국 50개 주를 모두 여행하고 나서 쓴 것이다. 아마존닷컴에 나온 책 소개만 보고는 내용을 자세히 알 수는 없다. 그러나 '우리 가족의 전국 군郡 순례' 같은 책에 대한 아이디어를 얻을 수는 있다.

6. 아동 도서 코너를 뒤져라
의외의 아이디어를 얻을 수 있다.

7. 아이템과 관련된 '비주얼' 도서 구입을 잊지 마라
관련 사진집과 그림 모음, 일러스트 모음 등등. 이 자료들은 저작권 관계상 직접 쓸 수는 없지만, 집필 시에 많은 도움을 준다. 책 속에 쓰고 싶은 자료가 있다면 출판사에 연락해서 정식 허가를 얻으면 된다.

두고두고 요긴하게 보는 책

1. 고등학교 역사 부도

역사에 관한 한 아직까지는 역사 부도를 대신할 만한 책이 없다. 원하는 정보를 쉽게 찾을 수 있다. 더 자세한 내용을 원한다면 《아틀라스 세계사》를 보라. 《조르주 뒤비의 지도로 보는 세계사》도 비싸지만 값을 한다.

2. 지리부도 또는 아틀라스

교보문고 외서 코너에 가면 다양한 지도책이 있다. 타임즈의 지도책이 가장 좋지만 너무 크고 역시 비싸다(아아, 글 쓰는 자의 빈한함이여……). 포켓북스에서 나온 《The Pocket Book of The World》를 추천한다. 이와 더불어 미토스 북스의 한글판 《아틀라스 세계지도》를 구입하라. 이 책은 각 나라에 대한 개요가 볼 만하다. 지명 수가 좀 적다는 단점이 있으나 한글판으로는 그중 낫다.

3. 기네스 북

다양한 기록들이 있다. 어떤 아이템에 대해서도. 일단 책을 쓰려면 그해의 기네스북을 구입하라. 쏠쏠한 에피소드를 제공할 것이다. 되도록 번역판 말고 영어로 된 원서를 사라.

4. 국어사전

국어사전을 갖고 있는가? 국어사전을 사기 위해 고민해 본 적이 있는가? 대학 입시를 위해 쓰던 포터블용 사전 하나로 만족하고 있는가? 가격에 구애 받지 말고 커다란 탁상용 국어사전을 꼭 구입하라. 글을 쓰는 사람의 기본이다. 숙어, 한자어, 어원에 대한 사전도 따로 구입해 보라.

쓸 거리가 있어야 컴퓨터를 켠다는 말은 맞다. 그러나 컴퓨터를 켜면 쓸 거리가 생각난다는 말도 맞다. 또 책으로 낼 것들이 있어야 집필실을 얻는다는 말이 맞다면, 집필실을 얻으면 책으로 낼 것들이 생긴다는 말도 맞다.

나는 1999년 신설동에 처음 집필실을 얻었다. 아내는 임신을 했고 방송 일은 끊어진 상태였다. 보증금 없이 월세 25만 원을 내는 조건으로 화장실도 없는 4층 건물 꼭대기의 방 한 칸을 얻었다.

어중간한 B급 배우의 삶은 늘 고달팠고, 아내의 불러오는 배는 나를 집 밖으로 내몰았다. 다행히 집필실을 얻은 지 한 달 만에 책으로 낼 재료가 생겼다. 출판사와 계약을 하고 열심히 자판을 두들겼다. 한여름 옥상의 열기가 그대로 전해지는 집필실에서 에어컨도 없이 달랑 선풍기 한 대로 버티며 매일 원고지 30쪽 이상을 써대곤 했다. 한낮의 체감온도는 35도 이상이었다. 땀이 날 때마다 옥상으로 올라가 수돗물을 머리에 들이부었다.

해가 뜨면 집필실에 와서 읽고 쓰고, 해가 지면 근처 식당에서 된장찌개에 소주 한잔을 마시고 귀가했다. 그때 걸쳤던 진로 소주가 그렇게 달았다. 노가다를 끝내고 일용 노동자들이 마시는 피로 풀이주 같았다. 그게 유일한 낙이었다. 세상에 공짜가 없다던가? 당시 애써서 쓴 책의 인세가 쏠쏠히 들어왔다.

형편이 조금 나아지자, 신촌 노고산동의 선배가 쓰던 집필실로 자리를 옮겼다. 보증금 1,000만원에 월세 30만 원짜리였다. 평수도 넓었고 책도 가득 채워놓을 수 있었다. 처음에 출판사와 책 두어 권을 계약해서 1년을 버텼지만, 그 후

118

로는 임대료 내기도 빠듯해졌다. 결국 3년 만에 보증금을 다 까먹고 집필실을 정리해야 했다. 그렇게 되자 나는 '글을 쓴다는 행위' 자체가 혐오스러워졌다. 글을 써서 먹고 산다는 게 힘들었다.

다시 글을 쓰나 봐라.

그렇게 생각했다. 부아가 치밀어 올라 글과 관련된 것은 모두 처분했다. 책상, 컴퓨터, 책꽂이, 집기, 그리고 책들까지. 이때 그곳에 있던 책이 거의 1000여 권이었다. 그 책들 전부를 집필실 앞에 내놓았다. 그곳은 주택가 1층이었는데 지나던 아주머니들이 놀라 물었다.

"이 책들 파는 거예요?"

"아뇨, 필요하면 가져가세요."

거의 사흘 동안 집필실 앞은 알뜰 시장 분위기였다. 지금 생각해 보면 아까운 책들도 많다. 창작과 비평의 10년 전집, 태백산맥과 이문열의 삼국지 전권, 문학과 지성의 시집들, 영어 관련 책들과 소설집, 류시화의 인기 에세이집과 각종 신간들까지 3일 만에 책들은 깡그리 없어졌다. 동네 아주머니들과 학생들이 지나다 한두 권씩 집어가 버렸고, 아무도 가져가지 않는 오래된 책들은 고물상 아저씨의 떨걱거리는 가위 소리와 함께 사라졌다.

나는 이때 유일하게 파블로 네루다의 시집 《스무 편의 사랑의 시와 한 편의 절망의 노래》한 권만 달랑 남겨 두었다. 집으로 돌아와 맥주를 한잔 마시면서 시집을 펼쳐 들었다.

다른 사람 거, 그녀는 다른 사람 께 되겠지.

지난날의 키스처럼.

그 목소리, 그 빛나는 몸, 그 무한한 두 눈.

나는 인제 그녀를 사랑하지 않고, 그건 그렇지만,

허나 나는 그녀를 얼마나 사랑했던가.

사랑은 그다지도 짧고, 잊음은 그렇게도 길다.

이런 밤이면 나는 그녀를 품에 안았으므로

내 영혼은 그녀를 잃어버린 게 못마땅하다……

나와는 아무 상관이 없는 시 구절이었는데, 갑자기 눈물이 울컥하고 솟아올랐다. 왜 그랬을까? 나는 그때 깨달았다. 집필실을 정리하면서 책과 글쓰기에 연관된 내 모든 과거에 대해서도 스스로 이별을 고했던 것이다.

내가 가졌던 책 전부를 처분하고 나서 한동안 책을 사지도 읽지도 않았다. 모두 부질없다는 생각 때문이었다. 거의 1년 동안 나는 단 한권의 책도 사지 않았다. 대신 집 근처의 구립 도서관에서 책을 대출받아 읽었다. 시간이 흘러 나는 다시 책을 한두 권씩 구입하고 또 읽게 되었다. 가끔씩은 내가 내다 버린 책들이 아깝다는 생각이 들기도 했다. 원고를 쓰다가 버릇처럼 일어나 책장으로 가보면, 거기 꽂혀 있던 책이 없다는 생각에 아차! 하는 맘이 들 때도 있다. 분명 집에 있던 책이었는데 아무리 찾아도 없을 때는 노고산동의 집필실과 함께 사라진 거라고 보면 옳았다.

사람이 그렇듯 책도 떠날 때가 되면 떠나는 것이다. 그리고 한 번 떠난 책은 다시 오지 않는다. 아마도 그때가 책들이 내게서 떠날 때였던가 보다. 물론 그 책들은 다시 돌아올 수 없다. 지금 생각해 보면 차라리 잘된 것 같다. 책을 버리면서 내 머릿속의 먹물까지 함께 빠졌으니까. 노고산동 집필실을 처분하면서 나는 단기 치매와 일시적인 기억상실증에 걸렸었다. 속상하고 우울하고 구역질이 났고 억울하기까지 했다.

얼마 전부터 나는 비어 버린 뇌 속을 다시 채우는 작업을 시작했다. 천천히 그러나 꾸준히 곱씹어서 삼킨 자양분으로 허기진 지식의 장腸을 부르게 하는 것이다. 체하지 않게, 느긋하게 그러나 너무 게으르진 않게. 하나하나, 또박또박 그러나 조급하지 않게. 그렇게 소화시키는 것이다.

하얀 종이 위에는 검은 종이 위보다 더 다양한 색깔로 그림을 그릴 수 있겠지. 빈 그릇에는 꽉 찬 그릇보다 더 많은 것들이 들어갈 수 있겠지. 이렇게 생각하면서.

혹 모를 일이다. 그러다 보면 지금까지와는 다른, 전혀 새로운 아이디어들이 떠오를지도. 그 생각들이 다듬어지고 빛나서 나를 깨닫게 할지도. 그렇게만 된다면 또 다시 수천 권의 책을 불사른다 해도 아깝지 않으리.

Chapter 3
내 책 만들기

다음 반세기의
최고 소득자는 바로
스토리텔러가 될 것이다.

~케빈 로버츠~

누구를 위한 책인지
알고 쓰자

우리가 글을 쓸 때 심각하게 고려해야 할 것 중 하나는 '누구를 위해 이 글을 쓰는가'이다. 만약 초등학생을 대상으로 한 책을 쓰고 싶다면 먼저 다음 과제를 수행하라.

첫째, 초등학생들은 어떤 게임을 하는가?

둘째, 초등학생들은 어떤 방송을 보는가?

셋째, 초등학생들은 어떤 책, 만화, 영화를 보는가?

이런 것들에 대한 지속적인 연구가 한 권의 책을 만드는 지름길이다. 게임과 방송은 늘 존재하고 재생산된다. 그런데 왜 누구는 그것을 모티프로 한 권의 책을 만들고, 누구는 나중에 땅을 치고 후회하는 걸까? 콘셉트를 잡아내고 이끌어 내지 못해서이다. 위 세 가지에 대한 관찰을 바탕으로 지식을 쌓아라. 지식은 눈과 귀를 열리게 한다. 열린 안목으로 어린이들의 트렌드를 읽고 어린이책 집필에 반영하면 되는 것이다.

유치원생용 책을 쓰려면 먼저 유치원생 조카를 오래 관찰하라. 분명 그 아이가 좋아하는 컴퓨터게임이 있을 것이다. 만화책과 그림책도 있을 것이다. 중고생을 위한 책을 쓰려면 그들이 무슨 프로를 보고 무슨 가요(혹은 팝송)를 듣고 무엇에 열광하며, 무슨 뉴스에 관심을 가지는지 6개월 이상 현장 조사를 해라. 샐러리맨을 위한 글을 쓰려면 샐러리맨 생활을 6개월 이상 해봐라(제발 직장에 다니기라도 했으면 좋겠다고? 미안하다……).

적을 알고 나를 알면 백전백승이다.

전체 관람용인가? 전문가용인가?

독자 타깃을 정할 때 중요한 것은, 예상 독자의 학습 정도를 어느 선으로 맞출 것인가? 하는 것이다. 여기서 학습 정도란 학력을 말하는 게 아니다. 주제에 대한 이해 정도를 뜻한다.

등산에 대한 책을 쓴다 치자. 등산 일반에 대한 책을 쓸 것인가? 암벽 등반에 대한 책을 쓸 것인가? 등산 일반에 대한 책을 쓴다면 '전체 관람가'라 할 수 있다. 등산복과 등산화 고르기 같은 내용에 대해서도 조사해서 써야 한다. 등산의 초보자부터 마니아까지를 독자 타깃으로 잡았기 때문이다.

그러나 암벽 등반에 대한 책을 쓴다면 좋은 고어텍스 의류 고르기 같은 내용은 넣을 필요가 없다. 암벽 등반을 하는 사람 그중에서도 암벽 등반에 대한 책을 사려는 사람은 이미 등산 장비 구입에 수백만 원을 쓴 사람이다(여기엔 필자도 포함된다!). 즉 등산에 대한 중급 이상의 이해도를 가지고 있는 사람들이라고 할 수 있다. 이런 경우에는 바로 암벽 개념도로 넘어가도 된다.

온 가족이 즐기는 영화라면 주인공의 어린 시절부터 연대기순으로 친절하게 설명하는 구도로 상영해야 하지만, 18세 이상 관람가라면 바로 베드신부터 시작해도 아무 문제가 없다. 영화 마니아를 대상으로 하는 시사회에서 점프 컷(실시간 동안 일어난 일을 건너뛰는 기법. '아침에 일어나서 밥 먹고 이 닦고 옷 입고 학교 간다' 처럼 모두 보여 주는 것이 아니라 '자명종이 울린다→학교 앞에 도착한다' 로 연결되는 경우를 말함)을 일일이 설명할 필요는 없다.

책도 마찬가지다. 어떤 아이템이든 중·고급의 학습 정도를 가진 독자를 위해 쓰려 한다면 초급 과정은 생략해야 하는 것이다. 이와 관련해서는 '백과사전을 쓸 것인가?' (186쪽)에서 더 자세히 설명하겠다.

어린이와 어르신을 위한 책을 써보자

성인을 대상으로 한 책이 성공하면, 뒤이어 어린이책이 따라 나온다. 《배려》가 성공하자 《어린이를 위한 배려》가 나왔고 《연탄길》 이후에 《어린이를 위한 연탄길》이 출간됐으며 《시크릿》 다음엔 《어린이 시크릿》이 선보였다.

어린이 독자는 생각보다 강한 구매력을 갖고 있다. 처음부터 아동을 대상으로 책을 써보는 것도 좋다. 미래의 독자층인 '어린이'와 '어르신'에 대해 연구해 보자.

1. 어린이

어린이란? 유치원생과 초등학생을 말한다. 만 5세부터 12세까지. 중학생만 되어도 책을 잘 읽지 않는다. 아니, 부모가 사주지 않는다. 대학 입시를 준비해야 하기 때문이다. 요즘은 초등학교 4학년만 되어도 특목고 입시 준비로 바쁘다. 엄마들도 이때부터는 초등 논술이니 뭐니 하면서 입시용 책만 사준다. 그러므로 한국 출판 시장의 진정한 독자는 초등학교 3학년 이하의 꼬마들이다. 인디라이터들은 어린이를 위한 책을 늘 염두에 두어야 한다.

2. 어린이의 어머니들

어린이들이 고르는 책과 어린이의 어머니들이 고르는 책은 다르다. 《메이플스토리》 같은 책은 '어린이들이 고르는 책'이다. 이 책은 1천만 부 이상 팔린 슈퍼 밀리언셀러다. 컴퓨터게임이 원작인 《메이플스토리》는 온갖 아이템으로 만들어지며(메이플스토리 수학, 메이플스토리 과학 탐험, 메이플스토리 맞춤법 등등) 초등학생들의 서가를 장식했다.

《메이플스토리》는 어머니들이 기꺼이 구입하는 책이 아니다. 그러나 아이들은 이 책에 대해 거의 경기 수준의 중독을 보였다. 일단 한 권을 사주면 다음 권, 또 다음 권…… 이런 식으로 계속 사주어야 한다. 이런 책들은 아이들의 입소문에 의해 발간 소식이 퍼지고 아이들이 먼저 알고 선택한다.

《애벌레 이야기》 같은 종류는 어머니들이 골라 주는 책이다. 이 책은 어린이들이 좋아하긴 하지만 쉽게 픽업하는 책은 아니다. 어머니들이 인터넷이나 다른 학부모로부터 "이 책이 좋다."라는 정보를 얻고 나서 사게 되는 책이다.

2005년, 대학로에서 아이와 연극을 본 적이 있다. 그 연극은 부모가 선정한, 아이를 위한 좋은 연극이었다. 공연이 시작되고 30분이 지나자 아이들은 하품을 하기 시작했다. 그런데도 소문이 자자했다. 왜? 연극을 본 학부모들이 감동적이라며 인터넷에 후기를 많이 올렸기 때문이다. 결국 연극은 어른이 생각하기에 아이들한테 좋을 것 같은, 연극이었을 뿐이다. 내가 보기에 그 연극은 아이들한테 너무 깊이 있는 사색을 요구했다.

3. 어르신들

우리나라는 급격히 노령화 사회로 진입하고 있다. "어린이를 위한 산업은 쇠퇴하고 실버산업이 흥한다."라는 예견은 오래 전부터 나왔다. 가까운 미래에는, 대량 은퇴 후 여생을 즐기고 소비할 수 있는 노년층이 생겨나게 될 것이다(물론 지금도 소비 노년층은 있다). 그들을 위한 책을 구상하고 또 써놓아야 한다. 노년층을 위한 아이템으로는 다음과 같은 것들이 있다.

① 건강에 대한 책

인간의 욕심은 끝이 없다. 60세가 되면 80세까지 살고 싶고, 80이 되면 100세를 누리고 싶어진다. 100세가 됐다고 해서 이제 그만 가야겠다, 생각하는 사람 역시 아무도 없다. 일부 선승들과 스콧 니어링(1883~1983)을 제외하곤(자연주의자 스콧 니어링은 100세가 되던 해에 '살 만큼 살았다'고 자각, 모든 곡기를 끊고 스스로 영면의 길로 갔다).

그러므로 건강에 대한 책은 노년층을 위한 제1의 아이템이다. 물론 '노년의 건강'을 주제로 삼아야 한다.

② 추억을 되새기게 하는 책

여행에 대한 책이 대표적이다. 그러나 더 이상 여행 정보 책은 먹히지 않는다. 도서 시장의 소비자인 노년층이라면, 많은 곳을 여행한 경험을 갖고 있을 확률이 높다. 그들이 책을 읽고 맞아 그곳이 참 좋았지, 그때 나도 그곳에 갔었지 하는 식의 회상에 빠질 수 있게 만들어야 한다. 정보 중심으로 쓰지 말고 감성 중심으로 써야 한다는 말이다. 사진과 에피소드가 공존하는 품격 높은 여행 에세이 같은 것을 염두에 두어야 한다.

〈은퇴 후 살기 좋은 도시 20곳〉 같은 아이템도 생각해 볼 수 있겠다. 20~30년 전 어려웠던 시절을 회상하게 만드는 전시회 〈엄마 학교 다닐 때〉 류의 책도 좋다. 옛 놀이, 옛 문화, 옛 음식 등에 대해 아련한 향수를 떠올릴 수 있게 만드는 아이템을 찾아보라.

③ 노년의 지적 욕구를 만족시켜 주는 책

신지식이나 외국의 문화 조류 등을 새롭게 소개할 수 있는 책이 유행할 것이다. 손을 써서 직접 뭔가를 하게 만드는 책도 좋다.

출판평론가 백원근에 의하면 일본에선 2005년 말부터 일본 명화나 세계 명화를 본문에 옅게 인쇄한《노년용 색칠하기 책》이 활황세를 보이고 있다고 한다. 또 노년층을 대상으로 한 글자 덧쓰는 책, 동요나 창가를 다시 써보는 습자 책, 간단한 수학 문제를 푸는 책 등이 인기를 얻고 있다(노년을 위한 책은 활자가 커야 한다. 노안老眼이어도 쉽게 책을 볼 수 있게).

④ 노년의 취미를 만족시켜 주는 책

노년의 취미는 청장년기의 취미와 다를 수밖에 없다. 일단 신체적 활동이 청장년층만큼 민첩하거나 활발하지 못하다. 한번 다치면 회복도 느리다. 자신의 의도와 그에 따른 육체적 움직임이 일치하지 않으며 기억력이나 순발력 등도 절정기에 미치지 못한다. 따라서 다칠 위험이 있거나, 움직임이 빠르거나 과격한 취미는 노년층에 맞지 않는다. 같은 취미생활에 대한 책이라 해도 노년에 맞게 고쳐서 내는 방법을 생각해야 한다.

댄스를 취미로 갖는다 치자. 이때도 노년층은 청장년층보다는 느린 음악을 택한다든지 해야 제대로 즐길 수 있다. 이를테면 살사 댄스는 노년층이 즐기기엔 부담되는 춤이다. 쿠바 노인들도 살사를 추지만 느린 살사 음악에 맞추어서 춘다. 〈노년층이 즐길 수 있는 댄스 음악 100곡〉 같은 책은 어떨까? 해설과 CD를 묶어서 낼 수도 있을 것이다.

⑤ 재교육에 대한 책

노년이 되었다고 해서 배움의 욕구가 줄어드는 것은 아니다. 단순한 지식욕이나 취미 때문이 아니라, 인생의 후반기를 살기 위해 필요한 '실제적 지식 습득'에 관심을 갖는 노년이 늘어날 것이다. 무역 업무를 30년 했지만 노후엔 과수원을 하고 싶다든지, 공직에서 은퇴했지만 목공 일을 하며 살고 싶다든지.

이들에게 노후를 위한 과수원 경영, 나이 들어 목수 되기, 시니어의 원예 교실 같은 책은 유용할 것이다. 생활비가 넉넉하다 해도 돈을 번다는 건 인생의 기쁨이다. 돈도 벌고 새로운 일도 하는 데 도움을 주는 책들을 아이템 목록에 포함시켜라.

⑥ 웰빙만큼 중요한 웰다잉Well Dying에 대한 책

잘 먹고 잘 사는 법 만큼 중요한 것이 잘 죽는 법이다. 그렇다고 장례에 대한 책을 쓰라는 게 아니다. 인생을 정리하고 마감하는 방법에 대한 아이템을 개발하라.

어린이책이 대세

쓰는 사람 입장에서 보면 어린이를 위한 책은 장점이 많다. 첫째, 상상력을 발휘할 기회가 더 많고 둘째, 책으로 만들어 낼 기회도 더 많으며 셋째, 평론이나 저작권 등 기타 잡다한 시비로부터 더 자유롭다(최소한 성인 책보다는 관대하다).

자동차에 대한 책을 쓴다 치자. 나 역시 자동차에 대한 책을 썼는데, 다양한 형식의 농담과 유머와 상상력이 가미된 문장을 쓸 수 있었다. 다른 책들을 보고 인용을 많이 했지만 매 문구마다 "이 구절은 어느 책 어느 쪽에 실려 있음."이라고 주석을 달지 않았다. 책 말미에 "어린이를 위한 책이라 일일이 주를 달지 않았습니다."라는 말과 함께 참고 도서 목록을 실었을 뿐이다(이런 책을 어른들의 읽을거리로 내놓기는 힘들다).

초보 인디라이터로선 일단 어린이들을 위한 책부터 시작하는 것도 좋다. 어린이들을 위한 책이 어른들을 위한 책보다 만들기 쉽다는 뜻이 아니다. 현재와 미래의 출판 시장에서 더 경쟁력이 있다는 뜻이다.

일본의 경우, 출판사 직원 중 아동 도서 관련 직원의 임금이 가장 높다. 1994년에 이미 20대 아동 도서 출판사 직원의 평균 임금이 사회과학서 출판사 40대 직원의 평균 임금을 앞질렀다. 당시 36만 엔으로 아동 도서 출판 관련 직원들은 사회과학, 문학, 가정도서 등의 책을 만드는 관련자들보다 임금이 높았다.

일본 에디터스쿨,《일본의 서적 출판사》

이미 십 수년 전부터 일본에선 '어린이 출판' 분야에 고임금의 전문 노동자들이 많이 진출하고 있다. 그만큼 어린이 출판 시장이 중요하다는 말이기도 하다. 국내 유수의 출판사들은 지난 10년 동안 '어린이 브랜드'를 만들어 내는 데 골몰했다. 책의 살길이 그쪽으로 뻗어 있기 때문이다.

인디라이터로서는 다행스러운 일이라 할 수 있다. 어린이들은 어른보다 훨씬 더 개방적이다. 따라서 저자의 글쓰기 패턴에 성인만큼 신경 쓰지 않는다. 예를 들어《우리 문화의 수수께끼》를 보자. 이 책의 저자 주강현 씨는 대학에서 민속학으로 박사학위를 받고 전국 방방곡곡을 누비며 연구한 사람이다. 그야말로 10

년 공부를 토대로 책 한 권을 낸 것이다. 그런 책을 아마추어 작가의 내공으로 낼 수는 없다. 주강현의 책을 누구나 쓸 수는 없는 것이다.

그러나 어린이를 위한 우리 문화의 수수께끼라면 이야기가 달라진다. 이런 책은 대학에서 역사학을 전공한 정도의 실력을 갖춘다면 누구나 쓸 수 있다. 어린이를 위한 책에서 가장 중요한 것은 어떤 내용을 전하느냐가 아니라, 그 내용을 어떻게 전하느냐이기 때문이다(물론 주강현 씨한테 먼저 이런 책을 쓰겠다고 허락을 받아내는 게 우선이겠지만).

정확한 정보를 기반으로 해서 그것을 비틀고 하나의 이야기로 만들고 수수께끼를 내고 괴상한 테마로 발전시켜도 된다.

당연히 어린이 책을 쓴다는 것이 쉽지만은 않다. 어린이 독자를 우습게 봐서도 안 된다. 그들은 대단히 높은 심미안과 독서관을 갖고 있다(어떨 때는 당연히 어른보다 낫다. 어린이는 어른의 아버지다……).

세계적으로 5,300만 부, 한국에서만 700만 부 이상 팔린《신기한 스쿨버스》의 저자 조애너 콜은 세계적인 과학 잡지와 논문들을 많이 챙겨 읽는 것으로 알려져 있다. 그녀 역시 깊이 있고 전문적인 자료 조사 과정을 거쳐 책을 만드는 것이다.

아이들 웃기기

어린이들은 어른보다 훨씬 더 그로테스크하다. 엽기적이다. 때문에 어른들은 도무지 이해하지 못하는 것에 대해서도 아이들은 재미있어 한다. 어린이들이 언제 웃는지 아는 사람이라면 어린이책 저자로서 반은 성공한 거다. 어린이들은 아무 것도 아닌 것 갖고 웃는다. 하지만 그 아무것도 아닌 것에도 '법칙'이 있다. 아이들을 웃기게 만드는 재료들은 다음과 같다.

1. 배설물에 대한 이야기

아이들은 똥오줌 이야기라면 뒤집어진다. 어린이들이 배설물에 대한 이야기를 하면 웃는 까닭은 뭘까? 아이들은 유치원을 다니면서, 혹은 말을 알아듣고 일정한 규제를 받으면서부터 사회적 억압을 느낀다. 그 억압이 스트레스로 무의식 속에 저장된다. 만 3세의 아이가 듣는 말의 90퍼센트 이상이 "안 돼!", "하지 마!", "위험해" 같은 '금지'에 대한 어휘라고 한다.

우리가 배설을 하면 육체적인 해방을 느끼듯이 아이들은 똥, 오줌, 코딱지, 가래 이야기를 하면서 그 여린 머릿속에 저장된 스트레스로부터 해방이 되는 것이다.

2. 괴물, 귀신, 공룡 이야기

이 아이템들은 아이들의 파괴 본능을 자극한다. 아이들은 괴물을 무서워하면서 동시에 재미있어 한다.

3. 의성어와 의태어
아이들은 비비 꼬인 의성어와 의태어를 들으면 재미있어 한다.

4. 비논리적인 이야기
아이들의 머릿속엔 어른들의 논리 체계가 아직 자리 잡지 않았다. 때문에 아이들은 비논리에 자지러진다. 엉뚱한 것, 비정상적인 것, 말도 안 되는 것 따위에 흥미를 느낀다.

5. 상상력이 발휘된 이야기
과거에 우리가 보고 듣고 겪었던 일인가?

현재의 사실인가?

미래에 실현 가능성이 있는가?

이 세 가지 질문은 어른들이나 하는 것이다. 이 질문들과 거리가 멀면 멀수록 아이들에게 가까운 아이템이 된다. 아이들은 이런 질문을 하기 전에, 이렇게 묻는다.

지금 나를 재미있게 해줄 수 있수?

6. 엽기적인 것
폭력이 개입되지 않는 한, 엽기는 권장 사항이다. 본래 엽기적이란 말은 괴이하고 망측한 것을 일컬었으나, 21세기의 아이들에겐 '새롭고 신나는 것'이란 의미를 갖는다.

7. 반복되는 것

세상의 재미(도대체 그게 뭘까?)에 길들여져 있는 어른들은 웬만해선 두 번 이상 책을 읽지 않는다. 그러나 아이들은 좋아하는 책을 열 번이고 스무 번이고 읽는다. 맘에 드는 영화나 만화는 수없이 본다. 아홉 살 이전의 아이들은 무한 반복의 감상에 익숙하다.

결론: 아이들을 이해하려면 다시 아이가 되는 수밖에 없다.

나의 웰다잉

필자가 잘 아는 산악인 한 사람이 어느 해 북한산에서 등반을 하다 실족사 했다. 30대의 젊은 나이였다. 주변의 모든 친구들이 그의 요절을 슬퍼했다. 그러나 난 가끔은, 산에서 생을 마감한 그가 부러울 때도 있다. 산악인이 산에서 삶을 마감한다는 게 그렇게 잘못된 일인가? 평균수명 이상으로 살며 장수를 누리는 삶이 '최선의 웰다잉'이라 한다면, 자기 일을 하다 죽는 것은 '차선의 웰다잉'이라 생각한다. 당연히 그가 살았다면 더 좋은 일을 많이 하고, 더 행복했을지도 모른다.

모든 죽음은 안타깝다. 가족에게 비극이며 사회엔 손실이다. 그러나 우리 모두는 언젠가는 죽는다. 장수는 전쟁터에서 죽는 것이 웰다잉이며, 작가는 글을 쓰다 죽는 것이 웰다잉이고, 배우는 무대 위에서 죽는 것이 웰다잉이다.

생각해 보라. 총알이 빗발치는 전쟁터에서도 살아 돌아온 퇴역 장성이 인적이 드문 시골 국도에서 교통사고로 죽는다면? 어떤 것이 웰다잉인가? 선배 연예인 한 사람은 잘나가던 40대 초반의 어느 날, 교통사고를 당해 저 세상으로 갔다. 그것도 술에 취해 차를 몰다가. 그렇게 죽고 나면 살아서 아무리 난 놈이었다 해도 꽝인 거다. 그러므로 사업가는 협상의 테이블 위에서, 증권 브로커는 주식 전광판 앞에서, 댄서는 공연 중인 플로어에서 죽는 게 멋진 것이다.

삶도 선택할 수 없듯이 죽음도 선택할 수 없지만, 적어도 나는 장렬한 전사를 하고 싶다. 어느 날 책상 위에서 완성하지 못한 원고를 다듬다 죽고 싶지, 직장암 따위에 걸려 생을 마감하고 싶지 않다. 소원대로 된다면 아마도 다음날 신문에는 이런 기사가 나겠지?

"작가 겸 배우로 왕성한 활동을 하던 명로진 씨가 오늘 아침 자택에서 다음 달 발간될 전집의 마지막 교정을 하던 도중 쓰러져 숨졌습니다……."라고. 쿨럭.

메인 재료부터 갖은 양념까지, 어떤 책을 만들까

기획서 쓰기

출판에서 기획서 쓰기는 영화로 치면 피칭이고, 회사로 치면 프레젠테이션이다. "당신의 책에 대해 5분 안에 설명해 봐."에 대한 대답이다. 기획서 쓰기는 책 내기의 시작이다. 기획서는 어떻게 써야 하는가? 모 출판사에서 요구한 질문서를 보자.

1. 왜 쓰는가

출판물이 넘쳐나는 시대에 왜 또 책을 쓰는가? 이 질문에 대한 대답은 저자의 기획 의도이자 집필 동기다. 이 대목에서 먼저 편집자를 쓰러뜨려야 한다. 편집자는 100가지 질문과 100가지 방

어막을 가지고 있다. 편집자는 '당신이 쓰는 책이 쓰레기인 100 가지 이유'를 댈 수 있는 사람이다. 그런 사람을 설득시킨다는 것은 세상의 모든 논리와 처세술을 동원해야 할 정도로 어렵다.

하지만 편집자를 설득하지 못하면 독자도 설득하지 못한다. 편집자들은 하루에 10여 개의 기획서를 본다(대부분 첫 쪽만 보고 쓰레기통에 던져 버린다). 그들은 지금껏 수십 권의 책을 만든 베테랑들이다. 편집자를 넘어서는 것부터 인디라이터의 작업은 시작된다.

2. 왜 지금 쓰는가

시대의 소명(?)에 대한 명쾌한 해답이 있어야 한다. 북핵이 처음 등장했을 때 《무궁화 꽃이 피었습니다》가 대박을 터뜨렸고, IMF로 어려울 때 가정의 소중함을 일깨워 준 《아버지》가 히트를 쳤다. 자금이 주식으로 몰리면 주식 관련 책들의 주가가 올라가고 부동산 폭등으로 자산 가치를 일찍 겪은 세대가 많아지자 '20대, 재테크에 미쳐라'라는 선동가가 울려 퍼졌다. 인디라이터가 동시대를 사는 사람들을 리드하기 위해서는 시대를 정확히 읽어내는 능력을 가지고 있어야 한다.

3. 누구 보라고 쓰는가

'독자 타깃'에 대한 연구가 되어 있어야 한다. 세상에 누구나 읽을 수 있는 책은 없다. 반드시 특별한 누군가를 위한 책이어야 한다. 그 타깃은 구체적일수록 좋다.

4. 현재 출판 시장에 이런 종류의 책이 있는가

있다면, 지금 쓰려는 책은 기존의 책들과 어떻게 다른가에 대한 설명이 있어야 한다.

5. 왜 당신이 써야 하는가

비슷한 책이 많다면, 저자인 당신이 가진 장점은 무엇인가에 대해 설명할 수 있어야 한다.

6. 책의 특징 혹은 장점은 무엇인가

자신이 쓸 책에 대한, 혹은 이미 완성한 원고에 대한 장점을 최대한 드러내라. 텍스트에 대한 사진 자료가 많다든지, 직접 일러스트를 했다든지, 방송 쪽에 소개할 수 있다든지, 유명한 사람의 추천사를 받을 수 있다든지 등등. 뭐든 도움이 될 만한 것은 목록에 넣는 것이 좋다.

7. 마케팅에 도움이 될 복안이 있는가

참, 이런 것까지 저자한테 요구하는 세상이다. 그러나 할 수 없다. 잘나가는 인디라이터가 아닌 이상, '을'의 책무에 충실해야 한다. 다양한 아이디어를 제출하라. 이벤트를 연다든지, 출판기념회를 기발한 방식으로 한다든지(댄스에 관한 책을 냈을 때 댄스파티겸 출판기념회를 한다든지), 방송이나 영화 쪽으로 PPL을 한다든지……

필자가 《자동차가 부릉부릉》을 냈을 때 자동차 회사 홍보실에 책을 무작정 보낸 적이 있다. 그러자 H사에서 사보에 내 이야기를 싣고 싶다는 연락이 와서 인터뷰를 했고, 얼마 후 자동차 관련 잡지에 인터뷰가 실리기도 했다(물론 자동차 회사에서 "홍보에 도움이 될 것 같으니까 우리 회사 자동차를 한 대 드리겠다. 타고 다니시라"든가 하는 연락은 없었다).

기획서의 구성 요소

앞에 말한 질문과 답변을 중심으로 다음과 같은 차례에 의해 기획서를 써보도록 하자.

《나는 이런 책을 쓰고 싶다》(가제) 기획서

1. 집필 의도 — '왜 이 책을 쓰려 하는가'에 대한 설명
2. 저자 소개
3. 기존의 책들과 다른 점
4. 목차 — 제목, 각 장의 제목, 소제목을 쓸 것
        — 각각의 소제목에 대한 3줄 설명
5. 원고 완성 시기
6. 그 밖에 출판사나 편집자에게 하고 싶은 말

7. 예문

다음은《하이힐을 신은 자전거》라는 책을 쓴 장치선의 기획서다. 위에 나열한 순서와 차이가 있으나 무방하다. 구체적인 목차에 주목하라.

《하이힐을 신은 자전거》기획서

① 저자 소개

장치선, 중앙대학교 신문방송학과를 졸업하고 원주 MBC 리포터를 거쳐 현재는 사내방송 아나운서로 일하고 있다. 또한 중앙일보 워크 홀릭 담당기자로 원고를 쓰는 투잡족이다. '자전거'와 '걷기'에 관련된 웹 기사와 지면 기사를 쓰고 있으며, 현재까지 자전거 관련 기사는 70편 정도를 썼다. 그 중 자전거와 관련된 '사건사고 기사'는 자전거족들이 가장 많이 찾는 '자출사(자전거로 출퇴근하는 사람들)' 카페의 필독 자료로 선정됐다.

하이힐을 신고 페달링을 하는 것이 취미이며, '스타일리시한 자전거, 섹시한 자전거, 사랑스러운 자전거'를 많이 탈수록 '지구를 구할 수 있다'고 믿는 자칭, '자전거 행동학자'다.

②지금까지 써 온 자전거 관련 기사들

〈중앙일보〉사회 · 생활면 ─week&레저, 거리의 재발견,

WalkHolic 등

〈조인스 닷컴〉 스릴 넘치는 자전거 '픽시'를 아십니까, 지하철이
여 자전거를 허하라, 공중제비 돌면서 자전거에 매달려 있는 방법
등……

③ 목차

1장. 하이힐 신은 자전거

마놀로 블라닉보다 미니벨로/ 누가 우리를 된장이라 부르나.
명동 빈폴 청년과 키다리 아저씨/ 자전거족들이 사랑한 여자
2040 와인 토크 vs 자전거 토크/ 여성 자출족의 선두자, 오드리
햅번. 햅번 스타일을 말하다.
명품 브랜드가 사랑한 자전거/ 그녀의 혈액형을 맞혀 드립니다.
스트라이다, 명품과 짝퉁의 경계/ 인생 초보자, 두 발 자전거 배우기
그녀에게 반한 이유 – 만화가 메가 쇼킹의 이야기
& 탐구생활

2장. 클럽에 간 자전거

제 자전거, 발렛파킹 좀 부탁합니다/ 자전거계의 '왕따 규약'
자전거족들의 '말말말' / 우리 이모부가 졸라맨이 된 사연
팻 라이딩 / 덴마크 코펜하겐의 자전거족, 패션을 말하다
텐덤사이클, 장애와 비장애의 경계를 허물다/ 공유할수록 가치가
커지는 것들/ 시대를 잘못 만났어요. 축지법을 배워 온 멋쟁이

& 탐구생활

3장. 데이트에 나선 자전거
가장 추운 겨울을 보내게 될 이들은 누구인가 - 자전거 도둑(Ladri
Di Biciclette)
자전거를 탄 아멜리에/ 뮤지션, 화가가 사랑한 자전거
블루머와 네 명의 사이클리스/ 벨로시페드, 그 사랑스런 기계에게
자전거 택배, 초난강 다시 보기/ 뮤지션과 화가가 사랑한 자전거
가까워지는 방법—박하사탕과 인어공주/ 레오나르도 다빈치의 자
전거 체인/ 얀 울리히와 랜스 암스트롱/ 하늘에는 안창남, 땅에는
엄복동
& 탐구생활

4장. 비키니 입은 자전거
당신의 멋을 위해 당신이 버린 것에 대하여/ 슬로우, 슬로우 서울
당신의 자동차와 이혼해야 하는 이유/ 좀 더 불편한 삶을 살 권리
세계지도 다시 보기, 대한민국이 커졌다/ 당신의 두 발로 구하는 세계
네덜란드의 두 발 달린 시민권 / 떼거리 잔차질, '자동차, 나는 너
와 싸우기 싫다'
& 탐구생활

④ 왜 쓰는가 & 왜 지금 쓰는가

144

자전거는 바퀴 달린 것들 중에서 가장 더디다. 말하자면, 테크놀로지와 속도의 시대에 가장 '후진' 탈 것이라는 뜻이다. 하지만 바로 그 이유로 자전거는 이 시대에 가장 전복적인 가치를 지닌 탈 것이 되는지도 모른다. 속도를 내면서도 느리게 움직이기, 움직이기 위해서는 기필코 근육의 힘을 사용하기, 그리하여 더디게 도착하기. 지속 가능한 세계를 만들기 위한 하나의 정언명제다. 이어지는 명제는 당연히 '당신의 두 발을 움직여라'가 되지 않을까.

(중략)

⑤ 독자 타깃

자출(자전거 출퇴근) 문화의 붐을 일으킨 중심에는 30~40대가 있었다. 그 문화를 스타일리시하게 업그레이드하는 것은 그 뒤를 잇는 20대. 그러므로 이 책은 2030세대의 자전거 이야기가 될 것이다. 자기 삶의 라이프스타일과 문화적 취향을 포기하지 않으면서, 아니 오히려 자전거 문화에 자기 삶을 가장 정직하게 반영하면서 바퀴를 굴리는 이들을 대상으로 삼는다. 하지만 단지 20대만을 위한 책은 아니다. 기본적으로 자전거 타기를 좋아하는 사람, 자전거로 출퇴근 하는 사람, 자전거를 한 번 타보고 싶은 사람, 복잡한 도심 속 자동차의 독점에 혐오감을 느끼는 사람, 환경 문제에 관심을 가지는 모든 사람이 이 책의 독자가 될 것이다. 그리고 자전거와 사랑에 빠지게 될 것이다.

⑥ 현재 출판 시장에 이런 책이 있나

이 책은 기본적으로 에세이 형식의 논픽션이다. 지나치게 감상적이지 않고 재기발랄하게, 때론 발칙하게 자전거를 타고 세상을 바라보는 시각을 제시하고 있다. 현재 이와 비슷한 형태의 책은 없다. 가장 유사한 책으로는 김병훈의 《자전거 타는 인간, 호모 케이던스의 고백》이 유일한데, 《자전거 생활》의 중년 남성 기자가 쓴 책이다. 5년간 《자전거 생활》에 연재한 자전거와 관련된 글을 묶어서 출간한 것인데, 나는 이 책과 180도 다른 분위기의 자전거 논픽션을 꿈꾸고 있다. 이 책은 자전거 논픽션으로는 국내에서 아직까지는 유일하지만 '남성적'이고 '딱딱'하고, 무엇보다도 조금은 '올드 취향'이라고 할 수 있다. 이외에 자전거와 관련된 여행기는 많다. 《아메리카 자전거 여행》, 《바이시클 다이어리》, 《자전거 여행》 등이 모두 자전거 여행기이다. 자전거와 관련된 다른 책들로는 《세상에서 가장 우아한 두 바퀴 탈 것》이라는 책이 있는데, 자전거의 역사, 문화를 기록한 책이다. 모델로 삼는 책은 서은영, 장윤주의 《스타일북》, 김영하의 《여행자도쿄》, 강한나의 《동경하늘동경》이다.

⑦ 왜 내가 써야 하나

기존의 자전거 관련 책들은 '남성적'이다. 남성 저자들의 남성적인 자전거 이야기다. 못살던 시절의 추억의 자전거, 자동차보다 느린 자전거, 문명의 퇴물 정도로 취급되는 자전거의 낡은 이미지를 벗어 던지고 싶다. 자전거의 섹시함, 발랄함, 환경 친화적 자전거, 미래 사회의 꿈으로써의 자전거를 제시하기 위해서는 새로운 이미지를 입힐 수도 있지 않을까. '20대, 여성, 그리고 자전거를 사랑하는 자전거족, 섹시함, 발칙함' 등을 어필하고 싶다.

⑧ 이 책의 특징은 무엇인가

자전거와 관련된 몇 가지 주제의 짧은 이야기들이 전개된다. 자전거와 관련된 추억, 로맨스, 유머 등 이미지로서의 자전거를 그리게 될 것이다……. 그러나 자전거의 이미지를 소비하는 책으로 만들고 싶지는 않다. 궁극적으로는 하나의 대안 혹은 해답으로서의 자전거에 대한 이야기로 갈무리될 것이다. 글이 끝날 때마다 '탐구생활'이라는 짤막한 질문을 던질 예정이다. 자전거를 독자의 일상생활에 좀 더 다가가게 하기 위한 일종의 장치다. 처음부터 끝까지 관통되는 하나의 콘셉트는 이런 거다. '사랑스러운 자전거, 섹시한 자전거, 타고 싶은 자전거, 그리고 세상을 구하는 자전거'다. 자전거와 사랑에 빠지게 만드는 책으로 만들고 싶다.

⑨ 마케팅에 도움이 되는 방법은

자전거 동호회의 충성도는 상상이상이다. 자전거 카페들을 중심으로 라이딩 이벤트를 기획할 수 있을 것이다. (중략)

⑩ 샘플 원고

세상에 딱 하나밖에 없는 자전거

전 세계에 500장밖에 없는 한정판 티셔츠 중 196번째 아이템, 우리나라에 단 두 점밖에 입고되지 않은 구두, 가수 서인영의 옷장에는 그런 것들이 들어 있었다. 화려하고 다양한 디자인의 패션 아이템들도 물론 눈길을 끌었지만, 그녀의 옷장을 특별하게 만들어 준 것은 '신상'이 아니라 바로 그 '한정판'들이었다.

사치스럽다고? 맞다. 그러나 모든 종류의 욕망은 사치스럽다. 옷이나 구두가 아니라 책으로 이야기를 바꾸어 보아도 마찬가지다. 언젠가 신촌의 헌책방에서 최인훈의 《광장》 초판본을 찾는 어떤 남자를 본 일이 있다. 그가 거의 모든 책방을 헤매고 있으리라는 짐작을 단번에 할 수 있었다. 그는 서점 주인에게 말했다. "혹시 《광장》 초판본 구하면 알려주세요. 그거 값이 얼마든 제가 살 겁니다." 세상에 딱 하나밖에 존재하지 않는 어떤 것을 찾는 수집가들의 욕망은 비웃음의 대상이 될 수 없다. 세상에 딱 하나밖에 없는 사랑을 찾는 마음을 비난할 수 없는 것과 같은 이치다.

나는 지금 세상에 딱 하나밖에 없는 어떤 자전거를 갖고 싶다. 코트니 콕스는 제니퍼 애니스톤에게 샤넬 자전거를 선물했다. 이 자전거 안장에는 샤넬 2.55백이 장착돼 있다. 가격은 아마 우리 돈으로 1,200만 원 정도 하는 모양이다. 나는 물론 애니스톤의 그 자전거가 매우 부럽다. 사이클 선수 출신의 디자이너 폴 스미스가 디자인해 스무 대만 생산한 빨간 자전거 얘기를 들었을 때도 잠시 온몸을 부르르 떨었다. 그중 두 대가 우리나라에 들어왔다고 한다. 누가 내게 마르지 않는 지갑을 선물해 다오! 하지만 진정으로 내가 찾는 자전거는 샤넬도 아니고, 폴 스미스도 아니다. 내 자전거다. 나만의 소유욕과 나만의 추억으로 팽팽해진 바퀴 두 개 달린 내 자전거.

Tp 세계에서 가장 최고가의 자전거는 무엇일까. 현재까지는 유럽의 스파이커카스사의 '에어블레이드'란 자전거다. 유럽의 유명 스포츠카 제작사인 스파이커사와 자전거 제작사 코가가 공동으로 제작한 자전거로, 공기 저항을 최저로 받으면서도 최고의 사양을 갖췄다. 티타늄 프레임에 알루미늄 휠을 갖추고 스포티한 자동차의 느낌을 물씬 주는 점이 특징이다. 가죽 핸들 손잡이, 안장까지 장착돼 안정된 승차감과 14단 기어를 자랑한다. 가격은 한화 1,500만 원 정도다.

& 탐구생활

'가지고 싶은 한정판 자전거가 있다면 적어 보자. 그리고 왜 가지고 싶은지 이유를 적어 보자'

기획서는 한 장으로 족하다

내가 준비했던 기획서는 카쇼기 같은 사람에게 적당하지 않았다.

내용이 완벽하지 않아서가 아니라 간결성이 부족했던 것이다! 우리가 제출한 기획서는 관행에 충실하게 회사 소개, 사업 설명, 위험 요소, 시장 조사, 자본 평가, 재정, 경영, 최근 상황, 법적 사항, 참조 등 여러 부분으로 나뉘어 있었다. 또한 10여 개의 도표, 차트, 지도가 그려져 있었다. 나는 그 순간 깨달았다. 우리는 그것을 준비하면서 한 가지 중요한 요소인 '자료를 읽을 대상'을 고려하지 않은 것이다.

패트릭 G. 라일리, 《The One Page Proposal》

1980년대 중반, 패트릭 라일리는 세계적인 갑부 애드넌 카쇼기에게 사업기획서를 제출했다. 아프리카 동부에서 벌이는 설비 사업에 대한 것이었다. 그것은 무려 50쪽에 이르는 방대한 기획서였다. 사업의 내용은 훌륭했지만 분 단위로 일과를 쪼개는 카쇼기 같은 사업가에게는 너무나 긴 기획서였다. 라일리는 카쇼기의 호출을 받고 일주일을 기다린 후, 어느 날 새벽 1시 몬테카를로 항에 정박해 있는 요트 안에서 카쇼기를 만난다. 이때 카쇼기는 라일리에게 말한다. "기획서는 한 장이면 충분하다."고. 의아해하는 라일리에게 카쇼기는 덧붙인다.

"거래 여부를 결정하는 자리에 있는 사람치고 한 쪽 이상의 분량을 읽을 만큼 시간이 있는 사람은 매우 드문 법이오."
"허걱!"

카쇼기의 말을 들은 라일리는 크게 깨닫고 '1쪽짜리 기획서'를 다시 썼다. 그 후 그는 '1쪽 기획서 만들기'라는 프로그램을 개발했고 강연을 시작했다. 그는 이 교육 프로그램으로 무려 1천만 달러를 벌어들였다! 당신이 쓰려는 기획서는 '그것을 읽을 대상'을 고려하고 있는가? 아니면 당신 혼자 만족하고 있는 30쪽짜리 인쇄물인가?

제목이 전부다

기획서 쓰기의 처음이자 끝은 '제목 정하기'라고 할 수 있다. 2007년 1월 17일, 대한민국의 모든 일간지 1면엔 고건 전 총리의 17대 대통령 선거 불출마 선언에 대한 기사가 실렸다. 다른 신문이 "고건, 대선 불출마 선언", "대선 정국 안개 속, 고건 낙마" 등의 평범한 제목을 뽑았을 때 〈동아일보〉의 제목은 이랬다. "高, 스톱" 정말 죽이지 않는가? 다른 신문의 편집자들은 그날 모두 머리통을 부여잡고 반성해야 했을 것이다.

2008년 1월 19일자엔, 이명박 대통령의 규제 개혁에 대한 기사가 1면 톱이었다. 전날 이명박 대통령(당시엔 당선자)이 탁상행정의 대표적 사례로 전남 영양군 대불 산업 단지 내 산업 도로에 있는 전봇대를 지적했었다. 화물 운송을 할 때마다 전봇대의 전선을 잘라야 하는데 이 전봇대 하나를 옮기지 못하고 행정부서에서 이리저리 책임을 미룬다는 것이었다. 이에 대해 A신문은 "전봇대 하나 옮기는데 몇 달씩 걸려서야"라고 제목을 뽑았고, B신문은 "전봇대 하나 못 옮기는 대한민국"이라고 썼다. 〈동아일보〉는? "그 전봇대 아직 있다" 좋은 제목이다(나는 동아일보와 아무 상관이 없다).

그러므로

첫째, 제목이 전부다.

둘째, 제목은 콘셉트다.

셋째, 제목으로 죽여라.

넷째, 제목은 양보하지 않는다.

누구라도 승복할 수 있는 제목을 뽑아내라. "高, 스톱" 같은.

기획서의 꽃, 목차

기획서에서 가장 중요한 부분은 바로 목차다. 목차는 충실하고 구체적이고 매혹적이어야 한다. 노련한 편집자들은 목차만 보고도 필자가 얼마나 열심히 원고를 준비했는지 알아낸다. 원고를 쓸 준비가 안 돼 있을 때는 목차도 만들어지지 않는다. 충분히 공부하고 자료를 모으고 배치가 끝났을 때 목차도 나온다.

일반적으로 목차와 함께 그 각각의 장과 소제목에 해당하는 부분에 대한 설명이 추가되어야 한다. 세계 여행에 대한 아동서《펜도롱 씨의 세계 여행》의 기획서 일부를 보자.

제1장 이집트

피라미드에 숨어들어간 펜도롱 씨

비디오 촬영이 금지된 피라미드 내부, 펜도롱 씨는 이곳에 비디오 카메라를 들고 몰래 들어간다. 우락부락한 피라미드 경비원과의 쫓고 쫓기는 추격전. 펜도롱 씨는 드디어 가장 깊은 피라미드 안쪽까지 숨어 들어가는데 성공하는데…… 과연 펜도롱 씨는 무사할 것인가? 피라미드의 불가사의한 구조와 건설과정이 펼쳐진다.

✖ 이집트의 역사 개요

알렉산드리아 바다 속의 비밀

펜도롱 씨는 스킨 스쿠버 장비를 하고 알렉산드리아의 바닷속으로 들어간다. 3천 년 전, 로마와 이집트 사이에는 어떤 일이 있었을까? 이집트의 여왕이었던 클레오파트라의 궁전은 모두 알렉산드리아의 바다 속에 묻혀 버렸다. 깊은 바닷속에서 펜도롱 씨가 발견한 것은 무엇이었을까?

✖ 이집트의 관광 개요

옷 한 벌과 양초 2개로 이집트를 지배한 사나이

전설적인 칼리프 오마르 이야기. 마호멧의 후계자였던 오마르는 이슬람의 군주로 이집트를 지배하게 된다. 그는 군대도 적었고 가진 것도 없었다. 그러나 정직과 겸손으로 아랍세계를 통치하게 된다.

✠ 오마르, 살라앗딘(우리가 잘 아는 살라딘) 등 이집트의 이슬람 영웅들 이야기

비둘기 아파트

카이로 근교의 농촌에는 세계에서 가장 규모가 큰 비둘기 아파트가 100여 채 들어서 있다. 이집트 사람들은 비둘기를 즐겨 먹는다. 비둘기 아파트에 들어간 펜도롱 씨는, 높은 곳에서 떨어져 날개가 부러진 어린 비둘기를 다시 보금자리에 돌려보낸다.

✠ 이집트인의 식생활

미움이 낳은 비극

이집트 초기 유물이 가득한 룩소르. 이곳에서 핫쳅수트 여왕의 신전을 방문한 펜도롱 씨. 거대한 신전 벽화는 망치와 정으로 심하게 망가져 버린 채 손님을 맞고 있었다. 누가 이렇게 아름다운 벽화를 망쳐 놓았을까? 이집트 고왕조의 역사가 고스란히 녹아 있는 룩소르 방문기.

✠ 나일강과 이집트 사람들의 생존기……. (중략)

굵은 글씨는 대제목과 소제목이다. 얇은 글씨는 각 장의 제목에 대한 짧은 설명이다. 이런 식으로 각 장을 나누고 그 장에 대한 간략한 설명이 덧붙여지면 목차는 완성된다. 기획서의 목차는 제목의 나열 그 이상의 것이다.

기획서도 자꾸 쓰다 보면 좋아진다. 처음부터 완벽한 기획서를 쓰려 하지 말고, 자료를 찾아가며 고치고 다듬어야 한다. 기획서는 계약서가 아니다. 취재와 집필 과정에서 없었던 내용이 추가될 수도 있고, 처음 기재되었던 아이템이 빠질 수도 있다.

프로필 쓰기

프로필 쓰기에도 생략이 필요하다. 책에 넣을 프로필을 쓸 때, 자신이 가진 다양한 경력을 모두 다 써넣을 필요는 없다. 그 책에 꼭 필요한 프로필을 중심으로 써야 한다(설마 프로필을 출판사에서 써 주리라고 생각하는 건 아니겠지? 당신이 써야 한다).

1. 드라이한 프로필
프로필 쓰기의 예를 들어 보자.

이 책을 쓴 김은하 씨는 이화여자대학교에서 사회학 박사학위를 받았다. 1998년부터 2003년까지 서울시립어린이도서관에서 수업

을 담당했다. 여성신문의 교육 칼럼 '책과 어린이', 사단법인 공동
육아연구원의 소식지 '공동육아' (1998~2001)의 '그림책과 더불
어 행복해지기' 등 어린이 독서 교육에 관한 책을 썼다. 현재 대학
에서 강의하고 있다.

위의 글은 《우리 아이, 책 날개를 달아 주자》라는 책에 쓴 저자
김은하의 프로필이다. 가감 없이 객관적인 사실만 그대로 실었
다. 마치 포므롤 와인의 대명사 '르팽Le Pin'의 라벨 같다. 르팽은
그 이름만으로 전 세계 와인 마니아의 오금을 저리게 만드는 최
고급 와인이다. 이 와인의 라벨에는 설명이 없다. 그림도 없고 문
양도 없고 컬러도 없다. 명품 와인의 라벨에 다 있는 샤토(성) 사
진도 없다. 그저 이름 '르 팽' 두 단어와 빈티지 그리고 포도밭 주
인의 서명뿐이다. 아시는 분들은 다 아시고, 모르는 놈들은 몰러
식의 오만함이다. 라벨은 황당할 정도로 썰렁하지만 상관없다.
사람들은 한 병에 수백만 원을 주고 이 와인을 사서 마신다. 그리
고 그 맛과 향에 감탄한다. 마니아들에게 라벨은 아무 문제가 되
지 않는다(프로는 말이 필요 없는 것이다).

이 책의 저자 김은하는 책을 내기 전에 이미 그림책 고르기에
탁월한 안목을 가진 독서 교육자로 인지도가 있었다. 출판사는
내용으로 승부하자는 콘셉트로 책을 냈다. 책에는 저자의 연구와
실전 경험이 응축되어 있다. 어린이 독서 교육에 대한 역작이다.
이런 책을 낼 정도라면 프로필에서 구구절절이 경력을 꾸며낼 필

요가 없다.

　프로필을 보면 저자의 집필 성향을 어느 정도 짐작할 수 있다. 다음을 보자.

2. 화려하게 치장한 프로필

《패션모델 송경아, 뉴욕을 훔치다》라는 책이 있다. 저자 프로필에 이렇게 나와 있다.

> …… 세계적인 패션 거물들과 작업하며 뉴욕과 파리, 밀라노 등의 낯선 도시에서 좌충우돌한 기록이 고스란히 담긴 이 다이어리…… 세계 정상급 모델로서 닦아온 내공을 유감없이 보여 주었으며…… 이미 20대 중반에 우리 시대 최고 모델이라는 타이틀을 거머쥔 그녀가 앞으로 걸어 나갈 새로운 무대는 어디일까?

　프로필은 객관적인 사실의 나열일까? 아니다. 저자의 주관적 입장을 쓰는 것이다. 위의 글을 보면 송경아는 '세계 정상급 모델'이며 20대 중반에 벌써 '우리 시대 최고 모델이라는 타이틀'을 거머쥐었다. 그 사실은 누가 인정해 주었는가? 바로 저자 자신이다. 프로필에는 저자가 내세우고 싶은 경력만 드러나게 되어 있다. 그렇다 해도 주관적 판단보다는 구체적인 수상 경력을 내세우거나 패션 잡지의 기사 등을 인용하는 게 낫다. "2005년 〈보그〉 선정, 우리 시대 최고 모델"이라든지 하는 식으로.

이 책은 독자들로부터 환영을 받았다. 20대 여성들을 위한 패션 잡지같이 디자인했다는 점이 매우 특이하다. 공개된 일기장인 이 책은 저자의 글과 직접 그린 일러스트, 만화로 구성되어 있어 부담 없이 읽혔다(이제 책을 쓰려면 만화도 그릴 줄 알아야 한다······. 어휴, 할 거 참 많다).

《에펠탑에서 번지점프를 하다》의 프로필 전문을 보자.

1980년 7월 12일 아침 7시 37분에 서울에서 태어나다. 혈액형은 B형. 여고 시절 미술을 전공했으나 대학입시 가나다라군에서 줄줄이 떨어진 뒤 파리행을 결심하다. 이방인에게는 한없이 낯설고 차가운 도시 파리에서 6개월 만에 불어를 마스터하다. 에스모드 파리에 입학해 에스모드 역사상 최초로 남성복과 여성복을 동시에 전공하다. 졸업 후 1년 만에 'Nathalie by SOYA' 라는 패션 회사의 수석 디자이너가 돼 미친 듯이 옷을 만들다. 2005년 겨울, On Style 〈싱글즈 인 서울 4〉 파리 편에 출연해 나도 모르는 사이 한국에서 아주 조금 유명해지다. 바쁜 와중에도 불법체류자라는 꼬리표를 뗄 수 없어 슬퍼하다가 눈물을 삼키며 잠시 파리를 등지다. 2006년 6월, 드디어 회사로부터 노동 허가증을 받았다는 희소식을 듣다. 그리고 2006년 7월, 다시 파리를 가로지르러 비행기에 오르다.

저자의 특이한 경력은 다음 세 가지다. 첫째, 에스모드 파리에 입학해 에스모드 역사상 최초로 남성복과 여성복을 동시에 전공했다. 둘째, 졸업 후 1년 만에 'Nathalie by SOYA'라는 패션 회사의 수석 디자이너가 돼 옷을 만들었다. 셋째, 2005년 겨울, On Style 〈싱글즈 인 서울 4〉 파리 편에 출연해 자신도 모르는 사이 한국에서 아주 조금 유명해졌다.

'에스모드 파리 역사상 최초로 남성복과 여성복을 동시 전공'한 사실은 누가 인정해 주었는가? 책 본문을 보면 저자가 졸업발표회 때 남성복과 여성복을 동시에 선보이겠다고 하자 선생님 중 한 사람이 이렇게 이야기한다. "남성복과 여성복을 동시에 하겠다고? 그 둘을 같이 발표하려는 사람은 네가 처음이야."라고. 이 한마디를 잊지 않고 있다가 저자는 프로필에 올렸다. 정식 문서로 인정하거나 자격증을 준 건 아니다(이런 기억력이 참 기특할 뿐이다). 'Nathalie by SOYA'라는 회사는 어떤 회사인가? 책 어디를 살펴봐도 매출액이라든지 지명도에 대해 나와 있지 않다. 중소 패션 회사일 것으로 짐작된다. '수석 디자이너' 역시 몇 안 되는 디자이너 중에 임명된 것으로 큰 의미는 없다. 그러나 사실은 사실이므로 프로필로 내세웠다.

〈싱글즈 인 서울 4〉란 프로에 단 한 번 출연했다는 것 역시 큰 의미는 없다. '한국에서 아주 조금 유명해지다'라고는 했지만, 친구들 빼고는 누구도 그녀가 이런 프로에 출연했다는 것을 알지 못할 것이다. 그러나 앞서 말한 대로 저자 프로필이란 객관적 사실의 나열이 아니다. 저자가 스스로 생각한 자기에 대한 평가다. 그러므로 심하게 말하면 프로필에서는 모든 게 용서된다.

장민희라는 저자를 평가절하하거나, 프로필이 과장됐다고 말하려는 것이 아니다. 이 정도의 프로필도 대단하다고 판단했기 때문에 출판사에서는 책을 냈을 것이다(책 내용은 나름대로 아기자기하고 흥미롭다).

말도 안 되는 경력을 침소봉대하라는 이야기가 아니다. 그 경력이 무엇이든, 100퍼센트 거짓이 아닌 한 '드러내야' 한다. 그게 프로필 쓰기의 핵심이다. 우리 시대 최고! 역사상 최초! 같은 말을 함부로 쓰지만 않는다면.

이 책을 보고 있는 당신도 프로필을 써보라. 흰색 A4 용지를 꺼내 놓고 만년필 뚜껑을 열어라. 되도록 당신이 보유한 최고의 만년필을 선택해라(만년필이 없다고? 그럼 당신의 프로필을 문방구에서 파는 500원짜리 볼펜으로 쓰려고 했는가? 만년필보다 더 비싼 30만 원짜리 몽블랑 볼펜이라고? 음, 그렇다면 그걸로 써라).

필기구를 들고 하얀 종이를 마주하고 있다 보면 뭘 어떻게 써야할지 막막할 것이다. 어쩌면 쓸 게 없을 수도 있다. 쓸 게 있더라도 부끄러울 수도 있다. 하지만 써라. 단, 독자들에게 꼭 전하고 싶은 경력만 써라. 나의 할아버지는 평안도 출신이다……로 시작하는 프로필은 쓰지 마라. 학력, 학벌, 학위는 물론 중요하다. 그것보다 더 중요하다고 생각하는 것이 있으면 그걸 써라. 하다못해 희망사항이라도 써라. 세계 최고의 IT 전문가를 꿈꾸며 오늘도 밤을 새우고 있다……는 식으로.

피칭 기술이 필요하다

작가는 글로 말한다? 정말 그럴까?

> 피칭의 중요성은 아무리 강조해도 지나치지 않다. 외국의 경우,
> 영화학교에서 아예 '피칭'이라는 독립 과목을 만들어 교육시키기
> 도 하고, 할리우드의 시나리오작가 에이전시들은 '피칭 대행'이
> 라는 서비스를 제공하기도 한다.
>
> 심산,《한국형 시나리오 쓰기》

할리우드에서 시나리오작가가 자신의 작품을 제작자, 감독 혹
은 여타 영화 관계자에게 짧은 시간 안에 프레젠테이션하는 것을
'피칭Pitching'이라고 부른다. 인디라이터에게도 피칭 기술이 필요
하다. 그것은 고도의 영업 기술과 세일즈 전략을 요구한다.

"작가는 글로 말한다."라는 말은 맞다. 그러나 그건 이문열이나
공지영 같은 소설가에 해당되는 이야기다. 공지영은 통산 300만
부 이상 팔린 소설의 저자이면서도 〈조선일보〉 2006년 11월 20
일자 인터뷰에서 "초등학교 2학년인 막내아들을 보면 내가 애 대
학 들어갈 때까지 글을 써서 먹고살 수 있을까 하는 생각이 퍼뜩

들면서 노트북을 켜게 된다."라고 했다(지영이 누나! 그럼 저 같은 사람은 어쩌라고요?).

인디라이터라 해도 주강현, 이덕일 씨 같으면 위 명제가 맞다. 하지만 초보 인디라이터들은 글로 말하는 게 아니다. '밀語'로 말하는 거다. 인디라이터들은 자기가 쓸 책에 대해 끊임없이 세일즈를 해야 한다. 먼저 편집자들을 설득해야 한다. 자신의 글이 왜 책으로 만들어져야 하는지 자신의 글을 책으로 내면 어떤 점이 좋은지 왜 자신의 책이 베스트셀러가 될 수밖에 없는지, 편집자들에게 손짓 발짓 섞어 가며 알려 주어야 한다.

치사하다고? 아니꼽다고? 못해 먹겠다고? 정말 그렇게 생각한다면 인디라이터 아니라 다른 무엇을 해도 당신은 치사하고 아니꼽고 못해 먹겠다고 생각할 수밖에 없다. 어떤 한가한 출판사가 이름도 모르는 저자의 생뚱맞은 원고를 책으로 내줄까? 어떤 정신 나간 편집자가 1,000장 가까이 되는 원고를 끝까지 읽고 있을까? 그것이 허섭스레기인지도 모르는 판에.

편집자는 제1의 독자

글 쓰는 재주는 인디라이터의 성공을 구성하는 요소 중에 10퍼센트밖에 안 될지도 모른다. 나머지는 취재력, 끈기, 호감도, 몰입하는 힘, 창조성 그리고 편집자에게 잘 보이는 능력이다. 편집자는 제1의 독자이기 때문이다. 편집자에게 외면당하면 독자에게도 외면당할 확률이 높다. 그러므로 편집자에게는 무조건 잘 보여야 한다! 아부하고 술을 사란 이야기가 아니다. 편집자를 독자라 생각하고 그의 의견을 존중해 주어야 한다는 이야기다. 그와 의견이 다를 때는, 자신만의 논리로 그를 굴복시킬 수 있어야 한다. 그만큼 인디라이터는 매력적이어야 한다. 카리스마와 유머를 동시에 가지고 있어야 한다(인디라이터가 되느니 차라리 연예인이 되는 게 더 빠르지 않을까?). 무엇보다 자신의 작품에 대해 5분 안에 단순 명료하게 설명할 수 있어야 한다.

"자, 선생님의 원고에 대해 설명해 주시겠습니까?"

편집자들은 저자를 연령과 지위를 막론하고 선생님이라고 부른다. 그러나 그 마음속에는 '어디, 너 얼마나 말 잘하나 들어 보자. 쓸데없는 소리라도 지껄여 봐라. 다신 안 볼 테니까…' 하는 생각이 들어 있다.

"그냥 원고를 읽어 보시면 안 될까요? 제가 말을 잘 못하는데……"

이런 식으로 대답했다가는 편집자의 차가운 눈빛만이 돌아올 뿐이다. 자신의 원고에 대해 간결하고 조리 있게 설명하는 것, 이것은 원고의 내용만큼이나 중요한 것이다.

세상의 모든 비즈니스가 그렇지 않을까? 비즈니스의 내용 자체도 중요하지만 그것을 상대방에게 설명하는 것도 중요하다. 또 그것을 설명하는 사람도 중요하다. '글만 잘 쓰면 되지' 하는 생각은 버려라. '글만 잘 쓰면 책도 내고 유명해지고 돈도 벌 수 있다'는 생각은 아무나 하는 게 아니다.

'음악만 잘하면 되지'라고 생각할 자격이 있는 인물은 모차르트 정도다. 그 정도 천재라면 음악만 잘하면 된다. '미술만 잘하면 되지'라고 생각할 자격이 있는 인물은 레오나르도 다 빈치 정도다. 그러나 레오나르도 다 빈치가 얼마나 프레젠테이션에 능했는지 알면 여러분은 까무러칠 것이다.

《레오나르도 다빈치》를 보면 프리랜서였던 다 빈치가 밀라노 군주 루도비코 일모로에게 보내는 〈제가 잘할 수 있는 12가지 항목〉이란 편지가 나온다.

저는 운반하기 쉽고 견고한 (전투용) 다리를 잘 만들 수 있습니다.

저는 성벽을 무너뜨리는 파벽추와 성벽을 타넘는 사다리를 어떻게 제작하는지 잘 압니다.

저는 또한 실용적이고 운반하기 쉬운 포砲 모델을 갖고 있습니다.

저는 해상전투를 위한 군함을 잘 만들 수 있습니다. (중략)

저는 평화 시에도 흠잡을 데 없이 각하를 흡족하게 해드릴 수 있습니다.

누구 못지않게 개인 건물을 잘 건축할 수 있으며……

○○○를 조각할 수 있으며……

회화도 다른 사람만큼 잘 그릴 수 있고……

게다가 청동 기마상도 제작할 수 있는데 이는 유명한 각하의 가문과 각하의 부친을 위한 즐거운 기념물로 영원한 명예와 영광이 될 것입니다.

위에 명시한 것들 가운데 하나라도 의심적으신 게 있다면, 저는 각하의 정원이나 각하의 마음에 드는 어떤 장소에서든 즉시 실행할 만반의 준비가 되어 있습니다. 저는 공손하게 저를 각하께 맡깁니다.

위 편지를 읽어 보면 하청업자(?)의 비애가 느껴지기까지 한다. 역사적으로 예술가는 늘 을의 위치였다(20세기 이후 할리우드 스타들과 〈겨울연가〉의 일본 방영 이후 배용준은 빼고). 우린 다 빈치보다 청동 기마상을 더 잘 만들지도 못한다. 우린 할리우드 스타도 배용준도 아니다. 그러니 우리 작품을 책으로 내줄 사람에게 성심성의껏 프레젠테이션해야 한다. 만약 다 빈치보다 더 훌륭한 예술가가 될 자신이 있다면 인간관계나 비즈니스, 피칭 따위는 신경 쓰지 않아도 된다.

다른 시각, 다른 의견

나탈리 골드버그는 이렇게 말했다.

편집자를 정확히 알면 알수록 편집자를 무시해 버리기도 한결 수

165

월해진다. 조금만 시간이 지나면 편집자가 하는 말은 늙은 술주정
뱅이가 뒤에서 종알거리는, 그렇고 그런 허튼소리임을 알게 된다.
편집자의 "당신은 진부해"라는 말을, 멀리서 바람에 날리는 빨래
정도로 여겨라.

그의 말도 옳다. 왜냐하면

① 편집자들의 마음은 변덕스럽다.
② 편집자들이 가진 저자에 대한 기준은 턱없이 높다.
③ 편집자들은 국내 최고의 저자가 원고를 싸들고 오길 기다린다.
④ 베스트셀러 중 어떤 책들은 편집자들에게 수많은 거절을 당한 원고들
중에서 나온다.
⑤ 편집자들은 자기들도 충분히 저자만큼 글을 쓸 수 있다고 생각한다.

물론 또 다른 의견도 있다.

편집자는 언제나 옳다. 글을 쓰는 것은 사람의 영역이고, 편집은
신의 영역이다.

스티븐 킹

카피라이터 보는 법

책을 볼 때 제일 먼저 봐야 할 부분은 어디일까? 바로 카피라이터가 인쇄된 부분(통칭 '판권'이라 한다)이다. 이곳을 보면 몇 쇄를 찍었는지 알 수 있다(아무리 좋은 책이라도 팔리지 않으면 무용지물이라는 의식을 본능적으로 가지고 있어야 한다).

초판, 개정판, 재개정판 할 때의 판은 '판목 판版'자다. 그림이나 글씨를 새겨 찍는 데 사용하는 나무나 쇠 조각을 판이라 했다. 판은, 책의 내용을 일부 혹은 전체를 바꾸어 다시 낸다는 뜻이다.

1쇄, 2쇄, 3쇄 할 때의 쇄란 '인쇄할 쇄刷'자다. 책을 같은 내용으로 출간할 때 몇 번 인쇄했는가를 말한다. 출판사마다 다르지만 보통 한 번 인쇄할 때 3,000부의 책을 찍는다. 그러므로 판권 부분만 봐도 책이 얼마나 팔렸는지 알 수 있다. 10쇄라고 된 책을 샀다면, 그 책을 산 시점에 모두 3,000×10=30,000부가 발행된 것이다. 최근에는 한 쇄에 몇 부를 찍었는지 밝히는 출판사도 있다(박시백의 《조선왕조실록》은 발행부수를 2,000부라 명시하고 있다).

무명 작가나 신인의 작품일 경우 쇄당 1,000부를 찍기도 한다. 유명 작가이거나 10쇄가 넘어갈 경우, 빠른 시일 내에 베스트셀러에 진입했을 경우에는 쇄당 5,000부를 찍는다. 쇄당 1만 부 이상을 찍을 수도 있다.

현실적으로 출판사들은 '판'과 '쇄'의 개념을 명확히 구분하지 않고 있다. 정확한 정의에 따르면, '쇄'의 내용은 바뀔 수 없다. 그러나 '판'은 개정되었다는 뜻이므로 추가되거나 변경된 부분이 생긴다. 따라서 저서를 인용할 때는 최근의 판에 근거해서 연도를 표시하는 것이 옳다.

이제 쓰자

존 베런트는 미국 조지아 주의 작은 도시 사바나를 배경으로 《선악의 정원》이란 책을 썼다. 이 책은 4년 5개월간 〈뉴욕 타임즈〉 베스트셀러에 올랐고 전 세계 24개국에 출간되어 1천만 부 이상 판매됐다. 다큐멘터리와 영화로도 만들어졌다.

《선악의 정원》은 서배너의 다양한 인간 군상에 대한 이야기다. 파티를 좋아하고 향락적이며 친절한 사람들. 그와 더불어 다른 한 축에는 골동품 상인 살인 사건과 그에 관계된 사람들의 이야기가 전개된다.

돈과 명예를 거머쥔 짐 윌리엄스는 매혹적인 도시 서배너에서 사교계의 왕으로 군림한다. 그가 어느 날 살인 사건의 피의자가 되고 시 전체가 충격에 빠진다. 이 사건을 둘러싼 인간들의 이중적인 모습은 천천히 실체를 드러낸다.

이 책은 소설도 아니고 사건 기록도 아니다. 실제 일어났던 사건들을 취재한 저자가 사건을 재구성해서 소설처럼 썼다. 사실인 부분도 있고 저자가 지어낸 부분도 있다. 사건이 일어난 시간 배열도 저자 마음대로 했다. 한마디로 이 책은 에세이다. 그럼에도 독자들은 열광했다. 인구 15만 명의 소도시는 전국적인 스포트라이트를 받았다. 이 책 때문에 관광객이 50퍼센트 가까이 늘어날 정도였다. 사람들은 책에 나오는 저택과 거리를 방문하려 먼 곳에서 달려왔다. 방송과 영화 관계자들도 분주히 오가게 됐다. 다음은 주인공 짐의 이야기 중 한 토막이다.

"이곳 사교계에서도 제일 높은 위치에 있으며, 서배너는 물론이고 미국 남동부에서도 가장 돈이 많은 사람 중 하나인 여자가 있어요. 그녀는 구리 광산을 갖고 있죠. 시내의 부유한 지역에 커다란 저택을 지었고요. 거대한 하얀색 기둥들과 곡선 형태의 계단이 있는, 루이지애나의 한 유명한 플랜테이션 하우스를 모방한 것이죠. 강에서도 그 저택을 볼 수 있죠. 그 옆을 지나갈 때면 모두가 '와, 저걸 봐!' 하고 말해요. 나도 그녀를 무척 좋아해요. 그녀는 내게 어머니 같았죠. 하지만 나는 그녀만큼 인색한 여자를 본 적이 없어요!

몇 년 전 그녀는 집에 쓸 철문 한 쌍을 주문했죠. 철문은 그녀를 위해 특별히 디자인되고 만들어졌죠. 하지만 그것이 배달되었을

169

때 그녀는 화를 내며, 그것이 더럽고 끔찍하다고 했어요. '치워요. 다시는 보고 싶지 않아요!' 그렇게 말한 다음 1400달러가 적힌 수표를 찢어 버렸죠. 주물공장 직원은 문을 다시 가져갔지만 그것을 어떻게 처리해야 할지 난감했죠. 딱 그 크기의 장식적인 철문을 찾는 사람이 없어서 결국 고물 값만 받고 팔 수밖에 없었죠. 가격을 1400달러에서 190달러로 낮췄어요. 그러자 그 다음 날 그녀가 철문을 사 버렸어요. 그게 서배너 사람들이에요."

그런 여자가 진짜 있었을까? 그 유명한 집이 정말 존재할까? 그 부분이 실제로 일어났던 사건인가에 대해 궁금증을 가지는 건 독자들 자유다. 책 속에 나오는 장소를 방문하는 것 역시 독자의 기쁨이다. 책을 보고 찾아오는 관광객 때문에 수입이 늘어난다면 그건 서배너 식당 주인의 행운이다. 그러나 존 베런트에겐 어디까지가 사실이고 어디부터 픽션인지 밝힐 의무가 없다.

한마디로 형식에 구애받지 않고 맘껏 써도 된다는 말이다. 그렇다면 인디라이터는 거짓말을 하는 사람인가? 누군가 이런 질문을 한다면 아직도 필자의 의도를 파악하지 못한 것이다. 필자는 이 책의 첫 부분에 이미 에세이 쓰기의 자유로움에 대해 밝힌 바 있다.

예를 들어 여행기는 에세이처럼 쓸 수 있다. 사실을 바탕으로 지어낸 이야기를 넣을 수 있다. 그러나 있지도 않은 건물을 있다고 하거나, 가보지 않은 곳을 가봤다고 할 수는 없다. 요리책이나 인테리어에 관한 책 역시 '상상만으로' 쓸 수는 없다. 실용서는 그에 맞는 문체가 있다. 설탕 두 스푼을 넣어야 하는데 설탕 대신 사탕수수 즙을 짜서 넣으라고 할 수는 없다. 단, 충실한 실용적 설명 뒤에 이 정도 팁을 넣는 것은 무방하지 않겠는가? '설탕이 없을 때는 애인의 사랑을 두 스푼 넣을 것. 단, 만난 지 100일 이내의 애인 것만 유효. 그 이상 지나면 쉰 냄새가 나기 시작함' 필자는 이런 문장을 에세이라 부른다. 이렇게 썼다고 해서 거짓말이라고 말한다면 그냥 스팀청소기 분해 매뉴얼이나 쓰는 게 낫다(하긴, 30일밖에 지속되지 않는 사랑도 있으니 위의 문장도 무효다).

How to Show를 생각하라

자신의 글을 책으로 내려는 사람들은 '독자들에게 내가 가진 정보를 어떤 이미지로 전달할 것인가?'에 대해 고민해야 한다. 정확히 말하면 '정보의 이미지화'에 대한 고민이다.

여기서 정보란 낡은 개념이 되어 가고 있는(쓰는 시점이 되면 낡은 개념이 된다) 콘텐츠를 의미한다. 무엇을 쓰든 '정보를 전달해야겠다'는 생각으로 접근해선 안 된다. 당신이 쓰려고 하는 대부분의 정보는 이미 인터넷 검색 사이트에 나와 있다. 중요한 것은 해석이다. 해석은 이미지를 통해 전달된다.

정보는 이미지라는 외피를 입기 전에는 그 자체로서 아무런 의

미가 없다. 이미지는 콘텐츠를 전개하는 방식을 뜻한다. 이 방식은 상당 부분 스토리텔링 및 게임에 빚지게 될 것이다.

그러므로 How to write는 늘 How to show와 더불어 생각하라. 콘텐츠를 표현하는 방식은 '어떻게 보여 줄 것인가?' 를 통해 '어떻게 쓸 것인가?' 의 문제를 풀면서 전개되어야 한다.

무슨 말인지 모르겠다고? 영화 〈아바타〉를 보자. 어떤 작가는 아바타가 왜 재미있는지 모르겠다며 중간 중간 졸았다고 했다. 음…… 나는 그 작가가 감이 떨어져도 한참 떨어진다고 생각했다. 아바타는 무슨 이야기를 하려고 한 걸까? 어디선가 본 듯한 장면, 뭔가를 베낀 듯한 스토리, 뻔한 구성……이었다 치자. 해 아래 새 것이 있을까? 아바타를 보면서 '이 영화가 도대체 무슨 이야기를 하려는 걸까?' 를 생각하면 안 된다. 그냥 보면 된다. 아바타는 무슨 이야기를 하려고 하지 않았기 때문이다. 아바타는 3D를 통해 새로운 개념을 '보여 주려' 만든 영화다. 왜 보여 주는 것을 보지 않고, 보여 주지 않는 것을 보려는 것일까? 참 이상하다.

이미지를 생각하며 쓰라, 어떻게 보여 줄까를 생각하라는 말은 새로운 시대와 함께 호흡하는 글쓰기를 하라는 뜻이다. 글을 쓰면서 들려줄 생각을 하지 말고 보여 줄 생각을 하라. 미래학자 짐 데이토 박사는 "2026년 이후의 모든 문화 상품은 이미지를 팔게 된다"고 갈파했다. 그렇게 멀리 갈 것도 없다. 이미 우리는 이미지를 파는 시대에 살고 있다. 이미지란, 일러스트 혹은 사진 같은 것만을 의미하지 않는다. 현대 독자들이 원하는 정보의 수용 형태다.

모델 북을 정하라

인디라이터의 임무 중 하나는, 같은 정보 혹은 지식이라 해도 어떻게 하면 더 재미있게 전달하는가이다. 그 해결책 중 하나는 이야기 방식을 도입하는 것이다.

독자들은 더 이상 지루한 설교를 들으려 하지 않는다. 설교는 이미 차고 넘친다(교회가 얼마나 많은지 보라). 원칙적인 교훈의 나열도 견딜 수 없어 할 것이다. 그 시간에 차라리 친구들과 동영상을 찍어 자신의 블로그에 올리며 낄낄거릴 테니까.

이야기 방식은 《그리스 로마 신화》, 《삼국지》, 《구약성경》 같은 책에 압축되어 있다. 글을 쓰다 막히면 이들 중 하나를 펼쳐 보라. 거기에 해답이 나와 있다. 나는 이 책들을 스토리텔링의 '모델 북'이라고 부른다. 가끔 머리를 식히기 위해 읽다 보면 기막힌 아이디어와 테마가 떠오른다.

게임 회사 CEO인 내 친구는 경영을 하다 머리가 아프면 홍성대의 《수학의 정석》을 펼쳐 놓고 아무 문제나 풀기 시작한다. 그러다 보면 불현듯 답이 보인다는 것이다. 그에게는 《수학의 정석》이 모델 북이다(물론 제 정신인 친구는 아니다).

비즈니스의 해답이 꼭 경영학 개론에 있는 것이 아니듯, 글쓰기의 해답이 반드시 글쓰기 책에 있는 것은 아니다. 머리가 아프다고? 책을 덮고 가까운 산에 올라라. 아니면 《미스터 초밥왕》을 보든지.

문체를 찾아라

인디라이터에게 권장되는 문체는 무엇일까? 단순하고 명료한 것이다. 물론 만연체로 성공한 책들도 있다. 그러나 문장의 길이는 점점 짧아지고 있다. 글의 길이는 삶의 호흡을 반영하기 때문이다. 21세기 우리 삶의 호흡은 과거보다 빨라졌다. 일뿐 아니라, 사랑도 빨리빨리 한다(과거 연애하는 이들은 보통 3년쯤 만났다. 요즘은 평균 3개월이다……). 노래를 들으면 이건 브리트니 스타일이다, 이건 아길레라 스타일이다라는 걸 알 수 있다. 하얀 원단에 화려한 꽃무늬는? 디자이너 '앙드레 김' 표다. 글을 쓰는 사람도 자신만의 스타일이 있다.

스타일은 가수나 디자이너만의 것이 아니다. 김훈에게는 김훈만의 문체가 있고, 류시화에겐 류시화만의 문체가 있다. 문체는 단지 글을 쓰는 방식이 아니다. 그것은 쓰는 사람의 세계관과 삶의 태도를 반영한다. 《자전거 여행》에 나오는 김훈의 〈봄나물론〉을 보라. 달래와 냉이, 쑥 따위의 하잘것없는 나물을 대하는 김훈의 스타일은 마치 우주를 상대로 투쟁하는 생명의 포효와도 같다. 조사와 어미에 맺힌 김훈의 연민은 그것 그대로 그가 세상과 자연을 보는 진정이다.

두 가지 대표적인 문체에 대해 이야기해 보자.

첫 번째는 '전지적 작가 시점'에 근거한 문체다. ~해라, ~하라는 명령형과 ~해야 한다, ~일 뿐이다 같은 단정적 결론이 주를 이룬다(쓰다 보니 이 책도 그렇다……). 예비 작가들이 자기주장을 내세울 때 흔히 이런 스타일을 애용한다. 자기도 비전문가이면서, 독자들에게 강요하고 훈계한다. 워워, 쉽게 신이 되려 하지 마라. 어설프면 사이비가 된다.

두 번째는 내가 '친구적 작가 시점'이라고 부르는 문체다. 권유형이다. ~해보는 건 어떨까? ~라고 생각하는가? ~는 어떻다고 보는지…… 하는 식으로 독자의 동의를 구하는 스타일이다. 그러면서 부드럽게 저자의 의도를 내보이는 것이다.

어떤 경험에 대해 이야기할 때도 ~ 해보니 좋았다, 라고 자신의 생각을 내보이면 그만이다. 이런 스타일은 저자가, 독재자가되어 글을 쓰는 것이 아니고, 독자를 배려하는 민주적 글쓰기를한다는 것을 드러내 준다. ~ 하는 것이 좋다, 는 단정적이며 권위적인 마무리다.

어떤 문체를 쓰는가 하는 것은 저자의 태도와 관련되어 있다.

글로써 독자를 대할 때 서비스 정신 충만한 자영업자가 되어라. 서비스를 하지 않아도 월급이 나오는 공무원이 되지 마라. 문체 때문에 고객을 내쫓지 말라는 얘기다. 사든지 말든지의 심정으로 물건을 팔지 말고 '꼭 사주었으면 하는 마음으로 그러나 비굴하지 않게' 세일즈를 해야 하는 것이다.

페르소나 이데알Persona Ideal, 이상적 인간을 정해라

자신의 모델 작가를 정해라. 대가와 달인을 한 사람 정해서 그의 작품을 수십 번 읽고 필사하고 암기해라. 나는 모델 작가의 대표 저서를 '모델 북'이라고 부른다.

개인적으로 나의 모델 북은 김훈의 《밥벌이의 지겨움》과 심산의 《마운틴 오디세이》다. 글을 쓰다 막힐 때는 물론이고 인생을 살다 막다른 골목에 다다랐을 때도 나는 이 책들을 펼친다. 김훈과 함께 자전거를 타고 섬진강변을 휘젓고 다니거나, 심산과 함께 히말라야의 고산준령高山峻嶺을 오르내리다 보면 막힌 글과 인생이 함께 터진다. 크리스천이 성경을 달달 외우듯 인디라이터는 모델 북을 정해서 끼고 살아야 한다.

기본 테크닉에 충실하라

맞춤법, 문법, 필력은 기본이다. 피아노 연주자에게 악보 보기, 테크닉, 곡 해석력과도 같은 것이다. 우리말 문법과 맞춤법에 대한 책을 사서 연구하라.

> 미국 엘리트들은 우리가 상상하는 것 이상으로 글쓰기 교육을 철저하게 받는다. 이제 막 논술 교육이 시작된 한국과는 사정이 다르다.
>
> 하버드대학의 한 교수는 "엘리트와 지식인의 최종 생산물은 문서든 책이든 글의 형태로 나타나는데, 문법적 오류가 있거나 오자가 있다면 그것은 하자 있는 물건을 납품한 것과 같다"고 했다. 당장 반품하고 하청계약을 파기할 수도 있는 무서운 실수라는 것이다. 그(존 로버츠 대법원장)가 백악관 참모로 일하던 시절에는 아랫사람이 올린 보고서를 보다가 첫 쪽에 오자가 나오면 그대로 쓰레기통에 집어넣었다고 한다.
>
> 좋은 글 한 편에 어이없는 오자가 들어 있었다고 하자. '옥에 티'라고 넘어가고 싶겠지만, 옥의 질은 옥이 아니라 '티'가 결정한다.
>
> 강인선,《힐러리처럼 일하고 콘디처럼 승리하라》

무서운 지적이다. 내가 자주 읽으면서도(매일 가는 헬스클럽에 비치되어 있기에) 늘 실소하면서 봤던 것이 건강 잡지 〈M〉이다. 이 책은 번역문으로 채워져 있는데 읽기에 껄끄러운 문장들, 주·서술어 관계가 엉망인 문장들이 너무 많다. 일일이 예로 들기 어려울 정도다. 잘못된 문장 때문에 나는 이 잡지의 한국판 발행사를 불신한다.

10여 년 전 모 중소기업 회장님이 가끔 신문에 내곤 했던 광고 문안 역시 말도 안 되는 글들로 채워져 있곤 했다. 한마디로 글쓰기의 오류 사전이었다. 나는 신문 광고문과 호소문을 보고 그 기업 제품을 쓰지 않기로 마음먹었었다. 얼마나 사람이 없으면 그런 글을 그대로 신문에 올리게 하겠는가. 그 회사에도 물론 맞춤법과 문법을 알고 있는 사람도 있고 국문과 나온 사람도 있을 것이다. 그러나 그런 엉터리 글이 신문에 실린 걸 보면 분명 그 회사는 '이건 회장님이 쓰신 거니까 토씨 하나 고치면 안 돼'라는 기업 풍토를 가졌을 것이다. 안 봐도 뻔하다. 그런 회사 제품 역시 안 봐도 뻔하다. 아니나 다를까, 얼마 안 가서 진짜 문제가 터졌다. 그 회사 제품이 불량이라고 신문에 났던 것이다. 나는 이 회사도 일찌감치 불신했었다. 광고문의 회장님 서신 때문에.

글을 쓰고 책을 내고자 하는 사람들은 국어를 훼손해선 안 된다. 왜? 국어를 지키자는 사명감 때문이 아니다. 그건 아마추어의 생각이다. 국어를 제대로 쓰지 않았다가는 종국에는 독자들이 외면하기 때문이다. '길게 가려면' 규칙에 맞게 써야 한다.

브랜드를 염두에 두고 써라

21세기의 책은 소비자의 선택을 기다리는 상품이고, 저자는 상품의 가치에 따라 주가가 등락하는 엔터테이너다. 그러므로 무엇을 쓸 것인가와 함께 '내 원고를 어떻게 브랜드로 만들 것인가' 하는 문제를 처음부터(아이템을 찾을 때부터) 연구해야 한다.

1. 저자 스스로 브랜드가 되는 경우

공병호의 경우 저자 스스로 브랜드가 됐다. 어떤 책이든 '공병호표'라는 딱지만 붙이면 팔릴 정도다. 그는 《영어만은 꼭 유산으로 물려주자!》라는 책까지 냈다. 영어 잘하는 아이는 부모가 만든다는 내용이다. 광고 카피는 이렇다.

> 저자인 공병호 박사의 미국 유학 체험과 두 자녀를 유학 보낸 경험에 경제학자의 안목을 더한 국내 최초의 영어 교육 투자 가이드!

카피대로 공병호는 경제학자다. 앞서 말했듯이 자기계발서를 써서 베스트셀러 저자가 됐고 활발한 저술활동을 펼치고 있다. 그러나 영어 교육 전문가는 아니다. 그럼에도 이런 책이 출간된 이유는 이미 '공병호'라는 이름에 상표 가치가 있기 때문이다.

자신의 전공 분야와 동떨어진 내용을 책으로 낼 경우 전문가에 준하는 충실함이 전제되어야 한다. 그렇지 않으면 브랜드 파워는 급감하게 된다. 이것이 경제의 법칙이다. 이 사실을 경제학자인 공병호 박사는 잘 알 것이다.

2. 책 이름을 브랜드로 만드는 경우

대표적인 것이 《영어공부 절대로 하지 마라(이하 영절하)》와 《꼬리에 꼬리를 무는 영어(이하 꼬꼬영)》다.

《영절하》는 '○○○ 절대로 하지 마라'라는 제목을 브랜드로 만들었다. 《영문독해 절대로 하지 마라》, 《영어공부 지금처럼 절대로 하지 마라》, 《입시공부 그만해라》, 《주니어용 영절하》 등 무려 30종 이상의 책을 오리지널 《영절하》에서 파생시켰다. 이 책은 일본, 중국, 태국에서도 번역 출판됐다. 정말 대단한 《영절하》다 (우리 모두는 '절대로 하지 마라!'는 것 하나 씩은 꼭 하고 있다. 그래서 이 제목이 먹히는 거다……).

《꼬꼬영》도 마찬가지다. 《꼬리에 꼬리를 무는 한자》, 《꼬리에 꼬리를 무는 SIGN》, 《꼬꼬영-주니어》 등 20종 이상의 책이 발행되었다.

시리즈 이름을 브랜드화하는 경우도 있다. 주니어김영사의 〈앗! 시리즈〉, 예림당의 학습만화 〈WHY 시리즈〉 등이 대표적이다.

3. 게임을 브랜드로 만드는 경우

《메이플스토리 수학도둑》(2006이후 계속 발간됨)은 〈메이플스토리〉라는 게임을 기반으로 만든 시리즈물이다. 게임에 등장한 캐릭터들이 책에 나온다. 똑같은 캐릭터로 수많은 내용을 만들어낼 수 있다. 관련 책은 2004년 4월 《메이플스토리 RPG》란 이름으로 처음 발행됐는데 나오자마자 유치원, 초등학생들의 폭발적인 환영을 받았다. 모험을 떠나는 주인공들이 나오는 일종의 동화 만화였다.

이후 《메이플스토리 영어 도둑》,《메이플스토리 과학퀴즈》,《메이플스토리 인체 탐험》,《메이플스토리 세계사》등 학습만화로 발전하면서 수백 종의 서로 다른 아이템으로 발행됐다. 이 시리즈는 1천만 부 이상 발행되면서 아이들의 서가를 장식했다.

학산문화사는 〈카트라이더〉게임을 기반으로 한 책을 냈다. 역시 《카트라이더 안전 가이드 북》,《~고대사》,《~영어》,《~수학,《~환경》등 56종 이상을 발행했다.

〈메이플스토리〉의 성공 이후 출판계는 '다음엔 어떤 게임이 출시되나'에 주목하고 있을 정도다.

4. 새로운 캐릭터를 브랜드로 만들어라

뜨인돌의 〈노빈손 시리즈〉가 대표적이다. 노빈손 역시 《노빈손의 무인도 완전정복》,《노빈손과 우주원정대》,《노빈손, 한강에 가다》,《노빈손의 겨울나기》,《노빈손의 세계도시탐험》등 100여

종이 발행됐다. 가히 세상의 모든 소재가 책으로 만들어질 수 있을 것이다. 노빈손이란 이름만 붙이면 아이들이 일단 사보기 때문이다.

〈노빈손 시리즈〉는 글을 쓰는 저자와 그림을 담당한 일러스트레이터의 공동 작업이 빚어 낸 성공작이라 평할 만하다. 그림 작가인 이우일과 박경수, 장경애, 한희정 등 10여 명의 저자가 함께 만들었다.

이우일은 〈노빈손 시리즈〉의 성공에 힘입어 가끔 카리브해 같은 곳을 돌아다니며 논다. 이우일은 세계 어딜 가든 그것이 여행이자 일이 될 수 있다. 노빈손과 아이슬란드, 노빈손과 마다가스카르, 노빈손과 남극처럼 줄줄이 책을 써낼 수 있으니 말이다(가끔은 부인과 딸내미까지 대동하고 여행을 떠나곤 한다. 정말 부럽다).

5. 기존의 캐릭터를 브랜드로 만들어라

《위기 탈출 넘버원》이 좋은 예다. 이 책은 같은 제목의 KBS 2TV 프로그램을 바탕으로 출판 기획자 백영희가 만든 프로젝트 북이다.

책에는 프로그램에 등장하는 넘버원 맨이라는 캐릭터가 그대로 나온다. 프로그램은 가정과 공사장 등에서 벌어질 수 있는 위험에 대비하는 방법을 알려 줬다. 책은 프로그램 내용을 사진과 만화로 싣고 거기에 덧붙여 주인공들이 여행하며 모험을 겪는다는 구성을 취했다.

백영희는 초등학생 아들이 집에서 이 프로그램을 즐겨 보는 것에서 힌트를 얻어 책으로 낼 생각을 했다. 이전까지 TV 프로그램을 기본으로 만든 콘텐츠 북이 큰 성공을 거두지 못했음에 비해, 이 책은 나오자마자 대박을 터뜨렸다. 6개월 만에 40만 부가 팔려 나갔으니까. 1권의 성공에 힘입어 위기탈출 유럽편(2권), 동남아편(3권), 아프리카편(4권), 알래스카 · 북극편(5권)등으로 가지를 쳤다. 이 브랜드는 〈서바이벌 과학 만화 시리즈〉라는 이름으로 20종 이상 발간됐다.

첫 장에서 독자를 다운시켜라

내가 좋아하는 음악의 앨범들을 보면, 가장 좋은 곡은 제일 앞에 있다. 로스 인디오스 타바하라스의 〈더 콜렉션The Collection〉앨범을 보자. 다른 곡도 다 좋지만, 가장 훌륭한 것은 첫 곡인 〈마리아 엘레나Maria Elena〉다. 메렝게의 황제 엘비스 크레스포의 앨범 〈수아베멘테Suavemente〉 역시 첫 번째 트랙인 〈수아베멘테〉를 따라갈 곡이 없다. 그래서 모든 음악 앨범의 첫 번째 노래를 '타이틀 곡'이라고 부른다.

책도 마찬가지다. 대부분의 책은 앞부분 10퍼센트 안에 저자가 하고 싶은 이야기가 다 들어 있다(《성문종합영어》나 《수학의 정석》은 빼고). 심지어 과학에 관련된 책이나, 역사책도 앞쪽이 뒤쪽보다 더 재미있다.

　그 이유는? 간단하다. 독자들이 책을 앞부터 읽기 때문이다. 이 상한 사람이 아니고서야 책을 뒤쪽부터 읽을 리 있겠는가? 책을 읽다가 재미없으면 덮어 버리거나 책장에 꽂아 두고 다시 찾지 않을 수도 있다. 그건 독자의 권리다. 저자의 입장에선 책을 사준 것만 해도 고맙다 생각할 뿐이다. 일일이 독자를 찾아다니며 "내 책은 끝까지 읽어야 하오!"라고 말할 수는 없는 노릇이다.

　그러므로 중요한 얘기를 먼저 해야 한다. 중요한 얘기는 '타이 틀 테마' 다. 타이틀 테마로 독자를 첫 장에서 다운시켜야 한다. 처음 10쪽을 읽을 때까지 독자에게 카운터펀치를 날리지 못하면, 독자는 당장 저자에게 KO펀치를 날린다. "집어치워!"라고 외치 면서. 다음 순간, 불쌍한 책은 구석에 처박히고 마는 것이다. 한마 디로 독서라는 행위는 종이 위에서 벌어지는 '저자와 독자의 타 이틀 매치 한바탕' 이다.

> 폴 오닐은 말했다. "첫 문단에서 독자의 목을 움켜잡아라. 둘째 문
> 단에서 그의 숨통까지 엄지손가락으로 눌러라. 그리고 마지막 한
> 마디까지 그를 벽에다 눌러 놓아라" 라고.
>
> 　　　　　　　　　　　　　데릭 젠슨, 《네 멋대로 써라》

　주강현의 《우리 문화의 수수께끼》를 보자. 이 책에는 보신탕, 돌하르방, 솟대, 광대, 똥돼지에 이르기까지 다양한 우리 문화의

아이템이 등장한다. 그런데 첫 번째와 두 번째 챕터가 〈성적 제의와 반란의 굿〉, 〈남근과 여근의 풍속사〉이다. 이 대목에서 이미 독자는 주강현의 매력에 사로잡힌다. 대단한 연구 업적을 가진 학자이면서 동시에 능글맞게 여유를 부리는 저자에게 매료되는 것이다.

전라도 정읍 땅 원백암의 당산은 당산나무, 당산돌, 장승 따위로 이루어지는데 남근과 여근도 한몫을 차지한다. 동구 밖 당산나무 아래의 남근은 일명 자지바위라 부르는데 지나치다 싶을 정도로 매끈하게 다듬어져 있다. 나는 이 자지바위를 볼 때마다 감탄을 연발한다.

"전국에서 제일 세련되게 생긴 자지다!"

나는 1993년 여름 한국역사민속학회 하계 답사 때, 답사단 40여 명을 안내하며 자지바위 앞에 서서 아주 당당히 그렇게 선언하였다. 처녀애들은 알듯 모를 듯 웃었고, 나이 먹은 축들은 충분히 알 만하다는 '사인'을 보냈다.

주강현, 위의 책

지은이가 근엄한 역사학자일 거라고 상상한 독자들은 이때 '한 방' 먹는다. 이 한 방이 계속해서 이 책을 들추게 만든다. 당연히 '자지론' 뒤에는 '보지론'도 등장한다. '자지'와 '보지', '좆'과 '씹'이 난무하는 풍속사 장에서 완전 그로기 상태에 몰린 독자들은, 책이 끝날 때까지 저자의 의도대로 끌려가게 마련이다. 물론 '자'와 '보' 이후에는 그만큼 충격을 주는 내용은 등장하지 않는다. 그러나 이미 주강현표 뽕을 한 대 맞은 이후라, 그의 글과 주장에 이의를 제기할 전의마저 상실한 채, 독자들은 그의 다음 책을 기다리게 되는 것이다.

백과사전을 쓸 것인가

《신나게 배우는 살사 댄스》란 책이 있다. 살사 댄스 강사 주소연과, 외과 전문의인 변성환이 지은 역저다. 이 책의 내용은 그야말로 '살사의 모든 것'이다. 목차를 한번 보자.

> 살사의 역사, 살사의 스타일, 살사에 도움이 되는 댄스, 살사 예
>
> 절, 어떤 옷을 입을까?, 옷 구하는 법, 살사의 타악기, 살사 음악,
>
> 살사의 족형도(발 모양을 움직임에 따라 그린 댄스 교본), 홀딩법,
>
> 한국의 살사 바, 살사 인물 인터뷰, 만화 살사 왕국 (중략)

지은이가 밝혔듯이 이 책은 쉽게 써진 책이 아니다. 두 공저자가 꼬박 2년 동안 시간과 돈을 들여 만들어 낸 책이다. 수백 장의 족형도를 그리고, 한국 살사계의 인물 20명을 인터뷰하기 위해 여기저기를 쫓아다니고, 추천사를 받기 위해 지방에 내려가

고, 사진을 찍고, 수십 차례 교정을 하고…… 정말 애써서 만든 책이다.

그러나 나 같으면 절대 이런 식으로 책을 내진 않을 것이다. 이 책은 아마추어들이 흔히 쓰는 '백과사전식 저서'다. 이 책의 저자들은 살사를 사랑하고 즐기는 사람들이지만 '저술'에는 아마추어다. 저술의 아마추어들은 주제에 관련된 거의 모든 것을 백과사전식으로 수록하려 한다. 그만큼 책으로 내는 것 자체에 욕심을 내기 때문이다. 이 책의 한 대목을 보자.

의상 구하기

종로 3가엔 발레복, 무용복, 재즈댄스 복, 에어로빅 복을 파는 곳이 몰려 있다. 국산이고 종류도 다양하고 가격대도 부담이 없다. 연습용 의상이나 바에서 입기 편한 바지 종류는 종로를 추천한다. 종로 3가역 5번 출구로 나와 시사영어사 쪽으로 조금 걷다 보면 길가에 숱한 무용복 상가들이 몰려 있음을 볼 수 있다…… 탑드림이나 댄스스포츠 의상을 취급하는 전문점을 추천한다…….
동대문의 두산타워 1층에 검은색 연습용 의상만 파는 곳이 있고, 밀리오레 2,3층에도……. 낮 시간의 청평화 시장도 좋다. 밤에만 영업하는 신평화시장에는……. (중략)

이런 내용은 인터넷 살사 동호회 게시판을 통해서도 얼마든지 쉽게 알 수 있다. 굳이 사람들이 책을 사면서까지 알려 하지 않는 콘텐츠인 것이다. 인디라이터의 입장에서 보면 이 책은 매력 없는 작품이다. 쓰는 기간도 너무 오래 걸리고 이것저것 구비해야 할 것들이 너무 많다. 일반 독자들에게는 색깔 없는 저작물이 되고 만다. 다양한 아이템을 무리하게 소화하다 보니 내용이 방만해지고 마는 것이다.

　백과사전식으로 쓸 것이 아니라, '특화된 내용'에 대해 써야 한다. 〈한국의 살사 바〉도 한 권의 책이 될 아이템이요, 〈댄스의 예절〉도 한 아이템이며 〈살사 음악과 악기〉도 마찬가지다. 〈한국의 살사 댄서들 20〉은 어떤가? 그들이 춤추는 화려한 모습들을 사진으로 싣고 20명에 대한 인터뷰를 심도 있게 담는다면? 거기에 양념으로 한국의 살사 바에 대해 소개한 내용을 덧붙인다면? 그것만으로도 충분히 한 권의 책이 된다. 한 가지 아이템에 대해 깊이 있게 파고들어야 더 충실하고 깊이 있는 내용이 만들어지는 것이다.

　　마가렛 미첼(1900~1949)은 《바람과 함께 사라지다》를 쓰기 위해 자료 수집에만 20년을 바쳤다. 에드워드 기번(1737~1794)도 《로마제국 흥망사》를 쓰는 데 20년을 소비했고, N.웹스터(1758~1843)는 그 유명한 웹스터 사전을 만드는 데 36년이나 걸렸다.

　　　　　　　　　　　　　　　　폴 임, 《지식은 쾌락, 즐겨라》

에드워드 기번은 "나는 머지않아 사라지겠지만 책은 영원히 남을 것."이라고 말했다. 아마도 기번의 이 대사는 수많은 사람들이 책을 쓰는 이유 중의 하나일 것이다.

와인에 대한 명저로 김준철의 《와인》을 들 수 있다. 이 책 역시 백과사전식 저서다. 와인의 역사부터 포도 품종, 양조법, 각 나라의 와인, 매너에 이르기까지 와인의 모든 것을 담은 충실한 저작이다. 김준철은 와인 전문가이므로 이런 식의 저서를 낼 만하다.

와인으로 먹고 사는 사람이 아니라면? 이와 같은 저서를 쓰는 것은 무모하다. 와인 백과사전 같은 책을 써봤자, 김준철의 와인 저서와 대결하면 백전백패다. 따라서 특화된 저작물이 필요하다. '영화 속의 와인'이라든지 '그림 속 와인의 역사'라든지 '성격에 따라 골라 먹는 와인' 같은 것도 가능하다. 그런 의미에서 고형욱의 《보르도 와인, 기다림의 지혜》는 눈여겨볼 만하다. 이 책은 와인 중에서 특히 보르도 와인만을 다뤘다. 목차를 보자.

1. 보르도, 세상 모든 와인의 꿈

2. 메독의 4대 와인 지역 – 생떼스떼프, 뽀이약, 생쥘리앙, 마고

3. 그라브와 소떼른 지역

4. 생떼밀리옹과 뽀므롤 지역

5. 블렌딩을 위한 포도 산책 – 레드 와인을 만드는 포도, 화이트 와인을 만드는 포도

깔끔하다. 고형욱은 와인 전문가이면서 요리 전문가이다. 한마디로 '보르도 와인'에 대해서 논할 뿐 그 이외의 것은 필요 없다는 식으로 책을 만들었다. 저술의 아마추어였다면 여기에 와인 잔 잡는 법부터 테이블 매너에 이르는 잡다한 정보를 써 넣으려 했을 것이다. 다른 와인 책에 실려 있는 보르도 와인 병과 부르고뉴 병의 차이, 보르도 잔(버건디 잔), 샴페인 잔의 생김새까지 포함해서.

고형욱은 철저히 '분업화'된 글을 썼다. 보르도 와인을 전문적으로 다룬 책을 찾는 독자가 와인 잔을 구분하지 못할 리가 없는 것이다. 독자 타깃도 명확히 잡았다(필자가 고형욱에 대해 가장 부러워하는 부분은 와인 평론가이자 와인 레스토랑의 주인으로서, 매일 좋은 와인을 마신다는 점이다).

분업화된 글쓰기를 하자

자동차를 만드는데 혼자서 엔진 만들고, 차체 용접하고, 오디오 달고, 페인트칠까지 하려면 한 1년 걸린다(물론 나보고 만들라고 하면 30년 걸려도 못 만든다). 그러나 컨베이어 시스템에 의해 오디오 다는 일만 하면, 30초 만에 한 대를 생산할 수 있다(물론 포드가 만든 이 시스템으로 화장실도 제대로 가지 못했던 과거의 노동자들에겐 애도를 표한다). 혼자서 차 한 대를 다 만들려 하지 마라. 무모하고 오만한 짓이다(한국 사람의 특징은 혼자 뭐든 다 하려는 것이다. 지난 정권 비난, 현 정권 비판, 차기 정권 예측, 나아가 동북아 정세와 미ㆍ일ㆍ중ㆍ러의 대립 구도 예상까지……). 노노! 그저 한 가지 일, 오디오다는 일에만 신경 써라. 나머지는 다른 사람들이 알아서 할 것이다(대체로 자기 일 못하는 사람이 남의 일에 신경을 많이 쓴다……).

《열아홉 살 소녀의 유럽 삽질 따라하기》를 보면 필자가 말한 아마추어식 책 쓰기가 어떤 것인지 잘 드러난다. 이 책은 만 19세의 여대생이 유럽 각국을 배낭여행하며 경험한 내용을 담았다. 2003년이면 대학생들의 본격적인 배낭여행이 시작된 지 20년도 더 지난 시기다. 그럼에도 이 책의 저자는 〈배낭여행 준비하기〉로 책을 시작하고 있다. 첫째 준비할 것은 '항공권'(!)이라고 말한다(정말 중요한 것이긴 하다). 그것도 '영문 이름을 여권과 비교하고 매수를 확인한다'라는 친절한 설명과 함께. 그 다음 배낭에 무엇을 넣어야 하는지 시시콜콜히 적어 놨다. 이런 내용을 모르는 사람이 있을까? 한마디로 원고 낭비다.

이 책의 저자는 영국, 벨기에, 독일 등을 여행하면서 겪은 '모~든 일'을 기록한다. "비엔나로 가는 비행기 안에서 꽃미남을 만났지만, 그가 여자 친구와 동행하고 있어서 김이 샜다."는 이야기를 그 꽃미남 사진과 함께 실었다. 그리고? 그게 끝이다. 둘 사이엔 아~무 일도 일어나지 않는다. 이런 내용 역시 지면 낭비다. 차라리 "우리 두 사람은 불꽃이 파바박 튀면서 비행기 화장실로 가서 뜨거운 키스를 나눴다." 라고 썼다면 모르겠다(나 같으면 책을 쓰기 위해서라도 어떻게든 그 꽃미남에게 추파를 던졌을 것이다. 동행하고 있는 여자 친구와 머리를 잡고 싸웠을지도 모른다. 하다못해 그의 얼굴에 일부러 물이라도 흘렸을 거다).

이 책은 잘못된 백과사전식—일기 쓰기식 여행기, 플래너식 글쓰기(자신에게 일어난 일을 일기나 플래너를 쓰듯 시간 순서대로 시시콜콜 기록하는 것)의 예를 보여 준다. 몇 시에 일어나서 어딜 가고 어디에서 무얼 사고 뭘 먹고……. 이런 걸 궁금해 할 사람이 있을까? 아무도 묻지 않는 질문에 혼자 대답하는 꼴이다. 아무 생각 없이 자신의 스케줄을 나열하고 있는 것이다. 이런 식의 책 쓰기는 독자에게 어필하지 못한다. 저자가 쓰고 싶은 것과 독자가 읽고 싶은 것이 늘 일치하는 것은 아니기 때문이다.

그럼 어떤 식의 여행기를 쓸 것인가? 분업화된 글쓰기를 해야 한다. 컨베이어 벨트 위에 주어진 나만의 테마에 대해 이야기하면 되는 것이다. 대표적인 예가 이주헌의 《50일간의 유럽 미술관 순례》다. 이 책은 《50일간의 유럽 미술관 체험》이란 제목으로 1995년에 처음 출판됐다. 이주헌은 홍익대학교 미대 서양화과를 졸업하고 〈동아일보〉, 〈한겨레〉를 거치면서 미술 담당 기자 생활을 했다.

1995년 그는 아내와 만 세 살, 한 살짜리 두 아들을 데리고 유럽 미술관 여행을 했다. 말로 다 할 수 없는 고생 끝에(제일 큰 고생은 그의 아내가 "이젠 지쳤다. 도대체 이게 뭐하는 짓이냐"고 말할 때 정점에 올랐다. 나도 내 아내가 이렇게 말하면 끝장이다……) 대표적인 미술관들을 돌아보고 귀국해서 쓴 이 책으로 일약 베스트셀러 작가가 됐다(더불어 이주헌의 고생도 끝났다. 내 고생은 언제나 끝나려나……). 이주헌은 그 후 《내 마음속의 그림》, 《미술로 보는 20세기》, 《신화, 그림으로 읽기》, 《이주헌의 프랑스 미술관 순례》 등 십 수 권의 책을 낸다. 이제 그는 1년에 수차례 유럽의 미술관을 여행하며 자료를 수집하고 그림을 감상하는 호사(?)를 누리고 있다.

이주헌은 미술관에 특화된 유럽 여행기로 성공을 거둔 셈이다. 첫 책의 성공은 자연스레 후속 저서들의 발간으로 이어졌고, 이런 과정을 거치면서 이주헌은 '유럽 미술관 전문가'로 자리 잡게 됐다. 특화된 여행기, 테마가 있는 여행기를 쓴 저자의 의도가 주효한 경우다.

이주헌 이전에는 미술 작품을 설명하는 책을 쓴 사람이 없었을까? 구립 도서관에만 가도 미술 평론에 대한 책이 벽 하나를 차지한다. 그럼 이주헌의 책은 왜 성공했을까? 그것은 바로 '가상 체험 제공'이라는 코드를 택했기 때문이다. 저자가 초판 서문에서도 밝혔듯이 독자들은 "이 책을 읽는 동안 한 사람의 여행객으로 초대되어 현장의 미술관과 미술 작품을 현장의 호흡으로 좇게" 된다.

그가 이 책을 처음 냈을 때는 미술 감상을 할 만한 소득 수준(1만 불) 시대가 막 열리던 참이었다. 해외여행, 특히 가족과 함께

하는 해외여행이 인기를 얻고 있던 시점이기도 했다. 이주헌은 가족과 함께 유럽 미술관 순례를 떠나며 겪은 에피소드를 미술관의 실질적인 정보, 미술 작품에 대한 탁월한 해석과 함께 버무려 내놨다. 옛 화가들을 현실로 불러내 인터뷰를 한다든지 하는 기상천외한 집필 방식도 새로웠다. 이 모든 것이 어우러져 한 권의 '웰 메이드 북'이 탄생한 것이다.

여행기의 테마 찾기

여행기에 관한 한 더 이상 백과사전식 저술은 통하지 않는다. 어떤 식으로 쓰든 〈론리 플래닛〉이나 〈여행 백배 즐기기 시리즈〉처럼 자료가 빽빽이 수록된 책들을 당할 수가 없다. 인터넷을 뒤지면 가이드식 정보는 충분히 찾아볼 수 있다.

이젠 테마가 있는 여행기를 써야 한다. 그냥 '유럽 배낭 여행기'가 아니라 《유럽 음악 축제 순례기》를 써야 한다. 단순한 국가별 순례가 아니라 해리포터의 영국, 라푼첼의 독일, 하이디의 스위스에서 삐삐의 스웨덴까지 망라한 《동화를 찾아가는 아름다운 여행》이어야 한다.

파리, 로마, 런던 같은 대도시는 더 이상 미지의 세계가 아니다. 때문에 작고 조용하지만 매력이 넘치는 작은 마을 순례기를 써야 한다. 《에즈의 절벽에서 태양을 만나다》처럼. 이 책은 유럽의 작은 마을 47곳에 대해 쓴 책이다.

물론 사람들이 파리에 대한 환상을 아주 버린 것은 아니다. 파리 여행기도 파리 여행기 나름이다. 최내경은《파리 예술 카페 기행》에서 물랭 루즈, 레 뒤 뮈세, 르 보나파르트 등 프랑스의 화가, 시인, 소설가 들이 자주 찾았던 카페들을 소개하고 있다. 이것 역시 한 권의 책으로 탄생했다.

여행 방법을 특화시킨 것도 한 권의 책이 된다.《우리 생애 최고의 세계 기차 여행》을 보자. 윤창호, 이형준, 정태원, 최항영 등 4명의 젊은 사진작가들이 만든 이 책은 남아공의 블루 트레인, 노르웨이 피요르드 기차, 시베리아 횡단 열차, 몽고 횡단 기차, 알래스카 관광 기차 등 듣기만 해도 가슴 설레는 열차 여행에 대한 경험과 기록을 담았다.

여행기의 테마 찾기에도 연역적 방법과 귀납적 방법은 적용된다. '파리의 예술 카페만 취재하겠다'고 마음먹고 그곳에 머물면서 하루에 10군데의 카페를 찾아다녀도 좋다. 이곳저곳 정처 없이 떠돌다 보니, '이번 여행에서 특색 있는 작은 마을만 소개해야겠다'는 아이디어가 떠올라서 책으로 엮어 낼 수도 있다. 요컨대 눈으로 보고 귀로 듣는 모든 것을 책으로 내려 하지 말고, 테마가 있는 집필을 해야 한다. 프랑스 여행기가 아닌 '부르고뉴 샤또 기행', 이탈리아 여행기가 아닌 '이탈리아 봉골레 스파게티 기행'을 써라. 지금 당신이 여행 중인데 마땅한 테마가 떠오르지 않는다면? 하는 수 없다. 자질구레한 메모와 팸플릿, 지도, 입장권, 일

기장 같은 것들을 잘 모아두는 수밖에. 가는 곳마다 느껴지는 것
들을 주절주절 노트에 옮겨 놓는 수밖에. 물론 하루에 100장이
넘는 사진을 찍는 것도 잊지 마라.

그림 혹은 비주얼Visual factor은 일러스트, 사진, 만화 등 텍스트를 제외한 모든 요소를 뜻한다. 책을 내려면 일러스트 혹은 만화를 포함한 비주얼 요소를 늘 염두에 두어야 한다.

와인 만화 《신의 물방울》의 저자 아기 다다시는 이 책의 원작을 담당하면서 이렇게 말했다.

"오랫동안 와인에 대해 심도 있게 공부했고 매주 10병 가까운 와인을 시음했다."

그는 원작자로서 그림 작가에게 캐릭터에 대해 조언을 주고 출간 과정을 주도해 나갔다.

글을 쓰는 사람이 만화가 혹은 일러스트레이터와 좋은 결합을 이루었을 때 훌륭한 시너지 효과를 낼 수 있다. 앞으로 출판될 책들은 비주얼 없이는 생존할 수 없다. 그러므로 그림을 그리지 못한다면 카메라를 달고 살아라. 사진 촬영은 일러스트보다 더 용이한 측면이 있다. 앞에서도 강조했지만, 여행하거나 취재를 할 때 카메라를 애용해야 한다. 되도록 업데이트된 디지털카메라를 구입하고 문화센터나 대학 평생교육원의 '디지털 사진 강의' 하나쯤 들어 두는 것이 좋다.

형식을 뛰어넘는
글쓰기

차라리 소설을 써라

고등학교 2학년 때 가족 여행으로 멕시코에 갔을 때, 나는 내 스스로에 대한 거부할 수 없는 증거를 찾아냈다. 플라야 호텔에서 멀지 않은 마자틀란 해변에 부모님, 누나와 함께 앉아 있을 때였다. 사흘 연속 근처의 같은 장소에 자리를 잡고 있던 미국 남성들이 눈에 들어왔다. 이 네 명의 30대 남자들은 여자 하나 끼지 않고 맥주를 마시며 소란스럽게 웃고 떠들었다. 그들의 수영복은 아버지나 나, 해변가의 다른 남자들처럼 반바지 모양의 트렁크가 아니었다. 보라색, 파란색, 초록색으로 반짝이는 유리 조각처럼 밝게 빛나며 딱 달라붙는 삼각 수영 팬티였다. 그들의 매끈한 가슴에서는 희미하게 빛나는 코코넛 향 선탠오일의 냄새가 났다.

내가 그들을 쳐다볼 때마다 그중 하나가 시선을 보내 왔다. 셋째 날, 나는 큰맘을 먹고 내 자제력과 그의 관심을 시험하기로 했다. 10분을 기다렸다가 고개를 드는 것 말이다. 선글라스 너머엔 두 눈을 숨긴 채 미소를 보내는 그가 있었다. 나는 내가 그를 쳐다보지 않고 20분을 견딜 수 있는지 시험해 봤다. 그럴 수 없었다. 나는 몇 분 동안 그를 쳐다보면서 부모님이 눈치를 채는지 지켜봤다. 부모님은 몰랐다. 그리고 부모님이 누나를 데리고 일찍 들어갈 때 나는 남아 있었다. 고개를 들자 진한 파란색 삼각팬티를 입은 그 남자가 수영복 앞 춤에 손을 댔다. 그는 의미심장하게 그 부위를 가다듬고는 내게 손을 흔들었다.

덜컥 겁이 났다. 나는 내 물건들을 챙겨 들고 단호한 걸음으로 해변가를 지나 호텔을 향해 돌아가기 시작했다. 여전히 그와 나를 시험하면서, 조금 뒤 멈춰 서서는 그가 아직도 나를 보고 있는지 살펴봤다. 조개껍데기를 줍는 척 허리를 숙이며 뒤를 돌아봤다. 그는 해변가를 어슬렁거리는 사람처럼 자연스럽게 내 뒤를 따라오고 있었다. 손발이 심하게 떨려 모래 위를 걷는 것조차 어려울 지경이었다. 심장 박동과 메스꺼움을 견디면서 어디 아픈 게 아닐까 싶었다. 하지만 동시에 어마어마하게 흥분해 있었고, 곁눈질로라도 한 번 더 그를 보고 싶었다. 난 조개껍데기를 하나 더 주우려 걸음을 멈췄다. 이제 그는 더 가까이 있었다. 다시 한 번 멈춰 섰을 땐 그가 너무 가까이 있어 말을 걸 수도 있었다. 난 부드러운 어조로 날 내버려 두라고 말 할 수도 있었다. 마침내 그는 내 바로 옆에서 걷고 있었다. 그는 한마디도 하지 않았다. 그의 팔이 내 팔을 스쳤고, 내가 걸음걸이를 늦추자 그는 내 앞을 걷고 있었다. 우리는 호텔 사이의 인기척 없는 해변가에 멈춰 섰다.

나는 "안녕하세요"라고 말했다. 파란 삼각 수영 팬티를 입은 그 남자는 몸을 숙여 돌을 주웠다.

"그거 알아? 제대로만 던지면 이런 돌들은 꽤 멀리까지 튀어."라고 말하며, 그는 손목에서 툭 하는 소리를 내며 그 돌을 던졌다. 그 돌은 수면 위를 완벽하게 튀어 갔다. 톡, 톡, 톡, 통! 그리고 사라졌다. "자, 한 번 해봐."

"전 그게 잘 안 되던데요." 나는 두 손 가득 들고 있던 내 물건들과 조개껍데기들을 떨어뜨렸다.

그는 젖은 모래 속에서 돌 하나를 줍더니, 내 등 뒤에 바짝 다가섰다. "내가 가르쳐 줄게." 그는 돌을 내게 쥐어 줬고, 내 손 위에 자신의 손을 포개고 왼손으로 내 허리를 감싸며 그의 몸을 내 몸에 기대어왔다. 나는 그의 매끄럽고 따뜻한 피부와 함께, 등 아래쪽에 닿는 그의 성기를 느낄 수 있었다. 맥주, 선탠 오일, 바닷물 냄새가 났다. 나는 수면을 향해 돌을 던졌고, 돌은 한 번 튕기더니 물속에 빠져 버렸다……

윗글은 빌 헤이스가 쓴 《불면증과의 동침》의 한 대목이다. 빌 헤이스는 불면증과 에이즈 등에 대한 칼럼과 기사를 써온 작가이자 동성애자다. 그는 고등학교 2학년 때, 자신이 동성애자임을 깨닫는 순간을 위와 같이 묘사했다. 마치 소설처럼 아름답지 않은가?《불면증과의 동침》은 저자의 개인적 경험과 과학적 연구 결과를 함께 실은 논픽션이다. 그럼에도 그의 글은 픽션보다 섬세하다.

빌 헤이스는 이 책에서 수면제와 성애, 잠과 불면에 대한 폭넓은 이론을 소개하고 자신의 주장도 덧붙인다. 그는 스스로의 이론을 전파하기 위해 사람들이 가장 재미있어 하는 이야기 수법, 소설식 글쓰기를 동원했다. 누군가 진지한 이야기를 하다가 상상력이 조금이라도 발휘된 듯한 말을 늘어놓으면 우리는 이렇게 내뱉는다.

"차라리 소설을 써라, 소설을!"

그렇다. 우리의 지식과 정보를 전달하기 위해서 우리는 소설을 써야 한다. 그것도 아주 그럴듯한 소설을.

가상 체험을 제공하라

정찬용의《영어공부 절대로 하지 마라》는 '나'와 'K양'이 이야기를 나누는 구조로 이루어져 있다. 마치 나와 K양 사이에 무슨 로맨스라도 벌어질 듯 글이 이어져 나간다. 물론 둘 사이에는 아무 일도 일어나지 않는다. 저자는 연애소설과 같은 이야기 구조를 빌려 천연덕스럽게 영어 강의를 하고 있다. 그것도 영어 단어 하나도 없는 영어 강의를!

이런 구조는 1990년대를 풍미했던 아나운서 이계진의 《아나운서 되기》라는 책에서도 시도됐었다. 이 책은 당시 아나운서 지망생들뿐 아니라 우리말을 제대로 알려는 대학생들에게 스테디셀러였다(나도 한 권 사서 볼 정도였으니까. 물론 내가 아나운서 시험을 보지 않았다고 자신 있게 말하기는 힘들다).

어느 날 아나운서가 꿈인 여대생 'J'가 '나'를 찾아온다. J는 키가 좀 큰 편으로 167센티미터 정도이고 전체적으로 약간 가냘파 보이는, Y대 음대 작곡과 3학년생이다. 이 설정부터 기가 막히다. Y대는 명문 사학 연세대를, 음대생은 부르주아의 자제를 상징하지 않을까? 몸매도 늘씬하고 가냘파 보인다? 어떤 남자든 곧 사랑에 빠질 것 같은 (앙드레 김 어투로)스마트하고 엘레강트하고 섹시한 여성인 것이다!

둘은 산책을 하기도 하고 저녁을 먹기도 하면서(데이트를 하면서) '아나운서가 되기 위해 알아야 할 것들'에 대해 이야기한다. 이 책은 대단히 소설적이다. 아니 수사, 발음, 표준어 규정이 적힌 부록 부분만 뺀다면 하나의 소설이라 해도 손색이 없다.

독자들은 이야기 구조 속에 버무려진 '저자가 전하려는 정보'를 당의정처럼 받아들이게 된다. 당연히 여대생과 '나' 사이에는 우리가 은근히 바라는 불륜 따위는 일어나지 않는다. 그저 저자가 설정한 스토리에 빠져 읽다 보면 '아나운서 입사용 모의고사

집'한 권을 마스터하게 되는 것이다. 저자는 집필 의도를 성공적으로 관철한 셈이다.

《영어공부 절대로 하지 마라》와 《아나운서 되기》의 숨은 코드는 '가상 체험 제공'에 있다. 영어 공부를 하려는, 그리고 아나운서가 되려는 20~30대 여성 독자들에게 저자와 데이트를 하는 듯한 환상을 제공하는 것이다. 《영어공부 절대로 하지 마라》의 K양이나 《아나운서 되기》의 여주인공 J양은 여성 독자들의 대리인이다.

《열두 살에 부자가 된 키라》 역시 마찬가지다. 이 책에는 재테크에 빠삭한 개 '머니'가 등장해서 키라를 가르친다. 머니의 조언을 들은 키라는 많은 돈을 모으게 되고 공동 소유의 회사까지 차리게 된다. 정말, 이런 개가 한 마리 있었으면 하는 심정이다. 독자들은 키라와 부모님, 친구들, 골드슈테른 아저씨 등 다양한 인물이 등장하는 이 책을 재미있는 소설처럼 읽게 된다. 그러면서 이율, 투자, 펀드, 주식 같은 용어의 개념을 자연스럽게 터득하게 되는 것이다.

비유를 하든 옛날이야기를 하든, 소설을 쓰든 중요한 것은 독자로 하여금 끝까지 읽게 하는 것이다. 독자들은 눈에 불을 켜고 '읽어야지! 읽어야지!' 하며 책을 보는 것을 원하지 않는다. "재미있게 책장을 넘기다 보니 정보도 얻게 됐다."고 말하길 원한다.

스토리텔링, 쉽고도 어려운 이야기

스토리텔링, 문화 콘텐츠 마당에서 이처럼 자주 언급되는 단어
가 있을까? 이처럼 쉽게 제시되고 이처럼 어렵게 완성되는 것이
있을까? 탁석산의《글 짓는 도서관》을 예로 들어 보자. 저자가 하
고 싶은 말은 단 여섯 개의 문장이다.

1. 실용적 글쓰기는 노력하면 잘 쓸 수 있다.
2. 말하듯이 글을 쓰면 안 된다.
3. 많이 읽고 많이 써본다고 글을 잘 쓰는 것은 아니다.
4. 글은 논증이다.
5. 글은 문장력이 좌우하지 않는다.
6. 글쓰기의 목표는 인격을 닦는 것이 아니다.

이 여섯 명제를 강조하기 위해서 저자는 '현민' 이라는 주인공
이 글 짓는 도서관에 가서 '누구나파' 라는 멘토를 만나는 과정을
동화처럼 들려준다. 효과적인 전달을 위해 스토리텔링 기법을 동
원한 것이다.

"글은 논증이다."가 그냥 강요되는 것이 아니라 주인공이 선생
한테 혼도 나고 가상의 스크린도 보고, 이런저런 대화를 나누는
가운데 독자들에게 전달된다. 때문에 독자들은 그나마 지루하지
않게 저자의 주장을 받아들이게 된다. 스토리텔링 기법이 동원되

지 않았다면 이 책은 한없이 딱딱한 내용이 되었을 것이다.

스토리텔링이란 무엇인가? 말 그대로 스토리Story의 텔링Telling 즉 '이야기하기'다. 이야기만 하면 다 스토리텔링인가? 세상에는 들어 줄 수 없는 두 종류 이야기가 있다. 술 취한 사람의 헛소리와 엄마의 잔소리다. 술 취한 사람의 말은 이런 식이다.

"그러니까 내가 말하는 감정이란 거…… 그 감정을 내가 너한테 뭔가 주려고 할 때 말이야, 너도 감정이 있잖냐? 우리가 사실 감정이란 거는 표현하는 건데, 우리 감정을 우리가 느끼는 거…… 응? 그거잖아. 그러니까 내가 느끼는 걸 너한테 어떻게 말해야 되는 거니?(이 말은 절대 누군가 한 말을 옮긴 것이 아니니 오해말길 바람. 특히 너 선탁!)"

정말, 뭘 말하려는 거니? 그것부터 말해 다오. 취객의 헛소리에는 논리가 없다. 구성도 없다. 시작도 중간도 끝도 없다. 혼자 하는 소리다. 세상의 적지 않은 책들이 저자의 혼잣말이다. 혼자 하는 소리에는 스토리텔링이 없다. 스토리텔링은 재미있게 하는 말이어야 하기 때문이다.

엄마의 잔소리는 어떤가? 이런 식이다.

"엄마가 말했잖아. 숙제하고 자라고. 지금까지 도대체 뭐 한 거야. 응? 무슨 일이 있어도 할 일은 해야 한다고 했잖니. 학교 갔다 와서 씻고 먹고 책 읽고 나서 꼭 숙제는 하란 말이야. 학교에서 하라는 걸 왜 안 해? 응? 그러니까 숙제는 하라는 거야. 학생이 왜 숙제를 안 해? 숙제는 학교에서 내주는 숙제야. 집에서 하는 공부라는 거지. 엄마 말은! 한마디로 숙제는 집에서 꼭 하라는 거야. 학교에서 하는 게 숙제가 아니지. 안 그래? 숙제는 자기 전에 하라고. 아침에 일어나서 하지 말고. 응? 알았어? 그런데 너, 엄마 말 무슨 말인지 알아? 숙제는 꼭 하고 자란 말이야. 숙제 했어? 응? 숙제 말이야, 숙제!(이 예는 절대 우리 아내가 아이한테 했던 이야기를 빗댄 것이 아님)"

한도 끝도 없다. 엄마의 잔소리 역시 이야기는 이야기이되 이야기가 아니다(엄마의 잔소리는 전혀 다른 장르다).

스토리텔링 기법이란, 이야기의 흐름을 재미있게 이어나가는 기술이다. 중구난방 이야기하는 것이 아니라 할머니의 옛날이야기처럼 흥미진진해야 한다. 다음엔 뭐가 있나 하고 '궁금하게 만드는 기술'이기도 하다. 이 부분에서 저자는 독자의 기대 심리를 충족시켜 주어야 한다. 그 충족의 조건은, 뻔하지 않은 결말―반전이어야 하는데 그래서 어렵기도 한 것이 스토리텔링이다.

스토리텔링에 꼭 필요한 것

위의 조건들을 만족시키기 위해서 가장 필요한 게 뭘까? 다름 아닌 '드라마'다. 필자가 텔레비전 드라마를 촬영할 때 보면 가끔 대본에 불만이 있는 배우들이 이렇게 말하곤 한다. "이 드라마엔

드라마가 없어."

드라마 배우들이 드라마를 찍으면서 드라마가 없다니? 여기서 말하는 드라마란 무엇인가? 심산의 표현을 빌리면 그것은 '누가 뭘 하려고 졸라리 애쓰는 것'이다. 주인공이 무언가를 이루기 위해서 무지 애쓰는 과정이 반드시 있어야 하는 것이다.

주인공이 목표를 향해 가는 도중에 다양한 장애물과 훼방꾼을 만나게 되고 이것들을 하나하나 제거해 나가는 것, 그래서 결국 목표를 달성하는 것, 이것이 드라마의 전부다. 우리는 왜 드라마를 원하는가? 우리 인생에 드라마가 없기 때문이다. 다음 예를 보자.

① 아침부터 포크남*을 만날 생각에 설레었다. 화장을 하고 옷을 고르면서 콧노래가 절로 나온다. 1년 만인가? 많이 변했을까? 그대로 일까? 오늘은 부장 핏대 올리는 것도 애교로 보아 넘겼다. 큭, 내가 오늘은 당신 상대할 시간이 없거든? 7시, 약속 장소에 가보니 벌써 그가 나와 있다. 아, 내가 좋아했던 딱 떨어지는 노타이 정장! 한눈에도 그가 돋보였다. 아직 나에 대한 마음이 남아 있다는 증거일까? 내 가슴은 두근두근. 무슨 말부터 할까?

* 포크남—포크로 찍어 놓은 듯, 작정하고 꼬이려는 남자를 뜻하는 은어.

② 아침부터 포크남을 만날 생각에 설레었다. 화장을 하는데 파운데이션이 얼굴에 착착 달라붙지 않는다. 어제 밤에 일찍 잤어야 했는데. 다크서

클이 무릎까지 내려왔다. 옷장을 열고 기절하는 줄 알았다. 롯데에서 산 빨간색 쉬크 자켓이 없다! 동생 은별이가 입고 간 게 틀림없다. 그것만은 안 된다고 그렇게 말 했는데! 할 수 없이 재키스 정장을 입었다. 이걸 입으면 허리가 조여서 자꾸 신경이 쓰이는데…… 결국 15분 지각을 하고 말았다. 부장은 아침부터 잔소리다. 화장할 시간에 출근을 해라, 스커트가 왜 그렇게 짧으냐, 보는 사람은 좋은 줄만 아느냐 할 말 못 할 말을 늘어놓는다. 오늘은 참자, 참자 다짐했는데 점심시간에 결국은 부장이……

①의 글을 보자. 주인공이 포크남을 만나기까지 무리 없는 일상이 전개된다. 우리의 일상이 늘 그렇듯(왜 우리 삶은 늘 이렇게 시시할까? 드라마처럼 사랑과 이별과 모험이 지진처럼 왔다가 해일처럼 사라지는 삶이여! 우리에게 오라!).

②의 글은 어떤가? 역시 늘 우리에게 일어나는 일상이지만 ①과는 다르다. 오늘, 글쓴이는 별일 없이 포크남을 만나야만 한다. 그러나 출근 전부터 이런 저런 난관에 부딪힌다. 화장도 안 먹히고 입고 나갈 옷은 없고 지각을 하고, 부장은 잔소리를 해댄다. 저러다 포크남을 제대로 만날 수나 있을까 하는 걱정이 앞선다. 점심시간에 어떻게 된다는 걸까? 독자는 문제가 많은 일상을 원한다. 주인공의 고난을 원한다. 우리의 히로인이 부딪히고 깨지고 핍박받길 원한다. 그래야 나중에 포크남을 만나 사랑을 하게 됐을 때 큰 박수를 칠 수 있을 테니까.

드라마는 드라마에만 필요한 게 아니다. 소설에만 있는 게 아니다. 에세이를 쓸 때도 드라마는 필요하다. 스토리텔링 기법을 동원한 글을 쓸 때도 마찬가지다. 화자가 무슨 일을 하든 쉽게 이루어지지 않게 하라. 주인공이 당신이든 그이든 어려움을 겪게 하라. 드라마 있는 글쓰기, 어렵지만 꼭 해야만 하는 숙제와도 같다.

설명이든 묘사든 재미있게

스티븐 킹에서 나탈리 골드버그에 이르기까지 모든 문학적 글쓰기의 선생들은 "설명하지 말고 묘사하라."는 지침을 내린다. 실용적 글쓰기를 하는 인디라이터들에게는 이렇게 말하고 싶다.

"설명하든 묘사하든 재미있게 써라."

문제는 대부분의 사람들이 설명만으로는 흥미를 느끼지 못한다는 것이다. 그래서 작가들은 묘사를 한다. 설명이 묘사를 능가할 만큼 재미있다면 굳이 묘사할 필요가 없겠지만, 세상의 모든 설명은 묘사를 통해 완성될 뿐이다.

요리, 인테리어, 다이어트 같은 단순한 정보를 전달하는 책을 쓸 때도 마찬가지다. 이런 종류의 책들은 주로 사진과 디자인, 설명으로 되어 있다. 그러나 꼭 딱딱한 설명과 사진으로 이루어진 책이어야 하는가?

예를 들어 '민지와 함께하는 5주간의 행복한 다이어트'라는 책을 쓴다 치자. 민지와 다이어트 여신이 등장한다면? 민지가 겪는 고통과 요요현상 등을 미의 여신 아프로디테와 지혜의 여신 아테네가 도와준다면? 그리하여 마침내 민지가 다이어트에 성공해 아폴론과 근사한 데이트를 즐긴다면? 여기에 일러스트와 사진이 곁들여진다면? 단순한 설명으로 이루어진 것보다 더 흥미로운 책이 나올 수 있다.

위기철의 《반갑다 논리야》는 이야기가 70퍼센트, 설명이 30퍼센트이다. 앞부분은 옛날이야기 즉 묘사이고, 뒷부분은 저자의 논리 그러니까 설명이다. 옛날이야기 부분이 너무 재미있어서 정신없이 읽다 보면 저자의 설명도 자연스럽게 읽힌다(마치 일일드라마가 재미있으면 9시 뉴스도 따라 보는 것과 마찬가지다).

이 책은 스토리텔링 기법을 적용한 것이 아니라, 아예 스토리텔링 자체다. 이야기 부분만 읽고 싶을 정도니까. 이야기 부분이 오락이라면, 논리 설명은 교육이다. 오락과 교육의 완벽한 조화가 이 책을 밀리언셀러의 반열에 올려 놨다.

글쓰기도 게임처럼

초등학교 2학년인 명제이, 6학년인 명재하, 중학교 3학년인 류태준 이렇게 셋은 사촌 사이다. 이 녀석들은 명절 때 모였다 하면 대여섯 시간을 컴퓨터 게임에 파묻혀 지낸다. 평소에는 일주일에 1시간밖에 게임을 하지 못하는 명제이는 명절 때 할머니 댁에 가는 게 즐겁다. 왜? 게임을 실컷 할 수 있어서다.

우리나라의 유치원생, 초등학생, 중학생은 게임(그게 온라인 게임이든, 닌텐도이든, 위이든)에 미쳐 있다. 하루에 평균 1시간 이상은 게임을 해야 하는 게 요즘 아이들이다. 이 아이들의 사고 구조는 게임의 기둥 위에 서 있다. 미래는 게임의 세상(그것도 3D 게임의 세상!)이라 해도 과언이 아니다.

게임처럼 글을 써보자. 게임을 벤치마킹 하자. 아이들이 게임에 미쳐 있다면 게임에서 재미를 만드는 개념을 빌려 오자. 그리하여 아이들이 우리의 글에도 미치게 만들자. 게임의 특징은 뭘까?

1. 드라마

게임에는 주인공이 무엇인가를 이루기 위해 애쓰는 상황이 나온다. 목적을 위한 지도가 존재하며 지도상의 경로를 따라간다. 게임식 글쓰기 역시 드라마가 있어야 한다.

2. 돌발 상황

드라마 개념의 확장이다. 게임의 진행은 예측을 불허한다. 뻔한 답이란 없다. '느껴지는 살기' 따윈 있지도 않다. 대비할 수 있는 함정? 당연히 없다.

3. 간접 체험

앞에서 '가상 체험을 제공하라'는 쓰기 방법을 제시한 바 있다. 게임을 하는 사람들은 누구나 간접 체험을 원한다. 중세의 기사가 되거나 아마존의 악어 늪을 건너는 모험가가 되고 싶어 한다. 우리 모두 현실에서 얻지 못하는 어드벤처를 원하고 있는 것이다.

4. 목표 달성

위험만 있어선 안 된다. 채찍이 있지만 늘 당근도 함께 있다. 결국 목표를 이루어야 하는 것이다. 이를 통해 성취의 기쁨을 얻게 된다. 게이머는 게임 속의 캐릭터가 목표를 이루는 것을 통해 대리 만족하며 캐릭터 속으로 자신의 감정을 밀어 넣는다.

5. 재시도 가능성

게임은 한 번으로 끝나지 않는다. 게임의 주인공은 3개 이상의 목숨을 가지고 있다. 맞아도 아프지 않고 총을 맞아도 쉽게 죽지 않는다. 핵폭탄을 맞고 장렬하게 전사했다 해도 금방 다시 살아난다. 그러므로 기회는 무한 제공된다.

바로 이 특징 때문에 게임과 현실을 혼동하는 중독자들이 삶을 쉽게 생각하기도 한다. 인디라이터는 때로 이런 가벼움에 맞서 싸워야 한다. 왜냐고? 삶은 게임보다 훨씬 더 험난하기 때문이다.

우린 경험을 통해 이미 그런 사실들을 깨달았다. 우리 후배들에게 그걸 깨우쳐 줘야 하지 않을까?

6. 실패의 일상화

게임에서는 실패만이 성공의 어머니다. 실패는 두려워해야 할 대상이 아니다. 실패를 많이 하면 할수록 성공은 더 가까워진다. 실패를 통해 연마된 실력은 다음 번 시도에서 더욱 높은 점수를 담보한다.

7. 난이도 선택권

게임은 비기너에서 엑스퍼트까지 초 · 중 · 고급자 코스가 각각 존재한다. 그러므로 게임은 대단히 민주적인 놀이 방법이다. 패널티와 핸디캡이 있는 것이다. 초짜에게 300야드 드라이브 샷을 날리라고 강요하지 않으며, 싱글에게 파3의 평탄한 코스만을 돌라고 하지도 않는다. 한마디로 골라 먹는 재미가 있다. 베스킨라빈스 아이스크림처럼.

8. 배틀

온라인 게임에는 경쟁이 있다. 그것도 실시간으로 리얼하게 전개된다. 전투가 벌어지는 것이다. 전투의 상대와 대화를 할 수도 있다. 중원은 넓고 고수는 많다. 때로 내 공격력 수준이 2,500이라고 믿고 있다가, 공격력 1,300의 낯선 아이디 kcm 2788에게

무참히 깨지기도 한다.

　평화의 시대, 우리 핏속에 유전자로 잠자고 있는 잔인한 전쟁의 추억은 온라인 위에서 전파의 배틀로 위로받는다.

　벨기에 작가 에르제(1907~1983)가 지은 만화 《땡땡의 모험》을 보자. 이 책은 전 세계에서 3억 부가 팔렸다. 에르제 책의 장점은 위에서 말한 게임의 특징을 고스란히 담고 있다는 것이다. 물론 그가 살았던 시대에 컴퓨터게임 같은 건 없었지만, 책의 내용은 위에서 주장한 게임식 글쓰기에 잘 부합한다.

　　케빈 로버츠는 그의 책에서 롤프 젠슨의 《꿈의 사회》의 한 대목을
　　인용해 이렇게 말했다고 한다. "다음 반세기의 최고 소득자는 바
　　로 스토리텔러가 될 것이다."

한기호, 《기획회의》 2007년 1월 20일자

　이 고소득자 명단에 우리들도 속해 있을 것이다. 꿈을 갖자. 절대로 이루어질 수 없을 것만 같은 꿈을(론다 번의 〈시크릿〉 스타일 데몬스트레이션—무개념 몽상의 현실화 가능성 강조! 당신도 한번 꿈꿔 봐~).

메타포를 이용하라

다음은 출판사 직원이자 인디라이터반 1기생인 최지설의 글이다.

내가 막내라고 하면 사람들은 "사랑 많이 받았겠네" 하는데, 크면서 세심하게 관찰한 결과 어느 집이든 첫째가 부모에게 가장 강렬한 인상을 남기는 것 같다.

《이지 고잉》은 해피니언의 첫 번째 책이다. 인사도 할 겸 책도 볼겸 에이전시에 찾아갔다. 책장을 차례로 살피다 사무실 뒤편 아무렇게나 쌓여 있는 책 무더기로 갔다. 그곳에서 우리 집 장남(?)을 만나게 될 줄이야.

함께 간 편집장님께서 책을 보여 주시는데, 고양이가 한쪽 팔을 치켜들고 있는 표지였다. '이지 고잉' '쉽게 가자?' (중략)

이야기가 느껴지는 일러스트들도 당초 예상보다 늘어났다. 일러스트레이터, 외주 표지 디자이너, 블로그 관리자까지 '하드 고잉 **hard going**' 한 후에야 《이지 고잉》이 세상에 나왔다. 기자, 평론가, 독자들 모두 '인생 너무 무리하지 마라' 라는 당돌한 자기계발서에 관심을 가져 주셨다.

"재밌는 책이에요"라고 말씀해 주신 모든 분들께 감사를 드린다. '그 집 장남 참 듬직하던데요' 라는 칭찬이니까.

《출판저널》, 2006년 12월호

'첫 번째 책=장남' 이라는 메타포를 적용한 글이다.

메타포의 달인인 다비드 르 브르통은 《걷기 예찬》에서 "보행은 시간과 장소의 향유, 현대성으로부터의 도피, 현대성에 대한 비웃음이다. 걷기는 미친 듯 리듬을 타고 돌아가는 우리들의 삶속을 질러가는 지름길이다. 우리들의 발에는 뿌리가 없다. 발은 움직이라고 생긴 것이다."라고 말한다.

덕 파인은 《굿바이 스바루》에서 이렇게 비꼰다.

> 월마트 현관문 앞을 지키고 선 경비원한테서 명랑하고 작위적인 인사를 받아 낸 후, 지구 전역에 걸쳐 있는 수천 개의 자매점들과 똑같이 설치되어 있으면서 가게에 들어갈 때마다 세차게 내리쬐는 창백한 형광등 불빛의 공격을 피하기 위해 선글라스를 내려 썼다. 심지어 매장의 온도와 습도까지 아칸소 본부에서 관장했다. 이곳은 무한정 자라나는 쇼핑객들을 재배하는 할인 소매 토양이 깔린 정원 같았다. 쇼핑객들에게 먹이도 주고 물도 주었다. 월마트 경영자들은 농부다.

실용서라고 해서 딱딱한 정보만 전달하라는 법은 없다. 어떤 정보를 전달하든 메타포의 적절한 활용은 독자에게 읽는 재미를 선사한다. 메타포를 휴대전화처럼 늘 지니고 다니면서 글이 풀리지 않을 때 꺼내서 쓰도록.

삼천포가 없으면 독자들은 떠난다

잘 나가다 삼천포로 빠진다는 말이 있다. 여기서 삼천포는 주제와 상관없는 '엉뚱한 이야기'를 상징하지만, 우리들 대다수는 이 삼천포를 더 좋아한다(지금은 삼천포란 도시가 없어졌다. 오죽했으면!).

필자의 고등학교 때 한문 선생님은 사자성어를 가르치면서《열국지》와《삼국지》를 비롯한 중국 고전 이야기를 많이 들려주셨다. 이야기는 꼬리에 꼬리를 물고 예의 삼천포로 빠지게 마련이었다. 삼천포에는 지름길보다 더 풍부하고 다양한 구경거리가 늘 준비되어 있었다. 당연히 우리는 그 곁가지 이야기에 더 몰입하곤 했다(봐라. 삼천포가 반드시 나쁜 것만은 아니다).

"자, 관중과 포숙아의 우정 이야기 잘 알겠지? 그래서 오늘의 사자성어 관포지교는⋯⋯" 하고 다시 본문으로 돌아올 때면 오히려 긴장이 확 풀렸다. 어찌된 일인지 한문은 다 잊어버렸지만 예로 든 에피소드들은 아직도 기억이 난다. 왜 그럴까? 삼천포는 재미있지만, 곧은길은 재미없기 때문이다(삼천포⋯⋯ 왠지 이 이름이 친근하게 다가온다).

삼천포란, 곧은길로 가다가 공연히 들어서는 쓸데없는 길이 아니다. 당연히 거쳐야 할 주막 같은 것이다. 인디라이터에겐 삼천포를 거쳐야 비로소 목적지로 향하는 길이 열린다. 예시가 있어야 원론이 있는 것이다(삼천포란 도시 이름을 다시 살려 내라! 살려 내라! 살려내라!).

앨빈 토플러의 다음 글을 보자.

최고의 엄마

① 영국 얼바스턴 지역에 사는 샤론 베이츠는 관절염으로 거동이
불편하면서도 간질병 환자인 남편을 간병한다. 이것 역시 프로슈
밍에 해당한다. 2명의 자녀도 돌보고 있는 그녀는 '최고의 엄마상'
을 수상하긴 했지만 남편을 보살피는 일로 돈을 받지는 않는다.

2004년 12월 ② 우리 부부의 절친한 친구 엔키 탠은 저녁식사 약
속을 갑자기 취소하고 한밤중에 캘리포니아에서 쓰나미로 폐허가
된 인도네시아 아체 지역으로 날아갔다. 이 역시 프로슈밍이다.
내과 의사인 엔키는 상상할 수 없을 정도로 어려운 상황에서 적절
한 수술 장비도 없이 아이들에게 붕대를 감아 주고, 수술을 진행
하고, 피해자들이 살아남을 수 있도록 애쓰며 분투했다. 그는 비
극적인 희생자들을 돕기 위해 28개국에서 온 수천 명의 자원봉사
자 중 한 명이었다.

전기와 식수가 들어오지 않는 마을에 진료소를 세우기 위해 나이
지리아와 수단 오지로 힘든 여행을 하고 있는 ③ 캐나다인 내과
의사 브루스 램퍼드도 있다.

④ 말타 가르시아는 남편 없이 세 자녀를 키우느라 온 세상을 돌
아다닐 수는 없지만, 하루 6시간 직장 생활을 하는 것 외에도 근처
공립학교 도서관에서 자원봉사를 하고 지역협회에서 비서 업무를

돕고 있다.

일본 요코스카 지역의 ⑤ 은행원인 가쓰오 사카키바라는 해마다 정신 지체자를 위한 스포츠 행사에 자원봉사자로 참여한다. 브라질 벨로리존테에 사는 ⑥ 마리아나 피멘타 피네이로는 범죄와 폭력사건이 빈번한 동네라는 경고를 들으면서도 빈민가 꼭대기 동네인 파벨라로 간다. 일주일에 한 번씩 그는 이들에게 영어와 컴퓨터를 가르쳐 주며, 그들이 비참한 현실에서 벗어날 수 있도록 도와준다.

A. 보이지 않는 프로슈머 경제를 통해 우리는 아이를 잃은 부모를 위로해주기도 한다. 집 없는 아이들에게 장난감을 마련해 주고 쓰레기를 치우고 재활용품을 분리 배출하고, 이웃집 아이를 놀이터로 데려가 주고 교회 성가대를 조직하고, 그밖에 수없이 많은 활동을 가정과 지역사회에서 무보수로 하고 있다.

⑦ 작가이자 사회운동가인 헤이즐 헨더슨은 이러한 많은 협력 활동들을 사회적인 결속력이라고 말한다. 이런 활동들은 보수를 받고 하는 경쟁적 경제 활동과 마찬가지로 가치 있는 일이다. 2가지 모두 가치를 창조한다.

⑧ 〈요미우리신문〉에 의하면, 2005년 일본의 노동 후생성은 보수를 받는 노동뿐만 아니라 비영리 조직과 지역 활동을 위한 자원봉사 활동도 근로에 포함한다고 밝혔다.

⑨ 옥스퍼드대학의 노르웨이 사회학자 슈타인 링겐은 "가족이 함께 식사하려고 자리에 앉았을 때 구성원들은 시장과 가정에서의

다양한 활동의 산출물을 즐기게 된다······ (중략)"며 가족에 초첨을 맞춰 설명하다.

B. 이런 측정되지 않는 모든 활동도 생산이다. 이와 유사한 활동들이 시장에서 벌어지면 그 하나하나가 모두 생산으로 평가된다. 그리고 이 측정되지 않는 활동들이 소비자 생산, 즉 비화폐 경제의 생산력이 된다. 만약 이러한 활동을 위해서 사람을 고용한다면 어마어마한 비용이 지불될 것이다.

앨빈 토플러, 《부의 미래》

토플러는 〈최고의 엄마〉라는 소제목의 글을 통해서 '남을 위해 무보수로 하는 모든 노동 역시 생산 활동이다' 라는 주장을 한다. 이런 생산 활동을 프로슈밍Prosuming(개인 또는 집단이 스스로 생산하면서 동시에 소비하는 행위)이라고 한다.

위의 예문에서 밑줄 친 부분은 저자의 주장(=원론)을, 나머지는 예시(=삼천포!)를 나타낸다. 토플러는 밑줄 친 부분의 원론을 이야기하기 위해 9가지나 되는 예를 제시한다.

구체적으로 토플러는 A라는 원론을 위해 ①~⑥의 예시를 선보였다. 그리고 A를 뒷받침하고 결론인 B를 이끌어내기 위해 ⑦~⑨의 예시를 집어넣었다. A 다음에 바로 B를 연결해도 무리는 없다. 우리 같으면 그냥 예시 한두 개에 바로 어마어마한 주장을 덧붙였을 것이다. 그러나 앨빈 토플러는 전체 글의 20퍼센트밖에 안 되는 원론을 위해 80퍼센트 분량의 예시를 근거로 내보인다.

바로 이 점이 저자로서 그가 가진 미덕이다. 앨빈 토플러가 풍부한 예시를 위해 방대한 단행본, 잡지, 신문을 뒤지고 수많은 사람을 만났으리라는 것은 쉽게 짐작할 수 있다.

독자들은 그가 들려주는 삼천포 이야기에 정신없이 빠져든다. 현란한 섀도복싱이다. 나비 같은 그의 풋워크에 독자들이 현기증을 느끼는 사이, 토플러는 짧게 훅을 날린다. 자고로 "훅이 모여 카운터펀치가 되는 것"이다. 4전 5기의 신화 홍수환 선수가 그렇게 말했다(뭐? 홍수환이 누군지 모른다고? 음……. 이런 게 세대차이인가? 전직 권투선수다. 세계 챔피언에 재도전 했을 때 네 번 다운되고 다섯 번째 일어나서 KO 승으로 이겼다).

삼천포가 없으면 목적지도 없다. 잘 나가다가 삼천포로 빠져봐야 부산도 가는 것이다. 정말? 우리는 어떤가? 흥미로운 예시도 없이 주장부터 한다. 에피소드도 말하지 않고 원론부터 쓴다. 섀도복싱도 풋워크도 없이 링 위에 올라가자마자 무조건 어퍼컷이나 스트레이트부터 날리려 한다. 키스도 없이 애무하려 하고 전희도 없이 삽입부터 하려 난리다. 그러다 독자한테 한 방 크게 맞고 그대로 다운돼 버리고 만다(애인한테도 차인다).

나다니엘 호손은 말했다. "5퍼센트의 진실을 이야기하기 위해서는 먼저 95퍼센트의 농담을 해야 한다."고. 그러므로 100퍼센트 진실만을 이야기하겠다고 마음먹지 마라. 독자들은 불편해하면서 자리를 뜨고 말 것이다. 5퍼센트의 진실을 전하기 위해, 어떻게 95퍼센트의 농담을 재미있게 만들 것인가에 대해 먼저 신경을 써라.

새로운 시각을 가져라

1960년 여름. 한국의 한 젊은이가 독일의 에르하르트 경제장관과의 면담을 주선해달라며 대학 때 은사인 에를랑겐 대 프리츠 포크트 교수를 찾아 일주일째 애원하고 있었다. 덕분에 장관 대신 차관과의 면담이 이뤄졌다. 그리고 3,000만 달러 차관을 내락内諾 받는다. 그가 바로 박정희 대통령의 독일어 통역관이자 1차 경제 발전 5개년 계획을 입안한 백영훈 교수다.

그러나 지급보증 없이는 곤란하다는 소리에 또 한 번 좌절을 맛본다. 대표단을 서울로 보내고 혼자 남은 그는 20여 일을 눈물로 보낸다. 그때 노동부 공무원인 친구가 기발한 아이디어를 주었다. "너희 나라에 실업자 많지?" "그렇다" "야, 다 방법이 있다. 잠이나 푹 자라" 그는 다음 날 노동부 국장 한 명을 데리고 와 서류를 내밀었다. 차관 담보안인 광부 5,000명과 간호사 2,000명 파견 서류였다. 그해 12월 박정희 대통령은 독일 국빈 방문 초청을 받았다. 총리가 된 에르하르트는 박 대통령의 손을 잡고 지원을 약속했다. (중략)

오창규, 《문화일보》, 2006년 12월 12일자

222

위 일화에 소개된 백영훈 교수의 독일인 친구는 새로운 시각이 무엇인지 잘 보여 준 사람이다. 당시 우리나라 관계자는 지급보증을 얻기 위해 일본과 제3국의 은행을 드나들었다. 세계 최빈국의 부채를 보증해 줄 은행은 없었다. 백 교수 역시 지급보증 문제를 해결하기 위해 절치부심하고 있었는데, 공무원 친구가 엉뚱한 아이디어를 냈다. 우리나라의 광부와 간호사를 독일에 파견하고 그들의 임금을 담보로 독일 정부의 돈을 빌리라는 것이었다. 절체절명의 위기에 '새로운 시각'이 문제 해결에 기여를 한 것이다.

어떻게 새로운 시각을 가질 것인가? 카메라 앵글을 예로 들어 보자. 같은 사물이라 해도 앵글을 위에서 잡느냐, 아래쪽에서 잡느냐에 따라 달라 보인다. 인물의 감정도 카메라의 근원과 각도에 따라 다르게 표현된다(이것 때문에 우린 많이 속는다…… 그래서 사진 보고 선보면 안 된다. 더구나 최근의 포샵 스킬이란!).

카메라가 위로 올라갈수록, 멀어질수록 인물은 평온해 보이고 사물은 객관적이 된다. 카메라가 가까워지고 아래로 내려갈수록 인물은 불안해 보이고 사물은 일그러진다. 앵글의 한 부분에 배우의 등이 살짝 나오게 찍으면 그 배우의 감정이 함께 전달된다. 먼 곳에서 전체를 비추다 갑자기 한 인물의 얼굴이 클로즈업되면, 그 카메라 움직임을 따라 관객의 호흡도 급격히 비약한다.

인디라이터는 집필이라는 목표를 달성하기 위해 자신이 가진 카메라의 높낮이와 거리를 다양하게 바꿀 줄 알아야 한다. 늘 가슴 윗부분을 평범하게 비추는 바스트 샷만 고집해선 안 된다 (카메라 앞에 선 사람이 장동건이나 김태희라면 이 법칙은 지키지 않아도 된다!).

쉽게 써라

가장 어려운 주제의 가장 난해한 대목도 가장 알아듣기 쉽게 쓸 줄 알아야 한다.

지구온난화에 대해 설명한다 치자. 일단 저자는 온난화에 대해 준전문가 수준의 정보와 지식을 가지고 있어야 한다. 같은 정보라 해도 독자층에 따라 전달 방법은 달라진다. '지구온난화' 문제에 대해 초등학생에게 설명할 것인가, 중학생에게 설명할 것인가, 아니면 성인 독자에게 설명할 것인가를 정하고 그에 준하는 집필 방법을 선택해야 한다.

초등학생을 대상으로 한 글이라면 유치원생에게 설명하듯 쓰자. 중학생을 대상으로 한 글이라면 초등학생 대하듯, 성인용이라면 중학생에게 말하듯 써보자. 이런 방식을 연습하다 보면 점점 쉽게 글을 쓸 수 있게 된다. 어려운 문제를 어렵게 설명하는 것보다, 어려운 문제를 쉽게 설명하는 것이 더 어렵다.

영화 〈쿵푸 허슬〉을 보라. 이 영화의 등장인물들은 고수일수록 어리숙하다(개인적으로 뚱녀 된장 아줌마와 비실비실 권장에 한 표! 악역이지만 러닝셔츠 입은 야수에게도……).

한·중·일의 대표적인 무예인들을 찾아 다큐멘터리로 엮어낸 역작《고수를 찾아서》란 책을 보면, 무술의 고수일수록 겸손하고 느긋하다. 옆집 아저씨같이 허허로운데 알고 보면 당랑권의 고수이거나 태극권의 전수자이거나, 뭐 이런 식이다.

춤을 예로 들어 볼까? 커플이 어우러져 추는 춤은 남자가 리드하고 여자는 팔로우한다(커플 댄스에서 그런 용어를 쓴다). 남자가 주도하고 여자는 따라가야 하는 것이다. 남자는 상당한 부담을 느낀다. 다음 스텝은 뭘로 할까? 다음 동작은 어떻게 할까? 아, 이 패턴을 쓰자. 그럼 이렇게 리드해야 하겠지? 머릿속에서 복잡한 동작을 생각하고 적용해서 여성을 이끌어야 한다. 고수는 이 모든 행위를 순간적으로 무의식중에 해낸다. 초보는? 생각하랴, 스텝 밟으랴, 손 움직이랴, 더불어 여성과 눈 맞추랴…… 마음대로 되지 않는다. 마음대로 되지 않으므로 어깨에 힘이 들어간다. 힘 줘서 턴을 돌리고, 힘줘서 여자를 껴안는다. 그래서 여자 댄서들이 제일 싫어하는 남자가 바로, 힘써서 춤추는 놈이다.

2001년, 세계적인 살사댄서 조시 네글리아의 워크숍에 참여한 적이 있다. 그녀는 "Do not dance with your muscle!"이라고 말했다. 춤출 때 근육을 쓰지 말라는 것이다. 힘으로 춤추지 말라는 뜻이다. 그럼 사람은 무엇으로 추는가? 밸런스로 춤춘다. 밸런스는 균형, 조화, 안정이란 뜻을 아우른다. 댄서의 유연함은 힘이 아니라 균형과 조화, 안정감에서 나온다는 것이다(정치도 그렇다.

225

힘으로 하는 게 아니라 균형과 조화로 해야 한다. 그러므로 모든 국회의원과 대통령 후보들은 사교춤부터 배워라…… 너무 과격한 주장인가?).

연속 턴을 돌고 하늘을 날듯이 뛰어올라도 몸이 흐트러지지 않는 이유는 뭘까? 수없이 반복되는 훈련을 통해 나비 같은 가벼움과 오뚝이 같은 균형 감각이 댄서의 전정기관 안에 기억되기 때문이다. 무용수들의 움직임과 착지는 수만 번 되풀이되는 연습 속에서 부드러워진다. 연습을 충분히 하지 못한 댄서들은 자신의 '의도'와 실제 움직여야 하는 '속도' 사이의 간극을 메우기 위해 용을 쓴다. 그 순간 균형은 깨지고 억지스런 몸짓이 나타난다.

쓰는 사람 역시 마찬가지다. '쓰고 싶은 것'과 '써지는 것' 사이의 골짜기를 메우기 위해 끙끙거리며 근육을 써댄다. 결과는 스스로도 알아들을 수 없는 난삽한 어휘의 퇴적물뿐이다. 그런 것을 우리는 쓰레기라고 부른다.

정제된 글쓰기를 하라

정제된 글쓰기란 미사여구와 중언부언이 없는 글쓰기를 말한다. 하고 싶은 말이 명확하지 않을수록 쓸데없는 말이 많아지는 법이다. 핵심을 한 번에 찔러야지, 여기저기 건드려 봐야 시간 낭비일 뿐이다.

대학 4학년 때 지금은 사라진 모 출판사에서 아르바이트를 한

적이 있다. 일본어 기사의 번역문을 다시 윤색하는 일이었다. 번역문은 처음부터 글이 아니었다. 주제어 하나에 서술어 둘, 주제어 둘에 서술어 하나, 엉망인 조사와 어미…… 뜻은 통하지만 말이 안 되는 것들이 수두룩했다. 쓰인 언어의 형태만 한국어였지 도무지 무슨 말인지 알아들을 수 없는 것도 있었다. 나는 그 번역문을 '알아들을 수 있는 우리말'로 고치는 일을 수도 없이 반복했다.

몇 달 동안 일을 해 익숙해질 무렵, 내 원고료는 번역하는 직원의 월급보다 많아져 있었다. 나는 이때 내가 글을 쓰는 것이 차라리 쉽겠다, 고 생각한 적이 있다.

그 일이 있고 난 얼마 후, 한 출판사로부터 다른 저자의 글을 고쳐 써 달라는 부탁을 받은 적이 있다. 스포츠를 주제로 써온 원저자의 글을 내가 각색하는 일이었다. 원저자의 글은 쓸데없는 미사여구가 넘쳤고 필요 이상으로 늘어져 있었으며, 곁가지가 많았다. 주절주절 말만 많았지 핵심 내용은 간단했다.

처음엔 원저자의 문장 하나하나를 내 언어로 고쳐 나갔다. 그 방법은 시간이 더 오래 걸렸다. 나는 아예 출판사에 원고의 바탕이 되는 자료들을 모두 보내 달라고 부탁했다. 그리고는 책 한 권 분량을 처음부터 끝까지 완전히 다시 써 내려갔다. 나는 이때 깨달았다.

라이팅보다 리라이팅이 더 어렵다! 는 사실을. 남의 글 고치기가 내 글쓰기보다 더 힘들다는 것을.

왜일까? 다이아몬드 원석을 캐내는 것보다 그 원석을 반지로 다듬는 것이 더 어려운 것과 같은 이치다. 원석을 캐내는 일은 원산지인 남아프리카공화국의 값싼 육체노동자들이 하지만, 원석을 보석으로 정제하는 일은 왕립세공자협회에 가입된 고임금의 장인들이 한다. 자기가 쓴 글을 자기가 고치면 원석을 캐내서 세공까지 하는 셈이다. 쓰는 사람들은 세공하지 않는 한 다이아몬드 반지를 손에 낄 수 없다. 헤밍웨이는 말했다. "고치기 전까지 모든 원고는 쓰레기"라고.

정제된 글쓰기를 위한 5원칙

1. 동일한 단어를 반복해서 쓰지 마라

다수의 식중독 환자들이 발생했습니다. 다행히 치료 수 시간 후 더 이상 악화 없이 퇴원을 하고 있어서 다행이지만……

만화 〈대물〉, 〈스포츠조선〉 2006년 12월 9일자

'다행히 ~해서 다행이다' 라는 문장이다. 처음과 끝에 다행이란 말이 2번이나 나온다. 둘 중 하나는 빼야 한다.

2. 다양한 선수를 불러 쓰는 감독이 되라

모든 지식과 기술, 미술, 문학, 음악, 과학 그리고 유전학에 이르
는 모든 것도 피조물이 지구상에 함께 존재함으로써 발생된 것이
다. 이 모든 창조물은 아름답다.

진경혜, 《아이의 천재성을 키우는 엄마의 힘》

짧은 글 안에 '모든'이란 말이 무려 3번이나 나온다. 되도록 다
른 표현으로 바꾸거나 의역을 하는 것이 좋다.

아무것도 아닌 것 같지만, 가까이 있는 같은 단어 중 하나 바꾸
기는 매우 중요하다. 책을 읽다 같은 단어를 가까이 있는 문장 안
에서 반복해서 사용하는 걸 보면 저자에 대한 신뢰가 약해지기
시작한다. 그렇게도 불러내 쓸 어휘의 상비군이 부족한가 하는
의문이 드는 것이다.

이런 저자는 마치 더 이상 내보낼 구원투수가 없는 야구단의
감독과도 같다. 선수층이 얇은 구단의 감독은 만날 같은 놈만 내
보낸다. 상대 구단(독자들)은 이미 이쪽의 전략을 다 파악하고 있
다. 그러니 경기에서 좋은 성적이 나올 리가 없는 것이다.

동일한 단어의 사용을 되도록 지양하라. 같은 뜻을 가진 다른
표현으로 바꿔라. 어떻게? 사전을 찾아가며 글을 쓰면 된다. 동의
어로 살짝 교체해 주면 글에 탄력이 붙는다.

3. 두 줄 이상 쓰지 마라

되도록 두 줄 안에 끝내라. 문장을 늘려 쓰다 보면 번잡한 글이
된다. 글이 길다고 좋은 게 아니다. 할 말만 하면 된다. 가장 좋은
설교는 짧은 설교다. 다음을 보자.

문명의 '진보'는 지난 약 한 세기 동안에 목격할 수 있었던 것으로
는, 지적 차원에서 상대성 이론, 양자 역학, 빅뱅을 비롯한 우주학
등 물리학에서의 놀라운 새로운 발견과, 기술 공학적 차원에서 생
명공학, 전자공학, 컴퓨터공학에서의 가속적 발전, 경제적 차원에
서 자연의 기술적 정복으로 가능해진, 얼마 전까지만 해도 상상할
수 없었던 물질적 부의 창출, 그리고 사회 정치적 차원에서 사회
주의적 계획 경제 및 전체주의적 평등 사회를 지향했던 동구권의
붕괴로 무한 경쟁적 시장 경제 및 개인주의적 자유 민주 사회를
고집하는 서구권의 최종적 승리가 확인될 수 있다는 주장이 나올
수 있으며, 이런 의미에서 후쿠야마와 함께 '역사의 종말'을 얘기
할 수 있을 것 같다.

박이문, 〈진보는 진보적인가?〉, 《당대비평》 제5호

(남영신, 《나의 한국어 바로쓰기 노트》 재인용)

장황하다. 무슨 말인지 읽다 까먹을 정도다. 대체로 독자를 위
한 글쓰기에 익숙하지 못한 사람들이 문장을 길게 늘려 쓴다. 위
의 글은 4~5개의 단락으로 나눌 수 있다.

문명의 '진보'는 지난 약 한 세기 동안 목격할 수 있었다. 지적 차원에서는 상대성 이론, 양자 역학, 빅뱅을 비롯한 우주학 등 물리학에서의 놀라운, 새로운 발견이 있었다. 기술 공학적 차원에서는 생명공학, 전자공학, 컴퓨터공학에서의 지속적 발전이 눈부셨다. 또한 경제적 차원에서는 자연의 기술적 정복으로 얼마 전까지만 해도 상상할 수 없었던 물질적 부의 창출이 가능해졌다. 사회·정치적 차원으로는 사회주의적 계획경제 및 전체주의적 평등사회를 지향했던 동구권의 붕괴로, 무한 경쟁적 시장경제 및 개인주의적 자유민주사회를 고집하는 서구권의 최종적 승리가 확인될 수 있다는 주장이 나올 수도 있다. 이런 의미에서 후쿠야마와 함께 '역사의 종말'을 얘기할 수 있을 것 같다.

한 문장이 너무 길면 독자가 읽다 지친다. 빠르고 정확하고 단순하게 독자에게 정보를 제공해야 한다.

문장도 생명이 있어서 진화한다. 21세기의 문장은 점점 짧아지는 추세다. 세 줄 넘어가면 독자들이 화(!)낸다. 가요로 치면 발라드는 가고 랩의 시대가 온 것과 같다. 글도 랩처럼 써라. 짧게! 빠르게! 확실하게(물론 글을 쓰면서 헤드뱅잉까지 할 필요는 없다)!

4. 잘라 내라

영화 용어에 '디렉터스 컷'이란 게 있다. 감독이 직접 편집한 필름이란 뜻이다. 원래 편집은 편집자가 하는 것이다(물론 감독과 협의를 하지만).

사실 편집자의 일이라는 게 감독이 찍어온 필름을 싹둑싹둑 잘라 내는 것이다. 영화 상영 시간의 제한, 하루에 한 영화관에서 볼 수 있는 횟수, 배급사의 요구 등등 필름이 줄어드는 이유는 많다. 그러다 보니 감독은 잘려 나간 필름이 아깝다. 손가락 발가락이 떨어져나가는 것 같다. 시간 관계상 버려지긴 하지만, 그것 역시 감독이 현장에 있을 때는 심혈을 기울여 찍은 한 신scene이기 때문이다. 잘라 낸 필름 중 아까운 것들을 다시 붙이고 해서 새로 만든 게 '디렉터스 컷'이다. 디렉터스 컷은 극장에서 상영되었던 것보다 통상 더 길다.

　　정제된 글쓰기를 하기 위해서는, 쓰는 사람은 감독이자 편집자가 되어야 한다. 쓰면서 쉴 새 없이 잘라내야 한다. 잘라 낸 문장들을 아까워하지 마라. 정 아쉬우면 생략한 문장들만 따로 모아 파일에 저장해 둬라. 어느 날 편집자로부터 "원고가 좀 모자라는데 한 10장 덧붙일 거 없나요?" 하는 문의가 올 때 '잘린 필름'을 꺼내 들고 다시 찬찬히 살펴라. 괜찮은 부분을 잇대어 고쳐 보라. 당신만의 '디렉터스 컷'을 얻을 수 있다.

5. 수식관계를 명확히 해라

　　병상에 누워 계신 우리 네 자녀(창건, 창문, 경자, 경희)의 어머니이신 임성옥 권사님께 이 책을 바칩니다.

이 글은 미국 교포 작가 폴 임이 《지식은 쾌락, 즐겨라》라는 책의 서문에 쓴 문장이다. 이 문장을 보면 병상에 누워 있는 사람이 우리 네 자녀인지, 어머니인지 알 수 없다. 물론 우리 네 자녀 속에 저자가 포함될 것이고 어머니는 연로하신 분이니, 병상에 누워 계신 분은 어머니임을 알 수 있다. 이 문장은 쉼표 하나만 찍어도 훨씬 나아진다.

① 병상에 누워 계신, 우리 네 자녀의 어머니께 이 책을 바칩니다.

② 우리 네 자녀(창건, 창문, 경자, 경희)의 어머니, 지금은 병상에 누워계신 임성옥 권사님께 이 책을 바칩니다.

도움이 되는 그 밖의 장치들

1. 30 대 1의 원칙을 지켜라

다치바나 다카시, 야마모토 시치헤이 등 일본의 인디라이터들은 '100대 1'의 원칙을 지킨다. "100권의 책을 읽어야 1권의 책을 쓴다"는 말이다.

《뇌 연구 최전선》을 예로 들면, 이 글을 쓰기 위해 대략 대형 책꽂이 1개 반 정도의 책을 읽었습니다. 다른 테마의 글을 쓸 때도, 큰 주제라면 대개 이 정도의 책을 읽습니다. 제 작업실에 있는 책꽂이는 한 단에 40권 정도의 책이 들어가는데, 이런 단이 7개 있으니 책꽂이 하나에 약 300권 정도의 책이 들어갑니다. 따라서 책꽂이 1개 반 정도의 분량이라면 테마 하나에 약 500권 정도의 책을 읽고 있는 셈입니다. (중략) 발췌해서 읽기도 하니까 입력과 출력의 비율은 낮게 잡아도 100대 1 정도 되지 않을까요?

다치바나 다카시,《나는 이런 책을 읽어 왔다》

100대 1은 완벽의 수준이다. 앨빈 토플러 같은 대학자는 200대 1이다. 우리 같은 초보 저자들은 30대 1로 만족하자. '30권의 책＋그림(여기서 그림이란 사진 혹은 일러스트를 말함)＋취재'가 한 권의 책을 만들기 위한 바탕이 되어야 한다.

2. 사진, 무작정 찍고 보자

사진을 꼭 잘 찍을 필요는 없다. 그러나 사진 자료가 풍부하면 책을 만들 때 선택의 폭이 넓어진다. 부족한 사진은 저작권 사용료를 주고 빌려 쓰면 된다.

아나운서 손미나의《스페인 너는 자유다》는 저자의 글과 사진들로 구성되어 있다. 틀에 박힌 일상으로부터 벗어나려는 여성들의 노마드 본능을 자극한 이 책은 공영방송 아나운서 자리를 박차고 나가(물론 휴직이었지만) 스페인에 가서 1년 동안 실컷 놀다 돌아온(물론 공부도 했지만) 저자의 경험을 담고 있다.

저서의 곳곳은 손미나가 직접 찍은 사진들로 채워져 있다. 그녀가 얼마나 사진 공부를 했는지 모르지만, 전문가는 아니다. 그러나 '노 프라블럼'이다. 독자들이 사진 보면서 짜증 내지 않을 정도는 된다.

몇 해 전《풍경》으로 유명한 원성 스님이 인도 여행기《시선》을 냈을 때, 필자가 물었다.

"사진 찍는 솜씨가 남다르신데, 기종은 뭔가요?"

원성스님은 "코닥입니다."라고 대답했다.

"아, 어떤 건지 좀 보여 주세요." 내가 말하자 그는 빙그레 웃으며 덧붙였다.

"뉴델리에서 산 종이껍질로 된 일회용 카메라라서……."

"!"

모자란 선비가 붓 탓하고 어설픈 골퍼가 드라이버 탓하는 거다. 원성 스님은 인도 성지 순례를 떠났을 때 필름을 끼우는 자동카메라로 사진을 찍었다. 자동카메라를 잊고 나갔을 때는 편의점같은 데서 일회용 카메라를 사서 촬영을 했다고 한다. 이때 찍은 사진들은 모두 훌륭했다. 사진 역시 기계가 아닌 마음으로 찍는 거다.

최근 디지털 카메라의 기능은 상상 이상이다. 사진 초보자의 부족함을 충분히 상쇄한다. 글을 쓰는 동시에 찍어라. 취재할 때는 물론 일상생활을 하는 동안 수시로 디카 촬영을 하는 버릇을 들여야 한다. 사진 파일들은 원고만큼이나 중요한 재산이 된다.

작가도 이제는 사진을 찍어야 살아남을 수 있다. 하나만 잘해서는 안 되는 세상이다. 직업의 구분이 점점 없어져 가는 사회가 돼가고 있기 때문이다. UN 미래 포럼 한국 대표 박영숙은 한 라디오 프로그램에서 "미래 사회엔 직업을 다양하게 갖는 사람이 늘어난다. 2006년에 미국인 한 사람이 평생 동안 거친 직업의 종류가 7개였다. 2030년엔 이것이 30개로 늘어날 것이다."라고 말했다.

화가 김병종이나 가수 조영남 같은 사람들은 작가 못지않게 글을 잘 쓰고 책도 자주 낸다. 억울하면 사진작가도 글을 쓰면 된다. 윤광준처럼.

3. 잡문을 소중히 생각하자

일정한 주제가 있고 그 주제하에 자료 조사가 이루어진 글만 책으로 만들 수 있는 것은 아니다. 잡문도 꾸준히 쓰다 보면 한 권의 책이 된다.

내가 아는 출판사 대표 한 사람이 있었다. 그가 모 작가에게 특정 주제의 전집 기획을 의뢰했다. 작가는 핑계를 대며 차일피일 미루기만 했다. 그 속사정이야 나도 잘 모른다. 그러던 중 작가가 한 잡지에 글을 발표했다. 출판사 대표는 나와 식사를 하던 자리에서 이렇게 말했다.

"참, 우리가 의뢰한 대작에 대해서는 무관심하고, 이런 잡문이나 쓰시다니. 푼돈밖에 안 될 텐데⋯⋯."

그러나 누가 알겠는가? 그 잡문들이 한 권의 근사한 책으로 나올지. 그 책이 대단한 기획의 전집보다 더 잘 나갈지.

물론 초보 작가가 잡문을 모아 책으로 내기는 어렵다. 그러나 한번 쓴 원고는, 파일이든 종이로 출력한 상태로든 분류해 놓는 것이 좋다. 언제 어떤 책에 쓰일지 모른다(필자의 컴퓨터에는 '잡문 파일'이 따로 있다). 강명관 교수는 그의 책《옛글에 빗대어 세상을 말하다》에서 잡문의 소중함을 이렇게 말하고 있다.

> 학문과 인격이 고매한 분들은, 학문하고 논문 쓰는 행위를 고귀하게, 잡문 나부랭이를 쓰는 것을 천하게 여긴다. 그래서 그런 고매한 분들에게 주눅이 든 잡문의 필자는 으레 책을 엮을 때 "공부하는 사람이 공부를 해야 하는데 잡문집을 써서 무엇하다"는 투의 변명을 늘어놓지만, 나는 그렇게 변명할 마음은 털끝만큼도 없다.
>
> 글이란 결국 자기의 생각을 남에게 알리려고 쓰는 것이다. 논문도 잡문도 모두 주장하고 싶은 바가 있어서 쓰는 것이다. 논문의 주장은 거룩한 것이고, 잡문의 주장은 천박한 것이라 말할 근거도 없다. 논문의 형식과 잡문의 형식은 다만 그릇일 뿐이다. 내용물에 따라 그릇을 달리 선택하기 마련인 것이다. 그러니 나에게 잡문은 논문과 같다.

4. 퇴고의 방법

아이템 항목에서 지적한 바 있지만, 퇴고할 때도 업데이트를 염두에 두어야 한다. 특히 지속적으로 변화할 가능성이 있는 숫자의 사용에 유의해야 한다. 예를 들어 보자.

A. 《메이플스토리》는 지금까지 50만 부나 판매됐다.

이 문장을 쓰고 있을 당시에는 《메이플스토리》가 500만 부 판매됐을지 모른다. 그러나 이 시리즈가 절판되지 않은 이상 500만 부 이상 팔릴 수도 있다. 따라서 다음과 같이 고쳐 써야 한다.

B. 《메이플스토리》는 2006년 말까지 50만 부가 판매됐다.

여기서 A는 저자 현재형 시간이 기준이 됐고 B는 객관적 시간이 기준이 됐다.

C. 10년 전 파리의 지하철역은 안내도가 많지 않아 관광객들이 어려움을 겪었다.

에세이라면 이렇게 쓸 수도 있다. 그러나 정보성 저서라면 이렇게 쓰기보다는,

D. 2000년 당시의 파리 지하철역은 안내도가 많지 않아…

로 고치는 것이 좋다. D를 쓸 당시로부터 10년 전 파리의 지하
철역에는 안내도가 적었을 수도 있다. 그러나 독자들은 저자가
책을 내는 것과 동시에 그것을 읽는 것이 아니다. 1년 혹은 5년
뒤에 읽을 수도 있다. D처럼 쓰면 언제 읽더라도 상관없는 문장
이 된다.

> E. 일본 여행을 할 때는 엔화 강세를 감안해야 한다. 요즘엔 100엔에
> 1,400원이나 한다……

정보성 저서라면 이런 문장은 아예 빼 버리는 게 낫다. 엔화나
달러화는 환율 변화에 따라 매일 달라지기 때문이다. 여행 정보
서에는 대체로 환율이 나와 있지만 환율이란 건 책에 기록할 필
요가 없다. 독자가 글을 읽을 때는 100엔이 800원일 수도 있고
1,400원일 수도 있다. 이건 마치 "서울의 날씨는 언제나 맑다."라
고 말하는 것과 같다. 따라서 아래처럼 수정하는 게 좋다.

> F. 일본 여행을 할 때는 엔화 강세를 감안해야 한다. 2009년에는 100엔
> 에 1,500원까지 오를 때도 있었다……

환율은 시시각각 변한다. 날씨는 맑을 때도 있고 흐릴 때도 있
다. 주식 시세도 하루가 다르다. 책을 위한 글을 쓸 때는 변할 수
있는 모든 요소에 주의를 기울여야 한다(그러므로 '우리 사랑 영원

히' 라는 말 역시 모순이다. 세상의 모든 책에서 이 문장을 빼야 한다. 아니면 이렇게 고치든가. '우리 사랑 10개월까지' ……).

5. 모니터 요원을 가져라

블로그 장에서 자신만의 편집자를 가지라고 강조했다. 블로그를 운영하지 않더라도, 자신의 글을 읽고 지적해 주고 비판해 줄 사람이 있어야 한다. 그 역시 글을 쓰는 사람이면 더 좋다(내가 아는 남자 예비 라이터 한 사람은 모니터 요원의 첫째 조건으로 늘 "예쁜 여자"를 꼽았다. 그는 첫 책을 내기 전에 결혼했다. 인생은 늘 생각하는 대로 된다……). 비판은 가차 없어야 한다. 단, 비판하고 나서는 애정 어린 칭찬으로 마무리해라. 사람은 누구나 가차 없는 비판으로 단련되기보다는 따뜻한 격려로 성장하길 원한다.

6. 데드라인을 정해 놓고 써라

이 원고는 언젠가는 써야지.

이렇게 생각했다면 당신은 그 원고를 평생 동안 완성하지 못한다.

올해 말까지 써야지.

6월 15일까지는 써야지.

내 생일 전까지는 완성해야지.

이렇게 구체적인 날짜를 박아 놔야 한다. 무언인가를 쓰고자 마음먹었다면 무조건 하루에 A4 용지 1장은 채워야 한다. 6개월 동안 책 한 권을 못 쓰면, 3년이란 세월이 흘러도 책 한 권을 쓰지 못한다.

누구에게나 자기만의 아이템이 있으므로 일단 그 아이템에 대해 써보도록 하자. 대부분의 인디라이터 지망생들은 하루에 단 한 장의 원고도 쓰지 않으면서 언젠가는 내 글을 완성해야지, 언젠가는 책을 내야지 하는 환상에 사로잡혀 있다.

> 글쓰기 작업은 아주 단순하고 근본적이며 엄숙한 일이다. 인간의 마음은 간사해서 고독한 글쓰기에 전념하기보다는, 친구와 멋진 식당에 앉아 인간의 인내심에 대해 토론하거나 글쓰기의 고통을 위로해줄 상대를 찾아가는 데 마음이 이끌리게 마련이다.
>
> 나탈리 골드버그

7. 정례화해라

무엇이든 정례화하면 두세 배의 시너지 효과가 나온다. 예를 들면 이런 것이다.

> 매주 토요일 오후 1시~6시까지 A4 용지 5장 분량의 원고를 쓴다.
> 매주 수요일 점심때는 국회도서관에 간다.
> 매주 일요일 오후 2시에는 집 근처의 서점에 간다.

이렇게 정기적인 스케줄을 만들어야 한다. 사소한 것 하나라도 정례화해 놓지 않으면 하지 않게 되는 것이 인지상정이다. 프리랜서는 스스로 스케줄을 짜기 때문에 게을러지기 쉽다. 세계적인 작가들도 쓰기가 싫어서 별의별 장치를 다 만들어 놓는다. 하물며 초짜들이야 말해 무엇하랴.

인디라이터라면 창작과 자료 조사에 관련된 정례화된 스케줄이 있어야 한다. 도서관과 서점 방문은 일주일에 1회 이상 실천해야 한다. 도서관은 신 · 구간을 통틀어 볼 수 있는 곳이므로 체계적인 연구와 조사에 적합하다. 서점에서는 베스트셀러와 스테디셀러를 점검하고 시장조사를 해보라. 출판 시장의 트렌드를 꾸준히 따라잡을 수 있다. 한 달에 한 번 정도는 대형 서점에 들러 보는 것도 좋다. 동네 서점과 분명히 다르다.

정례화된 스케줄을 방해하는 것은 매정하게 물리친다. 이번 한 번만, 다음에는 꼭……, 이 친구 결혼식만…… 하다 보면 점점 나만의 스케줄은 사라져 버린다(이혼율이 50퍼센트에 육박하는 요즘엔 생애 첫 결혼식에는 굳이 가지 않아도 된다. 곧 싱글로 돌아올 것이고, 얼마 후 두 번째 결혼식 소식이 들려올 테니까).

교정과 교열에 대하여

저자는 계약서상에 쓰인 대로 '자신의 저서에 대해 교정과 교열의 책임'을 진다. 저자와 편집자가 수도 없이 본 원고라 해도 틀린 글자는 늘 있게 마련이다. 교정 혹은 교열의 사전적 의미는 거의 같다. 신문사나 출판계에서는 대체로 내용에 영향을 미치는 수정을 '교열校閱', 내용에 영향을 미치지 않는 수정은 '교정校正'이라고 부른다.

의미가 어떻든 교정과 교열은 문장을 고치는 것을 말한다. 출판사에 따라서는 저자의 원고를 그대로 싣기도 하고, 이것저것 뜯어고치기도 한다. 원칙적으로 저자의 원고는 오자, 탈자 등 '명백히 잘못된 경우'를 제외하곤 고쳐선 안 된다. 스포츠에 비유하면, 저자는 선수이고 편집자는 감독이다. 히딩크가 아무리 유능하다 해도, 유니폼 입고 그라운드에 뛰어 들어가서 박지성 대신 뛸 수는 없다. 박지성이 뭔가 부족하다 싶으면 타이르거나 다독여서 잘 뛰게 만들어야 한다. 박지성은 박지성대로, 이운재는 이운재대로, 김남일은 김남일대로 할 일을 하게 해줘야 한다. 모두 스트라이커가 되면 수비는 누가 하겠나. 편집자가 저자의 글을 많이 고치면 고칠수록, 저자의 색깔은 옅어진다.

물론 말도 안 되는 문장들을 원고라고 써오는 저자들도 있기 때문에 편집자가 문맥을 고치는 경우도 있다. 이럴 때도 저자의 색깔을 바래게 만들지 않는 선에서 수정해야 한다.

언젠가 내가 쓴 원고를 완전히 다른 이야기로 뜯어고친 후, "이게 최종 인쇄안입니다"라고 말하는 편집자를 만난 적이 있다. 그때의 심정은 까무러치기 일보 직전이었다. 원고를 넘기고 나서는, 편집자와 긴밀히 협의해 가며 수정 작업을 하는 게 좋다. 자기주장만 하지도 말고, 편집자만 믿지도 말아라. 나 몰라라 하는 것도, 매일 출판사로 출근하는 것도 바람직하지 않다. 좋은 출판사의 맘 맞는 편집자를 만나는 것, 이게 인디라이터의 로망이다. 편집자를 잘 만나면 개떡 같은 원고도 찰떡같이 만들어 준다. 그러니 지금부터 열심히 개떡을 만들자.

243

Chapter 4
이것만은 꼭 챙기자

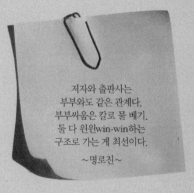

저자와 출판사는
부부와도 같은 관계다.
부부싸움은 칼로 물 베기.
둘 다 윈윈win-win하는
구조로 가는 게 최선이다.
~명로진~

나도
책 한번 내볼까?

책을 낸다는 것은 '출산'이다. 그만큼 길고 힘든 과정이다. 과정마다 부딪치는 게 많다. 하나같이 맘대로 되지 않는다. 원하는 자료는 없거나 부족하지, 출판사에서는 계속 원고를 되돌려 보내지, 어찌어찌 출판사를 섭외했다 쳐도 계약 조건은 까다롭지, 편집자는 원고를 이리 고쳐라 저리 고쳐라 하지, 디자인은 촌스럽지, 3개월 안에 출간한다고 해놓고 2년 넘도록 소식이 없지, 책이 나왔다 쳐도 서점에 가보면 구석에 처박혀 있지…….

책 한 권을 내는 과정은 정말 출산에 비유할 만하다. 그러므로 일단 책이 나오면, 디자인이 볼품없고 내용이 엉성해도 그 책을 사랑하게 된다. 왜? 내 새끼니까. 여러 달 동안 새끼를 몸에 지니고 있다가, 온몸의 마디가 끊어지는 아픔을 감내하며 출산하는 세상의 모든 암컷들을 생각해 보라. 제 몸으로 낳은 새끼가 좀 못 났기로서니 미워할 어미가 있겠는가.

글을 쓰는 사람은 기본적으로 어머니 같은 마음이 있어야 한다. 태교하는 마음으로 한 권의 책을 출산하기 위해 애써야 한다. 그 것에 집중하고 그것을 위해 다른 것은 희생할 줄도 알아야 한다.

물론 출산과 다른 점도 있다. 세상의 모든 어미는 제 새끼가 잘 났든 못났든 사랑할 수밖에 없다. 좀 모자란 자식을 낳는 건 어미 뜻이 아니다. 못난 자식을 낳으면 어미 혼자 고생하면 된다. 하지 만 인디라이터는 그렇지 않다. 못난 자식을 낳으면 출판사와 독 자들이 고생한다. 때문에 최대한 잘난 자식을 낳기 위해 무진 애 를 써야 한다.

작가는 열심히 글을 썼는데 출판사가 책을 엉망으로 낼 수도 있다. 이런 오류를 방지하기 위해 저서의 디자인과 편집 과정까 지 세심하게 신경을 쓰는 사람도 있다. 반면, 원고를 넘기고 나서 는 출판사에서 알아서 해주기를 바라는 저자들도 있다.

글도 잘 쓰고 책도 미끈하게 잘 나왔는데 출판사에서 광고 한 번 안 낼 수도 있다. 내용은 좋은데 마케팅이 안 돼서 책이 안 팔 릴 수도 있다. 이때는 정말 인디라이터의 속이 터진다. 예쁘게 키 워 놓은 딸내미를 '가능성'만 많은 찌질이한테 시집보내는 심정 이다.

책을 내는 방법들

원고를 완성했으면 책을 내야 한다. 내가 쓴 원고를 한 권의 책으로 출간하는 데는 다음과 같은 방법이 있다.

1. 베티 블루식 방법

가장 원시적이고 무식한 방법이다. 영화 〈베티 블루〉의 여주인공 베아트리체 달은 작가인 애인의 원고를 파리 시내에 있는 100여 곳의 출판사에 보낸다. 무작정 원고를 출판사에 보내는 방식이다. 성공 확률 1퍼센트. 그러나 미래의 작가는 1퍼센트에 의존해 탄생한다. 선견지명이 있는 편집자가 있는 한(〈베티 블루〉에서도 선견지명 있는 편집자가 딱 1명 있었다. 역시 1퍼센트의 확률이다).

2. 신문 · 잡지 · 인터넷 등을 통해 먼저 인정받는 방법

필력을 인정받아 연재를 하다 보면 출판의 기회가 생긴다. 신문 · 잡지의 필자들은 대부분 책을 낸 유명인들이다(역사와 전통이 오래된 매체일수록 새로운 필자를 선발하려는 노력을 덜 한다. 맛있는 식당일수록 종업원들이 불친절한 것과 똑같다. 물론 한국에서만 그렇다).

인터넷이나 블로그를 통해 글 쓰는 능력을 기르고 독자들에게 인정받아라. 무명 작가에게 온라인 공간은 신천지와 같다.

3. 출판사 편집자를 통해 책을 내는 방법

모든 인맥을 동원해서 편집자를 잡아라. 물론 친하다고 책 내주는 건 아니다. 감독하고 친하다고 연기자 캐스팅 하는 게 아닌 것과 똑같다. 일본의 영화 음악가 히사이시 조는 《감동을 만들 수 있습니까》라는 책에서 이렇게 말한다.

"나는 지금까지 수차례 미야자키 하야오 감독의 애니메이션 음악을 만들었지만, 한 번이라도 음악이 좋지 않으면 다음에는 나에게 의뢰를 하지 않을 것이란 사실을 알고 있다. 나는 항상 그런 절박한 심정으로 일을 하고 있고, 매번이 진검승부다."

히사이시 조는 '오랫동안 함께 작업하는 사람들과 일부러 친해지지 않는다' 는 독특한 원칙을 가지고 있다. 일정하게 거리를 두는 인간관계를 유지한다는 것이다.

"계속 함께 일을 하게 되어도 인간적으로 친밀한 관계를 추구해서는 안 된다. 개인적으로 친해지면 정신적인 면에서 안이함이 나올 수도 있기 때문이다."

나는 이 대목에서 무릎을 쳤다. 프로는 그런 것이다. 그가 나와 친하니까 그에게 일을 맡긴다, 그가 나와 친하니까 그가 나에게 일을 맡길 것이다, 이건 아마추어 적인 생각이다. 88올림픽 때나 통용되던 개념이다(물론 이런 택인술擇人術은 21세기 한국 정치에서 여전히 유효하다. 그가 국가와 미래를 위해 일을 잘할 것인가가 중요한 게 아니라, 그가 내 편인가 아닌가가 더 중요하다).

그러나 사실, 나 역시 구태의 택인술을 비난할 처지는 못된다. 탤런트로 활동하면서 방송사를 들락거렸던 나는, PD와 친해져야 캐스팅 된다는 생각을 오래도록 버리지 못했다. 연기의 기본을 연마하기도 전에 폭탄주 제조법을 익혔고, 콘티를 이해하기보다는 복마전의 네트워크를 간파하려 했으며, 대본을 한 번 더 보기보다는 방송국의 인사이동에 더 민감해했다. 결과는 참혹한 것이었다. 시장은 장기적으로 실력 있는 자를 원했으므로, 실력 없는 자는 도태되고 말았다. 도태된 자들의 공론은 여전했다.

역시 성공하려면 빽이 있어야 돼, 요즘 A작가가 뜨던데 한번 찾아가 볼까?, 다음 순번은 B감독이라던데?

나는 뒤늦게 88올림픽 시스템의 어리석음을 깨닫고 내실을 기하기 시작했다. 그 나락에서 다시 시장으로 진입하기 위해 얼마나 고통스러운 과정을 겪었는지는 아무도 모른다. 여전히 해야할 공부는 산더미 같다. 그러므로 실력 있는 자에게는 접대할 시간이 없다는 말이 맞다. 히사이시 조의 말대로 '자신을 극한까지 몰고 가는' 인고의 과정이 없다면, 우린 아무런 변신도 할 수 없게 된다. 인디라이터 역시 마찬가지다.

그렇다고 편집자나 출판 관계자들을 만나지 말라는 것은 아니다. 편집자나 출판 관계자들을 만나서 부딪치다 보면, 가닥이 잡힌다. 그 가닥을 물고 늘어지다 보면 출판의 길이 어렴풋이 보인다.

4. 일단 특별해지기

사물놀이 패를 모아서 유럽 여행을 간다든지 남미를 자전거로 일주한다든지 전국의 펜션을 돌아다닌다든지, 하여튼 저자로서 특이한, 특별한 경력을 쌓는 거다. 그런 이벤트나 경력이 매스컴을 타게 되면 책 내기가 수월해진다. 그러나 과도하게 유명해졌다면 무명으로 남아 있는 예비 작가들을 위해 그냥 가만히 있어라. 외국에 2주 남짓 다녀와서 책 내는 짓 따위는 제발 하지 말고.

5. 스스로 출판을 하는 경우

나는 한때, 출판사에 보낸 원고가 되돌아올 때마다 이런저런 생각을 했다.

Day 1- 내 원고는 쓰레기야.

Day 2 - 그래도 열심히 쓰자.

Day 3 - 남들이 왜 알아주지 않을까.

Day 4 - 그래도 열심히 쓰자.

Day 5 - 나 스스로 나를 알아주면 돼.

Day 6 - 아, 역시 내 원고는 쓰레기였어.

Day 7 - 다시 힘을 내서 쓰자.

Day 8 - 왜 내 책을 안 내주는 거야?

Day 9 - 이것도 글이라도 썼다니. 내가 봐도 한심하다.

Day 10 - 그래도 쓰자.

Day 11 - 재활용은 재활용이라도 하지…… 이 원고는 어디에 쓰겠
나……

Day 12 - 좋다! 정 안 되면 내가 출판사 차려서 낸다.

안 되면 되게 해야 한다. 기존의 방식을 통째로 부정해 버리자. 인디라이터의 정신은 바로 그런 것이다. 편집자들은 이렇게 생각할지 모른다.

작가랍시고 보내오는 원고의 99퍼센트는 쓰레기야!

우리들은 이렇게 생각하자.

편집자랍시고 일하는 거 보면 양아치야(이 책을 읽고 있는 현역 편집자이신 당신은 제외!).

그렇게라도 스스로를 위로해야 하지 않겠는가? 자비 출판이란 방법도 전혀 불가능한 것은 아니다. 출판사 한두 군데가 거절했다고 해서 좌절하지 마라.

6. 원고 은행을 이용하는 경우

아직 우리나라에는 이런 은행이 없다. 출판계에서 원고 은행을 하나 만들어 운영했으면 한다. 매년 초보 작가들을 대상으로 글감을 모으는 것이다. 그중 괜찮은 것을 다듬어 책으로 내면 된다.

언론사들의 신춘문예를 보자. 모집 분야가 시 · 소설 · 희곡 · 평론 등으로 한정되어 있다. 수십 년째 그 장르가 그 장르다. 이런 상황이라면 다양한 분야의 원고를 발굴할 수 없다. 출판사들이

공동으로 출자해서 원고 은행을 만들고 수시로 원고를 모으면 어떨까? 한 권의 책이 될 내용이라면 어떤 것이든 좋다. 원고 은행에 일단 접수시켜 놓고, 입찰을 붙여 최고 액수를 써넣은 출판사가 판권을 갖는다든지 하는 것이다.

이를테면 장르는 자유 에세이로 정하고 분야는 이렇게 나누는 것이다.

풍자 에세이 · 여행기 · 재테크 부문 · 자기 계발 · 인생 역전 · 에듀테인먼트 부문 등

7. 출판 에이전시를 이용하는 경우

저자는 글을 쓰고 에이전시는 저자와 출판사를 연결하고 출판사는 책을 낸다.

필자가 생각하기에 가장 바람직한 경우다. 이런 방식은 분업 개념에 들어맞는다. 우리나라 출판계는 아직도 분업이 덜 되어 있다. 출판사 사장이 저자들 만나서 술 마시고 인맥 만들고, 편집자가 원고 청탁하고 기획하는 현실이다. 이게 나쁘다는 게 아니다. 전문 분야를 만들자는 것이다.

연예인이나 스포츠 선수에게 매니저가 필요한 이유가 무엇인가? 가수는 노래만 하고 축구 선수는 공 차는 데에만 전념하고, 나머지 행정 사항은 모두 매니저가 맡아서 하는 것이 훨씬 효과적이기 때문이다. 연기에 몰두해야 할 시간에 PD 만나서 밥 사고

감독 만나서 술 산다? 물론 인맥 관리는 해야겠지만, 그러다 보면 저만치 앞서가는 동료 연기자들이 눈에 들어오게 된다. 몇 해 뒤, 술 잘 사는 배우들은 무대 뒤로 사라진다(그 술을 심하게 얻어먹은 감독은 간경화에 걸린다……). 필자가 피부로 느낀 경험이다.

세계적인 베스트셀러인 《해리 포터》 시리즈를 발굴해 낸 것은 출판 에이전시 크리스토퍼 리틀의 브라이어니 이븐스였다. 그는 《해리 포터》의 가능성을 일찌감치 간파하고 처음엔 펭귄, 하퍼 콜린스 같은 대형 출판사에 원고를 제시했다. 마법사와 어린이들의 대결 구도에 흥미를 느끼지 못했던 출판사들(총 12개 회사)는 《해리 포터》를 퇴짜 놓았고, 중견 출판사인 블룸스버리에서 이 책을 출간하게 됐다. 그리고…… 그 뒤의 이야기는 여러분이 아는 바와 같다.

결국, 책 한 권을 만드는 데 저자와 출판사 말고 또 한 사람의 중요한 존재가 필요하다. 에이전트 즉 중개인이다. 나는 출판 매니저라는 말을 더 좋아한다. 스타는 매니저가 만드는 것이다. 비는 박진영이 만들었고, 빅뱅은 양현석이 만들었다. 이런 역할을 해줄 출판 매니저가 절실히 필요하다.

필자가 인디라이터반 출신 저자들의 원고를 출판사에 연결해 줄 에이전트를 목마르게 찾고 있을 때, 바른번역의 박정현 팀장이 찾아왔다. 그녀는 "국내 출판사와 저자를 연결해 주는 일을 하고 싶다."고 말했다. 나는 제자들의 원고를 골라 그녀에게 넘겼다. 2007년 1월 이후 2년여 동안 그녀는 20여 건의 계약을 성사시켰다. 그녀에게 넘어 간 원고 중 절반 가까이는 출판사를 만나 계약이 이루어지거나 단행본으로 출간됐다. 박정현 팀장은 저자와 출판사 사이에서 계약을 성사시키는 일 뿐 아니라, 저자와 출판사 사이에서 양쪽의 고민과 불만을 조절해 주는 역할도 훌륭히 해냈다.

필자가 인디라이터반을 만든 이유 중 하나는 신진 작가들의 출판 기회를 마련하기 위해서였다. 앞으로 박정현 팀장 같은 출판 매니저들이 더 많이 생겨나기를 바란다.

8. 그 외

매년 한 번 정도 원고 페어 같은 것이 있으면 어떨까? 신진 작가들과 출판사 관계자, 출판 에이전시 등이 모여서 원고 발표→ 프레젠테이션→ 토론→ 출간 계약까지 원스톱으로 이루어지게 하는 것이다(이때 와인이 있으면 금상첨화다).

지난 2008년 4월 교보문고에서 예비 저자들과 출판사 관계자들의 만남이 이루어진 적이 있다. 〈인디라이터 북 페어〉라는 이름의 이벤트였다. 좋은 원고를 발표한 5명이 최종 선발됐고 이들의 전자책 발간을 교보문고에서 지원해 줬다. 그러나 이 행사는 일회성에 그쳤다(와인도 없었다……).

조만간 인디라이터 지망생과 중견 출판사들이 모이는, 책 출간을 위한 원고 견본시 같은 행사가 이루어지길 소망한다(와인 업체의 협찬도 함께 하길 소망한다).

시인과 소설가는
행복한가?

　최소한 경제적인 면에서는 불행하다. 〈조선일보〉 2006년 11월 26일자 인터뷰에서 은희경은 "올해 문화예술위원회의 혜택을 최대한 받는다는 전제하에 말해 본다면, 한 해 최고 수입 2,600만 원을 꿈꿀 수 있겠다. 이건 어디까지나 막연한 꿈이다."라고 했고, 이혜경은 "1년에 단편 2~3편 이상 쓰기 힘들다."고 했다. 이 정도는 행복한 비명이다. 〈한국일보〉 2007년 1월 14일자 기사는 충격 그 자체다. 신춘문예 등단 작가 100명을 조사한 결과 소설가는 연평균 수입이 100만 원이었다. 모든 예술 장르가 그렇지만 소설가도 생활인으로 산다는 것이 현실적으로 어렵다.

　시인은 더 이상 직업이 아니다. 시 쓰기는 생계의 수단이 아니라, 취미일 뿐이다. 우리나라에 '시 쓰기'로 밥 벌어 먹고 사는 사람이 있는가? 없다. 위의 〈한국일보〉 기사에 따르면 시인들이 '시 쓰기'로 버는 돈은 1년에 평균 30만 원이다(그런데 우리나라엔 시인이 왜 이렇게 많을까? 그것도 다른 직업을 갖고 있는 시인이). 잡지에 글을 쓰고 직업을 밝히는 난에 꼭 이렇게 쓰는 사람들이 있다. ○○○(시인, ×××병원 전문의), ○○○(시인, 강남 땅부자), ○○○(시인. 하우스홀드 와이프 어소시에이션 고문), ○○○(시인. 개코나대학교 교수) ○○○(시인. 지하철과 화장실 벽 도배용 시창작연합회장)……

　역설적으로 매년 베스트셀러의 상위를 차지하는 장르는 소설이다. 결국 최고의 소수만이 살아남는 곳이 문학과 출판계라고 결론지을 수밖에 없다. 모든 예술이 그렇다. 아니, 모든 직업이 그렇다.

257

저작권을 지키는 것만이
살 길이다

　인디라이터가 글을 쓸 때 제일 먼저 염두에 두어야 할 것이 무엇일까? 문체? 아이템? 출판사? 독자? 문학성? 사진? …… 아니다. 바로 '저작권' 이다.

　한국음악저작권협회라는 곳이 있다. 이 협회는 작곡 · 작사 · 편곡 등 음악을 창작하는 사람들의 저작권을 보호하기 위해서 1964년에 만들어졌다. 음반이나 CD를 듣는 사람들이 점점 사라지고 디지털을 통해 음악을 즐기는 시대가 됐지만, 여전히 사람들은 음악을 창작하고 음악을 만들어 낸다.

　이 협회는 공적으로 음악을 사용하는 사람들에게 사용료—저작권료를 받아 창작자들에게 배분한다. 음악을 사용하는 사람들(단체 또는 공간)은 누구인가? 공중파 · 케이블 · 인터넷 방송,

DMB, 휴대폰 컬러링, 놀이공원, 철도, 공항 심지어는 노래방까지 포함된다. 노래방에서 우리가 2PM 의 〈하트비트〉를 한 곡 부르면 노래방 주인은 음악저작권협회에 저작권 사용료를 지불하고, 그 사용료는 하트비트를 작사 · 작곡 · 편곡한 사람의 통장에 들어온다. 우리 귀에 들리는 모든 음악에 저작권료가 붙는다고 보면 된다. 세상에 공짜 음악은 없다.

음악 창작자는 자신이 만든 노래를 다른 사람이 허락 없이 사용하는 것에 대해 걱정하지 않아도 된다. 사람들이 음악을 많이 들으면 들을수록(혼자 듣는 것은 제외하고), 창작자의 저작권료는 불어난다. 창작자는 창작에만 힘쓰면 되는 것이다. 사람들이 제아무리 새로운 테크놀로지를 통해 음악을 감상한다 해도 저작권은 영원하다. 새로운 하드웨어로 음악이 공급된다? 음악저작권협회 직원이 가서 어김없이 저작권을 요구하게 되어 있다.

책과 작가는 어떤가? 오디오 북과 전자책이 나오고, 블로그와 UCC가 확대되면서 종이 책의 입지는 점점 줄어들고 있다. 사실 하드웨어는 문제되지 않는다. 어떤 환경에서든 창작자는 필요하다. 디지털 시대든 그 이후의 시대든 창작자는 언제나 존재할 것이다. 그럼에도 아직 출판저작물 창작자의 권리를 담당해 줄 전국적인 시스템은 없다. 출판사가 개별적으로 권리 보호에 나서고 있지만 조족지혈鳥足之血이다. 수많은 블로그와 동영상 · 카페 · UCC에서 침해되는 저작권을 무슨 수로 막을 것인가?

저작자와 출판사가 힘을 합쳐, 음악저작권협회와 같은 전국적인 기구를 만들어 다양한 매체에서 사용되는 창작물에 대해 사용료를 거둬들여야 한다. 이 길이 저작자와 출판사가 함께 살 길이다. 비록 당신이 클린턴과 힐러리가 잠자리를 같이한 나날만큼 드물게 글을 쓰는 인디라이터라 해도 저작권에 관심을 갖는 게 좋다.

저작권 3원칙

출판 저작권은 ①작가 사후 50년, ②첫 출판 후 75년, ③첫 창작 후 100년까지 보호된다. 번역물의 경우 FTA 체결로 사후 70년으로 늘었다. 책 한 권 잘 내면 어떤 보험보다 낫다. 작가가 죽고 나서도 50년 동안 직계 가족에게 인세가 지불된다(스테디셀러 작가의 미망인은 땅 보러 다니고, 베스트셀러 작가의 자식들은 평생을 편하게 살 수 있다).

영화 〈어바웃 어 보이〉를 보면 저작권의 혜택이 어떤 것인지 잘 알 수 있다. 주인공 윌 프리먼(휴 그랜트 분)은 캐럴 작곡가인 아버지를 둔 덕에 매달 나오는 인세 수입으로 상류층 생활을 한다.

'저작권으로부터 자유로운 아이템'도 있다. 공룡 아이템 그리스 로마 신화·종교 아이템(석가모니, 예수, 모세, 무함마드 등등 민감하지만 저작권으로부터는 자유롭다), 동물 아이템(동물에 관련된 다큐멘터리, 직접 찍은 사진물, 창작물), 옛날이야기(〈흥부 놀부〉를 비롯한 전

래동화) 등이다.

위 3원칙에 위배되지 않는 작품 역시 저작권으로부터 자유롭다. 누구나 출판할 수 있고 번역할 수 있다. 이 때문에 출판사들은 유명 작가가 작고한 지 얼마나 되었는지, 유명 저서가 출간된 지 얼마나 지났는지에 관심을 가진다.

다른 작가의 사진이나 일러스트를 써야 할 경우 정식 절차를 밟아 사용 허가를 얻도록 한다. 특정 책에 나온 것이라면 먼저 그 출판사에 연락을 해서 게재 허락을 받아야 한다.

다른 사람의 저작권을 침해하지 말 것

아이템 설정 단계부터 쓰고자 하는 내용이 저작권으로부터 자유로운지 살펴라.

내 저서 중 하나에 어떤 강의에서 들은 내용을 수록한 적이 있다. 책에 그 강사명(강아지 씨라 하자)과 강의 내용을 분명히 밝혔음에도, 강아지 씨는 소송을 제기해서 내 책을 팔지 못하게 '출판 정지 가처분 신청'을 했다. 나는 강아지 씨와 6개월 동안 소송을 했다. 그때 겪은 정신적 고통은 말로 다 할 수 없다. 변호사를 만나고 소장을 쓰고 증인들을 만나서 증언을 녹취하는 그 과정에서 돈과 시간도 많이 날렸다. 툭하면 날아오는 강아지 씨의 반론서 (대체로 '멍멍멍'으로 시작해서 '왈왈왈'로 끝났지만)란!

나는 결국 승소했다. 승소장을 받아 든 날, 난 감격해서 "대한 민국의 법은 죽지 않았다!"고 외쳤다. 승소장에는 "강의 내용을 강사명과 함께 분명히 명시했으며, 그 내용이 책의 일부분이므로 출판 정지 신청은 기각한다."고 쓰여 있었다. 책의 일부분이면 어느 정도냐고? 딱 2쪽이었다. 나는 반년을 고생했다. 2쪽밖에 안 되는 인용 때문에 나는 동물과 싸워야했다.

이런 문제가 생기면 출판사는 아주 얌전해진다. 소송에 끼어들지 않는다. 저자를 보호해 줄 거라고? "헬 노Hell No!" 처음 계약서를 쓸 때부터 "저작권 침해에 대한 문제는 저자가 책임진다."고 명시되어 있다. 당연한 이야기다. 그러므로 강연, 도서, 잡지, 신문 등에서 인용을 할 때는 반드시 출처와 저자명을 밝혀야 한다. 또한 인용의 수준은 과도한 범위를 넘어선 안 된다. 과도한 범위란 '그 범위가 책 전체 내용에 현저히 영향을 끼치는 경우'다.

필자의 경우처럼 그 부분이 빠져도 책 전체 내용에 큰 차이가 생기지 않으면 된다. 다른 사람이 창작해 놓은 부분을 인용할 때는 2~3쪽을 넘지 않도록 하는 게 좋다. 저작권은 단순히 인용의 문제만은 아니다(소송의 문제도 된다). 기획 단계부터 집필을 완료할 때까지 저작권 관련 사항은 늘 숙지하고 있어야 한다.

몇 해 전까지만 해도 영화사나 방송국에서 연락이 와서 만나면 돈 얘기하기가 껄끄러웠다. 영화배우 이혜영 씨는 "난 출연료 같은 거 몰라요."라고 말하곤 했다. 손창민 씨는 "최고 대우 해달라고만 하지요. 액수는 말 못해요."라고 말한 적이 있다.

작가들은 어떨까? 출판사 관계자의 말을 빌리면 돈, 저작권 문제를 비롯한 모든 것을 아예 출판사에 맡겨 버리는 의리파(?) 저자들도 있다고 한다. 고고한 분들이어서 그런지 계약금 같은 것도 주는 대로 받는다는 것이다. 그런가 하면 노름빚에 허덕이다가 "다음에 내가 죽이는 거 하나 써 줄 테니 일단 그 책의 선인세 한 4천만 땡겨 줘."라고 말하는 작가도 있다. 물론 엄청 잘나가는 베스트셀러 작가라면 이런 말을 해도 먹힌다(나도 누가 4천만 땡겨 주면 좋으련만).

프리랜서들은 다 비슷비슷하다. 자기 실력이 모자란다고 느끼면 돈 문제를 당당하게 이야기 못하는 거다. 뭔가 부끄럽고 어색하고 쭈뼛거리는 이유는 자신이 없어서다. 초보 작가들은 당연히 출판사가 주는 대로 받아야 한다. 하지만 초보라고 해서 무조건 출판사 하자는 대로 따르라는 법은 없다. 처음 책을 내는 사람이지만 그 책을 내기 위해 오랜 동안 연구를 했다든지, 돈과 시간이 많이 투자되었다든지 하면 어떤 형태로든 자신이 원하는 액수를 요구해야 한다.

계약서에 사인하기 전에
꼭 알아야 할 것들

　세상의 책 중 99퍼센트가 베스트셀러가 못되고 사라지는 것이 현실이다. 그러나! 뭐 팔려 봐야 얼마나 팔리겠어, 책 내주는 것만 해도 고맙지 하는 생각으로 계약서에 급히 도장을 찍어선 안 된다. 내 책은 베스트셀러가 될 것이다라는 생각으로 계약을 해라.

　저자와 출판사의 관계는 참 아이러니하다. 책이 많이 팔리지 않으면 저자와 출판사의 관계는 그럭저럭 유지된다. 그러나 베스트셀러가 되고 책이 잘 팔리면 오히려 저자와 출판사의 관계는 깨지기 쉽다(유산을 많이 남겨 놓은 집의 형제들이 갈라서는 것과 같은 이치다. 돈 앞에는 친구고 형제고 없는 것이다. 갑자기 내 돈 500만 원을 꿔가고 연락이 끊긴 병수가 생각난다. 병수야…… 우리 우정이 그것밖에 안됐니? 빨리 돌아와라. 내 돈 갖고).

저자와 출판사는 처음에 분명히 계약이란 걸 한다. 책이 그냥
저냥 판매되면 둘 사이에 아무 불만이 없다. 인세를 8퍼센트 주기
로 했건 10퍼센트 주기로 했건, 양쪽 다 손에 쥐는 돈이 별로 없
기 때문이다. 문제는 책이 잘 나가면서부터 시작된다. 책이 20만
부, 30만 부 나가기 시작하면 저자는 생각한다.

음…… 출판사 쪽에서 보너스라도 주겠지.

사실 출판사에서는 저자에게 보너스를 줄 하등의 이유가 없다.
처음에 저자가 인세를 10퍼센트 받기로 했으면, 책이 잘 나가든
안 나가든 저자의 인세는 10퍼센트인 거다. 그런데 일정 부수 이
상이 되면 추가로 드는 돈도 없는데, 출판사가 저자보다 더 많은
돈을 가져가게 된다고, 저자는 생각한다. 그럼에도 출판사에서
처음 정한 인세 이상으로는 주려 하질 않으니 괘씸한 일이라고,
저자는 되뇐다.

내 책을 30만 부쯤 팔았으면 나한테 마티즈 한 대 정도는 사주
어야 하는 거 아냐?

저자는 이렇게 생각할지도 모른다(그건~ 저자 생각이고).

출판사도 할 말은 있다. 감가상각비, 인건비, 홍보비, 유지비
등등을 제외하고 나면 남는 게 별로 없다. 순이익은 매출액의 10
퍼센트 정도다. 그것도 잘나가는 책에 한해서.

저자는 사실 원고 써서 넘긴 거밖에 한 일이 더 있는가라고, 출

판사는 생각한다. 우리가 홍보하고 기사 내고 마케팅해서 베스트셀러 만든 거 아닌가라고, 출판사는 되뇐다.

양쪽의 생각이 여기에 이르면 헤어질 수밖에 없다. 국내의 출판권 시한은 대부분 5년이다. 5년이 지나면 저자는 다른 곳과 계약을 할 수 있다. 베스트셀러를 낸 국내 저자들 중 많은 이들이, 처음 계약을 맺었던 곳이 아닌 다른 출판사와 재계약을 한다(왜? 돈 문제 때문이다. 위에서 말한 오해와 생각과 되뇜 때문이다. 제발 되뇌지 말자. 우린 반추동물이 아니다……).

내가 책을 하나 써서 베스트셀러가 됐다 치자. 5년이 지났는데도 여전히 내 책이 잘 팔리고 있다. 그런데 출판사가 마음에 들지 않는다? 그럼 나는 출판사를 바꿀 수 있다.

그러나 출판도 계약도 사람이 하는 것이다. 처음부터 계약서를 정확히 쓰는 게 중요하다. 예를 들어 초판 발행 때 인세를 정가의 8퍼센트 선에서 받기로 했다면, 5만 부 이상 판매되었을 때는 10퍼센트의 인세를 받기로 한다든지 하는 것이다. 아무리 책이 많이 팔린다 해도 저자의 인세는 12퍼센트가 최고치다. 그 이상의 인세를 받으면 출판사 운영이 어려워진다.

저자와 출판사는 부부와도 같은 관계다. 부부싸움은 칼로 물베기. 둘 다 윈윈win-win하는 구조로 가는 게 최선이다.

계약서 자세히 살펴보기

1. 출판사는 원고를 받으면 1년 안에 책을 내야 한다

보통 계약서의 내용 중에는 "을은 갑으로부터 완전한 원고를 인도받은 날로부터 12개월 안에 위 저작물을 발행하여야 한다. 다만 부득이한 사정이 있을 때에는 갑과 협의하여 그 기일을 변경할 수 있다."라는 조항이 있다.

만약 출판사에 원고를 넘기고 나서 1년이 넘도록 책이 나오지 않으면 뭔가 문제가 있는 것이다. 출판사에 연락해서 이유를 묻는 것이 좋다. 1년이 지나도 책이 나오지 않으면 사실상 그 출판사에서 출간할 의도가 없는 것으로 받아들여야 한다. 이럴 때는 출판사에 "다른 곳에서 출간하겠다."는 의도를 밝히고 새 출판사를 찾아야 한다. 당신의 원고가 수준 이하라서 책으로 내지 않을 수도 있지만, 출판사 내부 사정 때문에 원고를 썩히는 수도 있기 때문이다.

이럴 경우 처음에 출판사로부터 받은 계약금은 어떻게 해야 하는가? 법적으로는 계약이 파기되었으므로 돌려줄 의무는 없다. 이런 것까지 이야기하려니 치사하지만 그 치사함을 피하려고 사람들은 '계약서'라는 걸 만들어 사인을 하고 한 장씩 나누어 갖는 것이다.

필자는 A출판사와 출판 계약을 하고 원고를 보냄과 동시에 500만 원의 계약금을 받은 적이 있다. 그러나 출판사 사정 때문에 2년이 넘도록 출판을 하지 못하고 있었다. 얼마 후 그 원고를 검토해 보고 싶다는 기획자가 있어서 A출판사에 전화를 했다. 그리고 "다른 곳에서라도 책을 내고 싶은데, 어떻게 했으면 좋겠느냐?"고 정중히 물어봤다. 출판사 측에서는 "지금 우리 스케줄이나 형편으로 봐서는 낼 수 없으니 그렇게 하는 게 좋겠다."는 말을 했다. 즉 2년이 넘도록 출판사에서는 소식이 없고 그 즈음 다른 출판사에서 원고를 보자는 의뢰가 왔으므로 필자는 계약서 조항을 어기지 않은 것이 된다. A출판사에서는 '계약금을 돌려 달라'는 말은 하지 않았다(그러나 모든 출판사들이 다 그렇게 너그러운 건 아니다).

2. 작가는 배우보다 행복하다

계약서의 조항 중에는 "위 저작물의 저작에 필요한 비용은 갑이 부담하고 제작, 홍보, 광고 및 판매에 따른 비용은 을이 부담한다."는 내용이 있다. 이 조항은, 작가는 쓰고 출판사는 판다는 말로 요약할 수 있다. 작가는 글 또는 원고만 잘 완성하면 된다. 제작하고 홍보하고 광고하고, 판매하는 것은 출판사 책임이다.

요즘 한국 배우들은 연기만 잘하면 되는 게 아니다. 천하의 카리스마를 지닌 배우라 해도 예능 프로에 나가 까불어 줘야 한다. 배우는 '연기하고 홍보하고 광고해야' 하는 것이다.

그러므로 작가는 배우보다 낫다. 최소한 이 조항만 보면 작가는 쓰기만 하면 된다. 그 다음에 마케팅을 비롯한 모든 문제는 출

판사에서 알아서 해준다. 하지만 출판사 입장에서 보면 요즘 한
국 배우들처럼 이렇게 말해 주는 작가들이 당연히 예쁘게 보이지
않을까?

"이런 식으로 홍보하면 어떨까요?"

"이런 이벤트를 열어서 책을 알리려는데 괜찮겠죠?"

"이번에 책 나오면 저희 아버님이 500권 정도 구입하신답니
다⋯⋯.

3. 2차적 저작물의 문제

다음은 계약서 내용 중 일부분이다.

(2차적 사용) 본 계약 기간 중에 위 저작물이 번역, 개작, 연극, 영
화, 방송, 녹음, 녹화, CD 형태 등 2차적으로 사용될 경우에는 갑
이 그에 관한 처리를 을에게 위임하고, 을은 구체적 조건에 대하
여 갑과 협의, 결정한다.

(2차적 저작물의 수출 허락) ①갑은 을에 대하여 위에 표시된 저작
물(이하 '위 저작물' 이라 줄임)의 2차적 저작물에 의한 수출에 관
한 모든 사항을 위임하고, 을은 위 2차적 저작물의 복제 및 배포에
관한 독점적인 권리를 가진다.

②전 항의 '2차적 저작물' 이라 함은 약정된 언어에 의한 번역 저
작물로서 (출판 및 인쇄진흥법에 의한) 도서의 형태를 지닌 모든 저
작물을 말한다.

위 계약서에는 2차 저작권 사용에 대해 출판사에 위임한다고 되어 있다. 만약 2차 저작권 사용에 대해 더 운용을 잘할 에이전시가 있다면 "2차 저작권 사용에 대해서는 갑과 을이 협의하여 제3자에게 위임한다."라는 추가 조항을 써넣어도 된다.

현재는 대체로 출판사가 에이전시 역할을 하지만, 분명히 가까운 장래에는 2차 저작권(또는 저자를 위한) 에이전시가 필요하게 될 것이다. 저자나 출판사를 위해서도 2차 저작권을 전담할 에이전시는 필요하다.

추가 약정 사항 : 상기 도서의 5만 부 이상 발행 시점(50,001부)부터 저자 선인세율을 1퍼센트 올려 11퍼센트로 정한다.

특별히 바라는 것이 있다면 출판사와 협의해서 위와 같이 명시하도록 해라. 괜히 나중에 책이 잘 팔릴 때 후회하지 말고. 모든 계약서는 신뢰를 기본으로 작성해야 한다. 계약서 백날 써봐야 출판사 쪽에서 돈을 안 주면 그만이다. 물론 저자가 원고 안 써줘도 계약은 파기된다. 그나마 출판계는 다른 문화 예술계보다 낫다. 나만 해도 연예계 생활 10여 년 하면서 제때 못 받거나 떼어 먹힌 돈이 전셋집 한 채 값이다. 오죽하면 어떤 시나리오작가는 "영화판에서 돈 제때 받기는 신의 경지에 올라야 가능하다."고 했을까?

계약금보다 중요한 것

필자가 《명로진의 댄스 댄스 댄스》 외 두 권의 책에 대한 계약을 하기 위해 2003년 여름 M출판사에 갔을 때였다. L대표는 향이 좋은 녹차를 끓여 놓고 기다리고 있었다. 탁자 위에는 그동안 내가 썼던 책들이 놓여 있었다.

L대표는 "기획서를 받고 서점에 가서 당신의 책 전부를 사왔다. 다 읽지는 않았지만 몇몇 군데를 보니 믿고 원고를 맡겨도 될 것 같았다."라고 말했다. 그날 나는 기분 좋게 계약서에 사인할 수 있었다. 계약금도 그 자리에서 받았는데 원천징수도 하지 않은 거액의 수표가 고스란히 봉투 안에 들어 있었다. '동전 짤랑거리며 주는 게 쪼잔해 보여서'란다. L대표 같은 분들을 나는 이렇게 부른다. "아아, 고마우신 출판사 사장님!~"

1. 갑과 을이 바뀐 계약서

이전의 계약서엔 출판사가 '갑', 저자가 '을'로 명기되어 있었다. 출판사가 저자에게 하청을 준다는 의미를 내포하는 것이다. 필자는 1999년에 김영사와 계약할 때, 저자가 '갑', 출판사가 '을'로 인쇄된 계약서를 받아 들고 신선한 충격을 느낀 적이 있다. 문서상으로 저자를 출판사보다 우위에 둔다는 표현이다. 이런 계약서는 출판사의 서비스 정신을 드러내 주고 저자의 기를 살려 준다. 이후 다수의 출판사들이 위의 관행을 따랐다. 현재는

271

출판계약서에 저자를 갑으로, 출판사를 을로 표현한다.

사실 갑이냐 을이냐가 문제는 아니다. 누구에게 더 유리한가가 문제다. 갑, 을만 바꿨지 실은 을이 주고 갑이 좋이라면 바꾸나 마나다. 현재는 출판 계약의 원형이 어느 정도 갖추어져 있는 상태다. 저자로서 마음에 들지 않는 조항이 있다면 사인을 하기 전에 분명히 이의를 제기하고, 협의해서 조정하면 된다.

2. 인세 보고

출판사마다 다르지만 대체로 분기별로 한 번씩 저자에게 '인세 보고서'를 보내온다. 하지만 팔리지 않는 책에 대해서는 보내오지 않는 게 관례다. 그런데도 'ㅇㅇ부 발행―ㅇㅇ부 반품―결과적으로 마이너스 몇 부 발행, 인세 000원' 이런 식의 친절한 보고서를 꼬박꼬박 보내오는 출판사가 있다. 그 보고서를 받아 들 때마다 필자는 안습(눈이 축축해 진다는 뜻의 은어. 개그맨 지상렬이 처음 사용했다)이 된다. 마치 전장으로 떠난 아들의 전사 보고서를 받는 심정이다. 1년 넘게 고생해서 쓴 원고를 출판했더니, 시장에서 사장되고 말았다고 생각해 보라. 얼마나 속 터지는 일인가. 그것은 마치 자식을 먼저 저세상으로 보낸 부모의 심정과 같다. 하지만 어쩌랴. 세상 모든 일이 그런 것을. 인디라이터는 출판사에 원고를 넘기기까지 최선을 다하면 그만이다.

인세 보고란, 이번 달 혹은 이번 연도에 책을 얼마나 판매했는지 그러므로 출판사가 저자에게 얼마만큼의 인세를 주어야 하는지에 대해 보고하는 것을 말한다. 현실적으로 인세 보고를 받는다면 행복한 저자다. 책이 팔린다는 증거다. 책이 팔리지 않는데 인세 보고를 한다면 출판사로서는 인력 낭비, 시간 낭비다. 너무 자주하면 출판사가 바쁘고 너무 드물게 하면 저자가 궁금하다. 따라서 인세 보고는 다음과 같은 원칙을 따르는 것이 효율적이다.

① 인세 보고는 3개월에 한 번씩 한다.
② 3개월에 한 번 하되, 발생한 인세가 총 50만 원 이상 일 때 한다(50만 원 이하일 때는 인세를 저자의 통장에 입금하는 것으로 보고를 대신한다).
③ 인세 보고서에는 판매 부수와 반품 부수, 산정 인세를 기록한다.
④ 발생하는 인세가 매달 일정액 이상(예; 100만 원)일 때는 매달 인세 보고를 한다.

물론 위 각 항은 저자, 출판사가 협의해서 수정할 수 있다. 6개월에 한 번씩 보고를 한다든지, 인세가 100만원 이상일 때만 보고를 하고 이하일 때는 그냥 입금만 한다든지.

3. 그 외 살펴볼 것들
'책' 하나로 끝나는 세상이 아니다. 책이라는 콘텐츠가 만화로 연극으로 영화로 드라마로, CD ROM으로 만들어진다. 그리고 외국에 번역되어 다시 책으로 다양하게 뻗어 나간다. 즉 OSMU^{One Source Multi Use}가 되는 것이다. 저 유명한 캐릭터 '둘리'를 보라. 저 작자 김수정은 둘리 캐릭터 하나로 "인생 게임 끝!"을 외쳤다.

2차 저작권 부분에 대해 원로 작가들은 "거, 뭐 출판사에서 알아서 해."라고 말하기도 한다. 그러나 분명히 저작권은 작가에게 있다. 출판사와 싸우라는 것이 아니라, 모든 부분을 명확히 해두라는 것이다. 책만 잘 나오면 됐지, 생각하다가 나중에 얼굴 붉히는 일이 생긴다.

초보 작가 시절 나는 이런 황당한 문항이 적힌 계약서에 사인을 한 적이 있다.

'을(명로진)은 향후 10년간 다른 출판사에서 어떠한 내용으로도 책을 낼 수 없다. 우리 출판사에서만 내야 한다……'

아마도 그 출판사에서 나를 키우려 했던 모양이다. 내가 글도 잘 쓰고 아이디어도 넘치고, 젊은 연예인이라는 사실이 마음에 들었는지도 모른다. 졸렬한 필자를 과대평가해 준 출판사에 대해 진심으로 감사드린다. 하지만 이건 아니잖은가? 그땐 계약서 문구를 자세히 보지 않았다. 출판사 대표가 선배와 잘 아는 분이었기 때문에, 그저 내 책을 내준다는 것만으로도 고마울 뿐이었다. 계약하는 자리에서, 그것도 출판사 사장님 앞에서 계약서 문구를 하나하나 따지는 게 좀 버릇없이 느껴지기도 했다.

어느 날 그 출판사를 찾아가 "다른 출판사에서 이런 책을 한번 내보려 한다."고 말했더니 그 사장은 불같이 화를 냈다. "절대로 그럴 수 없다. 계약서에 당신은 다른 곳에서 책을 낼 수 없다고 명시되어 있다."는 것이었다. 그 말을 듣고 계약서를 살펴보니 정말 그런 문구가 있었다. 한마디로 노예 계약이었다. 현대 한국사회, 지식인들이 이끌어간다는 출판계에도 노예가 존재했었다. 바로 내가 노예였다(다행히 출판사 사장은 나를 쇠사슬에 묶어 놓고 일을 시키진 않았다). 나를 포함한 수많은 문필 노예들은 XX당이라는 노예선에서 부림을 당하다 얼마 후 자유를 찾았다. 출판사가 망해 문을 닫은 것이다(쌤통이었다!).

노예 신분에서 풀려난 다음부터 필자는 꼼꼼하게 계약서를 따지고, 좀 걸리는 부분은 분명히 이야기해서 고친다(노예 경험을 통해 깨달은 점: 자유인이라면 자신의 권리는 자신이 찾아야 한다는 사실. 좀 귀찮고 힘들어도).

출판 계약의 검토 시한에 대한 일반론

자신의 기획서를 A출판사에 보냈다 치자. 일단 그 출판사에 검토할 시간을 주어야 한다. 즉 옵션을 주는 것이다. 기획서나 원고를 이 출판사, 저 출판사에 마구(동시에) 보내는 것은 옳지 않다.

저자의 윤리상 바람직하지 않다.

필자는 보통 2주 정도 말미를 준다. 그 기간 내에 연락이 없으면 다른 출판사로 원고를 넘긴다. 책으로 낼 출판사라면 2~3일 안에 연락이 온다. 규모가 큰 출판사는 일주일 정도 걸린다. 하지만 결코 열흘은 넘기지 않는다. 출판 결정이 이와 같이 빨리 내려지기도 하지만 그 반대의 경우도 있다.

> 《영어공부 절대로 하지 마라》의 원고는 저자와 친분 관계가 있던
> '지식공작소'에서 1년여 검토 기간을 거치며 묶여 있었다. 이 책
> 을 펴낸 사회평론은 원고를 검토한 지 불과 열흘 만에 저자와 출
> 판 계약을 맺었다.
>
> 한기호 칼럼, 〈밀리언셀러를 만드는 9가지 법칙〉 중

원고 검토 하는 데 1년? 이건 말도 안 되는 이야기다. 2주 안에 결정 내리지 못하는 출판사는 석 달을 줘도 결정 못한다. 1년 동안 원고를 싸안고 있었다는 것은 저자에 대한 권리 침해다. 한 달 정도 검토해 봤다면 저자에게 칼자루를 넘겨주어야 한다. 다른 출판사를 통해 내라든지, 우리 출판사와는 맞지 않는다든지 하는 의견과 함께.

저자들 역시 출판사에서 연락이 없으면, 2주쯤 뒤에 한 번 더 전화해서 출간할 의도가 있는지 없는지에 대한 확답을 들어야 한다. 사실 편집자들은 늘 과중한 업무에 시달리므로, 좋은 원고다,

위에 이야기해서 내자고 해야겠다 하고 생각하고 있다가도 잊을 때가 있다. 특히 책 한두 권 내지 않아도 무너지지 않는 대형 출판사들의 편집자들은 더하다. 저자가 보기엔 속 터지는 일이지만 그러거나 말거나 편집자들은 느긋하다.

나는 이번 기회에 저자와 출판사 양측에 제안하고 싶다.

① 저자는 원고를 보내기 전에 기획서(시놉시스)를 출판사에 보내라. 편집자들이 기획서를 먼저 보고 원고를 읽을 건지 말 것인지 결정할 수 있도록. 그래야만 검토의 시간을 줄일 수 있다.

② 기획서는 A4 용지 5장 내외로 작성해라. 예문을 포함시키되, 전체 내용이 10쪽을 넘기지 않도록 한다.

③ 출판사는 일단 기획서를 검토한 후에, 괜찮다 싶으면 저자에게 원고(의 일부)를 요구하라. 기획서의 검토 기간은 최대 15일로 하라. 이 기간 내에 저자에게 출간에 대한 'Yes or No'를 분명히 밝힌다. 저자에게 예문 원고를 받은 후의 검토 기간 역시 최대 15일로 하라.

④ 저자는, 기획서를 보낸 후 출판사에서 15일이 지나도 연락이 없으면, 한 번 더 연락을 취한다.

편집자들은 거부할 원고에 대해 신경 쓰지 않는 게 보통이다. 그러므로 저자는 한 달 이내에 출판사에서 확실하게 출간하겠다는 의도가 없으면, 하루빨리 다른 출판사를 알아보도록 하라.

⑤ 이런 문제를 중간에서 해결해줄 수 있는 '출판 매니지먼트', '출판 에이전시' 사업이 더욱 활성화되어야 한다.

편집자들의 느린 결정이 저자와 편집자 양쪽에 얼마나 불이익을 주는지는 다음의 경우가 증언한다.

《장미의 이름》은 1980년에 발표되어 이미 전 세계에서 2천만 부가 넘게 팔린 상태였다. 1982년 이윤기는 한 기획자의 권유로 이 소설을 번역한다. 그러나 막상 번역이 끝나자 애초에 검토해 볼 것을 권유했던 기획자는 복잡하고 형이상학적인 내용을 가진 이 소설이 한국 출판 시장에서 먹힐지 자신할 수 없었다. 그 후 4년 동안 원고는 우리나라 대부분의 유명 출판사 기획 책임자의 책상을 떠돈다. 그러다 1986년 '열린책들'로 넘어가고 이 출판사 대표 홍지웅 씨는 출판을 결정한다. 소설은 그동안 거쳐 갔던 많은 출판사 기획자들의 한탄 속에 엄청난 '에코' 열풍을 불러일으켰다.

<문화일보>, 1997년 10월 22일자

'4년 동안 우리나라 대부분의 유명 출판사 기획 책임자의 책상을 떠돈다'는 대목에 이르러선 기가 막힐 뿐이다. 기획자나 편집자만 탓할 일도 아니다. 이제는 저자가 적극적으로 출판을 모색해야 하는 시대다. 앞서도 말했지만 원고를 보내고 15일이 지나도 연락이 없으면, 발 빠르게 다른 출판사를 노크해야 한다.

원고와 출판사도 인연이 있어야 책이 된다. 부지하세월不知何歲月로 기다리다가는 글 쓰는 사람들 다 굶어 죽는다. 실제로 이윤기는 이 책을 번역하고 나서 경제적으로 어려움을 겪었다. 왜? 기껏 시간과 에너지를 투자해 번역해 놓았지만 출판이 되지 않았기 때문이다.

내 경우 국내 유수의 출판사에서 원고를 검토하고 나서 "책으로 내겠다"고 연락을 해 왔다. 그러더니 감감 무소식. 한 달쯤 뒤에 "지금 연말이라 바쁘니 내년에 계약을 하자."고 한다. 나는 "올해 안에 계약이 이루어졌으면 한다."고 밝혔다. 바쁘다던 편집부 직원 한 사람이 연말에 계약서를 들고 왔다. 나는 사인을 했고, 원고를 정리하기 시작했다.

무조건 출판사 사정만 봐주었다가는 책 내기 힘들다. 때로는 '쇠뿔도 단김에 빼는' 작전이 유효하다.

출판사가 저자에게 연락해서 책을 내달라고 하는 경우도 있지만, 초보 작가는 먼저 출판사의 문을 두드려야 한다. 출판사가 저자를 택하는 것이 아니라 저자가 출판사를 택하는 것이다. 저자가 유명 작가이든 아니든 상관없다. 자신의 원고를 가장 훌륭한 책으로 내줄 출판사를 모색하는 것은 저자 몫이다.

예를 들어 어린이 책을 내본 경험이 전혀 없는 출판사에 동화책 원고를 제출할 수는 없는 노릇이다. "우리 출판사의 목표는 하나님의 복음을 전파하는 것"이라는 모토를 가진 기독교서적 전문 출판사에 '우리가 꼭 알아야할 이슬람—무하마드 이야기' 같은 원고를 보내는 건 번지수를 잘못 찾는 격이다. 종교적인 문제를 떠나서 그 출판사의 전공이 아니기 때문이다.

출판사에 따라 전문 분야가 따로 있다. 사회과학 전문 출판사에 '사랑과 이별의 에스프리' 같은 나긋나긋한 에세이를 제출했다가는 퇴짜 맞기 십상이다. 사회과학 전문 출판사의 편집자들은 세상을 '사회과학적'으로 본다. 자기계발 우화를 많이 낸 출판사 직원들은 저자를 '배려'하고 저자의 이야기를 '경청'하지만 결국 '누가 내 치즈를 옮겼나'에 열을 올릴 뿐이다.

성공한 여성들의 가벼운 에세이류를 주로 내는 출판사에 '죽음에 대한 의학적 고찰' 같은 무거운 주제의 원고를 들이미는 것도 어리석은 짓이다. 물론 전공과는 상관없이 엉뚱한 책을 내서 히트 친 경우도 있다. 사회과학 관련서를 주로 출판하다 《영어공부 절대로 하지 마라》를 낸 사회평론이 그런 경우다. 세계화 시대를 맞아 출판사들은 대체로 자신의 전공과는 상관없는 분야의 책도 다양하게 내는 쪽으로 변신을 시도하고 있다. 탈장르화를 시도한다고 할까? 저자의 입장에서는 미리 그 출판사가 어떤 종류의 책들을 발행했는지를 알아보고, 출판사의 경향에 맞는 원고를 보내야 할 것이다.

출판사의 경향을 잘 모르겠으면 대형 출판사에 보내면 된다. 대부분의 대형 출판사는 사내 조직을 갖추고 다양한 장르의 책을 다룬다. 웅진출판사 같은 경우 전 분야를 아우르는 하부 조직이 갖춰져 있다. 이를 임프린트Imprint라고 한다. 임프린트란 서적의 간기—인쇄인, 발행인의 이름과 주소, 발행 날짜 등을 적은 것을 뜻한다. 지금은 큰 출판사 내의 특정 팀, 사내 독립 에디터 그룹을 지칭한다.

웅진출판사 안에는 어린이 책을 다루는 웅진 주니어, 문학 장르를 다루는 뿔, 신지식 분야를 맡은 갤리온, 지식 교양 부문 책을 주로 내는 리더스 북 등의 임프린트가 있다.

당신도 이런 쾌락을
알았으면 좋겠다

금요일 저녁이면 약속도 많고 즐길 거리도 많은 시간이다. 세상의 허다한 오락을 뒤로하고 그 귀한 시간에 신촌 한 구석에 모여 글을 쓰겠다는 사람들이 있다. 나는 그들에게 묻는다.

"도대체 왜? 데이트를 하지 않고 여기에 있는 겁니까?"

그들은, 선생이 미친 거 아닐까? 하는 눈빛으로 나를 바라본다. 나는 다시 말한다.

"데이트 하는 게 훨씬 재미있잖아요. 노는 게 더 낫잖아요. 영화라도 보는 게 더 즐겁잖아요……."

나는 글 같은 거 쓰지 말고 책 같은 거 내려 하지 말고 나가 놀라고 부추긴다.

몇 해 전부터 반복된 모습이다. 데이트도 하지 않고 가족 얼굴

282

도 보지 않고, 친구와 술 약속도 깬 채 모인 사람들 중 몇은 책을 냈고 몇은 여행을 떠났으며 몇은 소중한 인연을 만났다.

내가 진행하는 인디라이터반 이야기다. 수많은 사람들이 볼 수도 있는 귀한 지면에 필자의 강의를 홍보하려는 수작인가? 아니다. 다만 책을 읽고 글을 쓰는 행위가 과연 그렇게 즐거운 것인가? 되묻고 있는 것이다.

나는 오래 전부터 '창작의 고통'이란 말을 싫어했다. 위선적이고 잘난 척하는 말 같아서다. 88올림픽 때만 해도 창작의 고통으로 몸부림치는 작가들이 많았다. 이 일련의 대속죄인 작가들은 IMF와 함께 대거 사라졌다. 창작의 십자가에서 내려와 조용히 바리새인들과 합류하거나 로마에 세금을 바치며 생업을 이어 나갔다.

고통스럽다면 하지 말아야 한다. 나는 그렇게 생각한다. 인생은 짧은데 왜 고통스러운 일을 하며 사는가? 창작을 하며 희열을 느껴야 하는 것 아닌가? 내가 쓴 글이 시대를 반영하는 역작이 되든 나 혼자 낄낄거리는 졸작이 되든 그 글을 만들고 있는 순간만큼은 즐거워야 하는 것 아닌가?

"우리는 좋아하는 일을 할 때 그것에 몰입한다. 이 몰입의 상태가 바로 행복"이라고 미하이 칙센트미하이는 말했다. 댄서가 즐거울 때는 춤출 때뿐이다. 가수가 신이 날 때는 노래할 때뿐이다. 장사꾼이 콧노래가 나올 때는 장사가 잘 될 때뿐이다. 그럼 글 쓰는 사람이 글을 쓸 때는? 즐겁고 신나고 콧노래가 나와야 한다.

작가가 작作을 할 때 괴로울 뿐이라면 그는 일찍 다른 직업을 알아봐야 한다.

자, 조용히 가슴에 손을 얹고 생각해 보자. 내가 하루 중 가장 많이 하는 일은 무엇인가? 글을 읽고 글을 쓰는 것인가? 〈무한도전〉 재방송이나 〈남녀탐구생활〉을 보는 것인가? 쇼핑을 하거나 서핑을 하는 것인가? 지난 며칠을 돌아보자. 내가 자주 갔던 곳이 어디인가? 서점인가, 영화관인가, 술집인가? 1년 동안 한 일 중 가장 기억에 남는 것은 무엇인가? 연애인가, 일인가? 취미 활동인가?

책을 읽고 글을 쓰는 것 이외의 모든 행위가 부질없다는 소리를 하려는 게 아니다. 당신이 만약 대부분의 시간을 온라인게임을 하며 보낸다면, 당신에겐 그게 맞는 것이다. 그걸 하며 즐거움을 얻는 게 당연한 것이다. 그럼 그냥 게임을 하면 된다. 미드나 일드를 보는 것이 책 보는 것보다 더 좋다면 텔레비전을 켜 놓고 즐기면 된다. 군이 글을 쓸 필요가 없다. 절대 비꼬는 말이 아니다. 자신이 더 흥미를 느끼는 일, 좋아하는 일, 즐거워하는 일을 하면 된다는 것뿐이다.

글을 쓰고 책을 내면 남들이 나를 더 존중해 줄 것 같은가? 천만의 말씀. 설혹 당신이 책을 낸다 해도 사인해서 여기저기 돌리는 일은 하지 마라. 그저 부모, 형제, 애인 이렇게 몇 사람에게만 조용히 건네라. 사람들 마음은 똑같다. 사돈이 땅을 사면 배가 아프고, 친구가 책을 내면 뒷골이 땅기는 것이다. 이런 것도 책이라고 냈나 하며 뒷담화나 할지도 모른다.

필자는 몇 년 전부터 책을 내고 사인을 해서 돌리는 짓을 그만두었다. 그런 구린 행위를 한다는 것은 내가 스스로 '책을 쓰는 것을 일로 여기지 않는다' 는 의미다. 만약 직장에 다니는 누군가가 회사에서 프로젝트를 훌륭히 성사시켰다 치자. 그가 팜플렛을 만들어 "저 홍길동, 이번 프로젝트 또 따냈습니다."라고 인쇄해 돌린다면 당신은 어떻게 생각하겠는가? 그 넘 또라이 아냐? 라고 생각할 것이다(나는 몇 해 전까지는 또라이였다!).

너무 비판적이고 냉소적인가? 그렇다면 이렇게 이야기해 보자.

글을 쓰면 좋은 점이 한두 개가 아니다. 정신적 치유가 된다, 생을 되돌아보게 된다, 격한 감정 때문에 바로 보지 못했던 지난 시간을 객관화할 수 있다, 카타르시스를 느낀다, 상사에게 칭찬받는다…… 등등.

자기가 쓴 글을 모아 한 권의 책으로 낸다면 또한 좋은 점이 한두 개가 아니다. 뿌듯하다, 사인을 해서 선물을 할 수 있다, 유명해질 수도 있다, 인세 수입을 얻을 수도 있다, 그 분야의 전문가 대우를 받을 수 있다, 프로필이 화려해진다…… 등등.

그러나 백배 양보해서 책을 내지 못해도 된다. 한 권의 책을 내기 위해 준비하고 공부하는 과정만으로도 족하다. 당신이 1년 동안 한 권 분량의 원고를 썼다면 당신은 이미 보상 받은 것이다. 세상은 본래 불행한 것이다. 통장은 늘 마이너스고, 카드 명세서는

285

늘 우리를 경악케 하며, 애인들은 늘 우리를 떠난다. 부모는 늘 우리를 간섭하고, 자식들은 늘 우리를 걱정하게 하며, 형제들은 가끔씩 나타나서 돈을 꿔간다. 친구들은 대체로 우리가 잘 안되기를 바라고 동료들은 대체로 우리를 뒤에서 씹으며 상사들은 대체로 우리를 착취한다. 세상은 미쳤고 한국은 요지경이며 우리 사는 꼴은 한심하다. 나나 당신이나 왜 만날 요따구로 사는지 모르겠다.

그래서 난 쓴다. 최소한 쓰는 동안만큼은 위에 적은 모든 불행의 리스트를 잊을 수 있기 때문이다. 당신도 마찬가지다. 당신이 쓰는 동안 세상의 불행을 잊었으므로, 당신은 이미 받을 것을 받은 셈이다.

무엇을 쓰든 상관없다. 세계적인 논픽션이든 시시콜콜한 집안 이야기이든, 당신만 알고 있는 요리법이든. 하나에 몰두하는 순간, 뭔가를 창조해 내는 순간 즉 당신의 모니터를 글로 채우는 순간, 당신은 행복하다(심지어 당신이 행복을 느끼는 것과 상관없이 당신은 행복하다).

이전의 책들은 모두 타인의 교과서였다. 이제 책은 놀이기구다. 앞으로는 더 재미있는 놀이기구여야 한다. 책 쓰는 사람이 다른 사람을 가르치는 시대는 끝났다. 책을 쓰는 사람이 어깨에 힘주고 사는 세상도 지났다. 글을 잘 쓰는 것이 권력이던 시대는 오래 전에 사라졌다.

글을 잘 쓰는 사람은 여전히 좋은 저자다. 만화를 잘 그리는 사람은 물론 훌륭한 저자다. 그림도 잘 그리고 글도 잘 쓰는 사람은? 책 만드는 것만으로도 먹고 살 수 있다.

누구나 지금은 영상의 시대라고 말한다. 영화의 시대이며 게임의 시대다. 그러나 영상의 시대에 사는 아이들도 언어로 말한다. 개도 TV를 보고 원숭이도 컴퓨터 게임을 한다지만, 말을 하고 글을 쓰는 것은 인간만이 가진 특징이다. 인간이 멸종하지 않는 한 언어는 영원하다. 책도 영원할 것이다.

한국의 대학생들이 책을 읽지 않는다고 난리다. 성인들의 연평균 독서량이 한 권 미만이라고 아우성이다. 그러거나 말거나 책은 필요하다. 책은 생산되며 유통되고 소비된다. 그러므로 우리는 써야 한다.

책 읽는 사람이 적어질수록 그 사회는 암담해진다. 책 읽는 사람이 많아질수록 그 사회는 발전한다. 한 사회와 국가 안에서도, 궁극적으로는 책 읽는 사람이 책 읽지 않는 사람들을 이끌어가게 되어 있다.

나는 이 책에서 마치 한 권의 책을 내는 과정이 무슨 지난한 고행이라도 되는 듯 떠벌였다. 깊이 반성한다. 다시 읽어 보니 88올림픽 이전의 무수한 순교 작가들 흉내를 낸 부분도 많다. 다 믿지 말길 바란다.

책은 누구나 낼 수 있다. 21세기, 한국에 산다는 것은 그래서 좋다. 이 책을 읽는 당신도 책을 낼 수 있다. 책을 낸다는 것이 소수 특권층의 일만은 아니다. 어떤 분야의 일을 하든 상관없다. 학력이나 학벌도 문제되지 않는다. 무슨 이야기든 괜찮다. 당신의 말을 종이 위에 인쇄해서 아담한 한 권의 책으로 창조할 수 있다. 정말 기적 같은 일 아닌가? 생각해 보라. 내 이름이 박힌 작고 예쁜 책 한 권을. 그 책을 받아들 때의 기쁨을. 좋아하는 이에게 그걸 선물할 때의 뿌듯함을(위의 뒷 담화 운운과 모순……^^).

내가 하고 싶은 말은 이것이다. 사람은 행복하게 살아야 한다. 만약 글을 쓰는 것이 괴롭다면, 죽기보다 어렵다면 글을 쓸 필요가 없다. 아니, 글을 써선 안 된다. 그러나 모든 즐거운 행위를 제대로 하기 위해선 어느 정도의 연습이 필요하다. 스노보드든 피아노든 살사댄스든, 그것으로 재미를 느끼려면 최소한 1년 이상은 열심히 훈련을 해야 한다. 그 훈련 과정이 지나면 본격적인 향유가 당신을 행복하게 할 것이다.

글을 쓰고 책을 내는 것도 마찬가지다. 약간의 원칙을 지켜 써나가는 훈련을 하고 나면, 정말 재미있다. 즐겁다. 때로는 데이트보다 더 좋다. 당신도 이런 쾌락을 알았으면 좋겠다. 뭣 때문에? 만약 당신이 지금 사랑하는 사람과 함께 있고 와인을 마시고 있고 음악을 듣고 있다면, 당신은 이미 천국에 있는 것과 같다. 굳이 내가 강요하는 쾌감을 받아들이지 않아도 된다. 사랑하는 사람도 와인도 음악도 없다면? 한 번 누려 보는 것도 좋으리라. 자음과 모음의 엉덩이를 두드리며 오늘 밤 침대에 올라올 언어를 간택하려는 술탄의 독과점적 향락을. 꿀 같은 술을 먹여 주며 등을 주물러 주고 발가락 사이를 까무러치도록 핥아 줄 근육질 어휘 노예들도 즐비하다. 빈한하고 쓸쓸할 때 읽고 쓰는 것만큼 즐거운 것이 없나니. 그대도 어서 하렘으로 오라.

부록 01

필독서들

책을 내고 싶은 사람들, 글을 잘 쓰고 싶어 하는 사람들에게 다음의 책들을 읽어 보길 권한다.

1)《시크릿》론다 번 지음(살림BIZ, 2007)

이 책을 읽고 리뷰를 시켜 보면 가끔 '이런 글은 나도 쓰겠다'고 하는 수강생을 볼 수 있다. 이들의 의견은, 대체로 말도 안 되는 원칙의 무한 반복이다, 읽고 나서 대실망 했다, 뻔한 내용, 같은 말을 서로 다른 사람이 하는 것뿐 등등이다.

이렇게 말하는 사람들은 결코 시크릿 같은 책을 쓸 수 없다. 시크릿의 비밀은 내용이 아니다. 형식이다. 저자 론다 번은 이 책을 위해 미국, 영국, 호주의 저명한 학자, 종교인, 베스트셀러 작가 수십 명을 동원한다. 감사의 말을 보자.

> "······ 시크릿의 공동저자들에게 경의를 표한다.
> 잭 캔필드, 존 아사라프, 마이클 버나드 백위스, 리 브라워, 존 디 마니티 박사, 마리 다이아몬드, 마이크 둘리, 밥 도일, 해일 도스 킨, 모리스 굿맨, 존 그레이 박사, 존 해길린 박사, 빌 해리스, 벤 존슨 박사, 로럴 랭마이어, 리사 니콜스, 밥 프록터, 제임스 레이, 데이비드 셔머, 마시 시모프, 조 비테일 박사, 데니스 웨이틀리 박 사, 닐 도널드 월쉬, 프레드 앨런 울프 박사, ······ 에게 감사한다."

이 책의 장점은 뛰어난 문체도, 저자의 성공 논리도 아니다. '강렬히 원하면 반드시 이루어진다'는 종교적 메시지도 아니다. 저자의 섭외 능력(!)이다. 론다 번은 한 권의 책을 만들기 위해 이름만 대면 알 만한 명사 수십 명과 공동으로 책을 쓰고, 100여 명을 만나 인터뷰 했다. 그 사실만으로도 이 책은 독자에게 신뢰를 주는 것이다. 책을 한 권 쓰겠다면 적어도 이 정도 노력은 기울여야 한다.

심형래 감독이 헐리웃 자본을 들여 〈디 워〉를 개봉했을 때, 우리나라 영화 관계자들은 '이런 영화는 나라도 만들겠다'며 코웃음 쳤다. 시나리오 한 편 제대로 쓰지 못해 낑낑대던 예비 영화인

들조차 '심형래식 코미디'라고 비웃었다. 이렇게 비웃는 사람치고 나중에 제대로 영화 만드는 사람 보지 못했다. 〈디 워〉의 본질은 내용이 아니다. 실존이다. 할리우드에 가서 그곳 자본과 배우를 동원하고 영화를 만든 다음, 배급되게 만들었다는 사실이다.

당신이 아무리 작품성 높은 영화를 만든다 해도 배급이 되지 않으면 무용지물이다. 아무리 맛난 유기농산물을 재배한다 해도 농협 통하지 않으면 안 되고, 아무리 좋은 상품을 만들었다 해도 이마트의 유통을 뚫지 않으면 팔 수 없는 것이다. 천하의 명작을 썼다 해도 교보문고에 잘 보이도록 진열되지 않으면 쓰레기가 되는 것이다.

론다 번은 이 책을 발간하고 〈오프라 윈프리 쇼〉, 〈래리 킹 라이브 쇼〉에 출연했다. 책은 세계적인 베스트셀러가 됐고 작가는 하루아침에 유명인이 됐다. 돈과 명예가 그녀의 것이 됐다. 더 바랄게 있는가?

2) 《황홀한 여행》 박종호지음(웅진지식하우스, 2008)

책에 대해 글을 쓰는 것만큼 허망한 것이 있을까? 그냥 책을 읽으면 되는 것을. 여행한 자의 글을 읽는 것만큼 허황한 것이 있을까? 그냥 여행을 떠나면 되는 것을. 음악에 대해 쓴 문장을 뒤따라가는 것만큼 허탈한 것이 있을까? 그냥 음악을 들으면 되는 것을.

박종호의 이탈리아 여행기 《황홀한 여행》은 그런 책이다. 읽으면서 허망하고 허황하고 허탈했다. 이 여행기는 마약과도 같다. 도봉구 쌍문동의 우리 집에서 마포구 서교동의 내 사무실까지 오가는 전철 안에서, 나는 책 속에 감춰진 코카인을 주입하며 뿅 갔었다. 책 속의 글이 기가 막혀 울다 웃었으며, 사진이 멋있어서 한숨을 토해냈고, 이야기가 극적이어서 정신을 놓았었다(나는 내릴 역을 지나치기도 했다). 도저히 더는 읽을 수 없었다.

이 책을 읽다 현실로 돌아오는 것은, 마치 백합 같은 스무 살 아가씨와 밀월을 즐기다, 호박꽃 같은 마누라에게 걸리는 꼴이다. 책 속엔 태양이 있고, 로맨스가 넘치고, 오페라 무대가 등장한다. 피렌체의 꽃 내음이 넘실대고, 베네치아의 물결이 흔들거리며, 라 스칼라의 노래 소리가 진동한다. 아아, 음악과 꽃과 와인으로 점철된 이 책을, 이탈리아라는 여인네의 속살 깊숙한 곳을 보여 주는 이 책을, 오가는 2호선 전철 안에서 읽는다는 것은……
미칠 노릇이다. 이 책은 그런 책이다.

'…… 이것이 베네치아의 곤돌라이다. 둘이서 타야한다. 둘이 타더라도 절대로 아무하고나 타서는 안 된다. 저녁 베네치아의 곤돌라에서는 그 누가 옆에 타더라도 그 품에 쓰러질 수밖에 없기 때문이다. 두 사람이 저녁에 곤돌라를 타면 곤돌리노는 어둡고 좁은 운하사이로 곤돌라를 몰고 들어간다.

작은 운하에는 파도가 없다. 달빛에 비치는 수면 위로 곤돌라는 마치 얼음판을 지치듯이 스르르 들어간다. 좁은 운하로 들어가는 곤돌라는 과거의 베네치아 공화국으로 들어가는 것이다. 또한 세상과 단절된 둘만의 시간으로 들어가는 것이다. 같이 탈 그 사람이 없다면 차라리 혼자 타야 한다. 옆 자리는 언젠가 베네치아에서 만날 진정한 주인을 위해 오랫동안이라도 비워놓은 채……'

지은이 박종호는 정신과 의사다. 또 클래식 음악계에서 유명한 오페라 평론가다. 음악을 너무 좋아한 나머지 클래식 음반 전문점 풍월당을 만들기도 했다. 더불어 대단한 여행광이다. 그는 이탈리아에 빠져 있다. 15년 동안 스무 번이나 방문했다. 나는 세계 6대륙을 모두 돌아봤으나, 이탈리아를 못 가봤다. 박종호에 따르면, 나는 아무 곳에도 가지 않은 셈이다. 왜? 이탈리아에 가 보질 않았으므로.

이 책은 이탈리아의 매력에 푹 빠진 여행가, 아니 정신과 의사, 아니 음악 평론가, 아니 사진작가(도대체 박종호 씨 당신의 정체는 뭐란 말인가!)가 이탈리아에 바치는 헌사다. 연애시다. 아리아다. 나는 이 책의 첫 장 베네치아 편 제1페이지를 다 읽기도 전에 온 몸의 피가 거꾸로 솟구쳤다. 이탈리아에 가 보고 싶어서였다. 다음 순간, 온 몸의 기운이 쭉 빠져 버렸다. 이탈리아에 갈 수 없어서이다. 여행을 하려면, 박종호처럼 해야 한다.

'가이드, 그런 것은 필요없다. 모든 것은 책 속에 있다. 말, 궁하면 통한다. 돈, 빚을 내서라도 가야 한다. 시간, 일만하다가 영원히 떠날 수 없을지도 모른다. 지금 당장 떠나라. 그러면 일을 바라보는 시야부터 달라질 것이다.'

얼마나 명쾌한가? 그렇다. 모든 여행의 달인들은 '지금 당장 떠날 것'을 요구한다. 내일도 모레도 아닌 오늘 바로 이 시각에 문을 박차고 나가라고 부추긴다. 무릇 모든 여행은 3미터 앞에 놓인 문을 나서는 것부터 시작한다. 집이든 사무실이든, 문을 나가지 못해 우리 인생엔 한 조각 모험도 없는 것이다. 그러나 일상의 자잘함과 인생의 찌질함은 우리를 오늘도 내일도 좁은 문 안에 못 박아 놓는다. 그러니《황홀한 여행》이나 읽을 수밖에.

베로나에선 여름 바람이 서늘한 7,8월에, 피렌체에선 꽃 피는 5월에 음악 축제가 열린다. 이탈리아는 오페라의 종주국이다. 로시니, 베르디, 벨리니, 토스카니니, 마리아 칼라스 같은 음악가들이 태어나고 자란 곳이다. 이탈리아는 유럽 문화의 근원지이다. 바이런, 괴테, 키츠, 셀리 같은 시인들이 이탈리아를 여행하면서 영감을 얻었다. 이탈리아는 르네상스의 본고장이다. 레오나르도 다빈치, 갈릴레오 갈릴레이, 보티첼리, 미켈란젤로 같은 인물들이 인류 지식사의 커다란 축을 받들었다. 이탈리아는 건축의 나라다. 팔라디오라는 대 천재가 홀로 만들다시피 한 도시 비첸차는 한 단

면이다. 도시마다 어마어마한 규모의 두오모가 있고, 첨탑이 있고, 아레나가 있고, 광장이 있다. 이탈리아는…… 이탈리아다.

　박종호의 이탈리아 도시 사랑은 가슴 벅차다. 그러나 마치 바람둥이의 편력을 연상시킨다. 베네치아—첫 사랑 같은 도시, 베로나—가장 아름다운 도시, 밀라노—라 스칼라가 있어 잊을 수 없는 도시, 피렌체—아르노 강 노을 때문에 가슴이 터질 것 같았던 도시, 토스카나—가장 기억에 남는 나날을 준 곳…… 뭐냐고? 김혜수—글래머라 사랑했고, 김하늘—낭창낭창해서 좋고, 김태희—지적인데다 얼굴도 예뻐서 웰컴…… 열 여자 마다 않겠다는 건가?

　이탈리아에서는 그럴 수밖에 없다. 도시마다 저 나름의 아름다움을 뽐내고 있기 때문이다. 박종호가 스무 번 넘게 이탈리아를 오가며 수많은 도시에서 하는 일은 뭔가? 음악 축제에도 가고, 성당도 방문하고, 관광지에도 들른다. 그러나 기실 그가 하는 가장 중요한 일은 이것이다. '아무 것도 하지 않는 것'.

　그는 아름다운 음악과 대리석 건축, 거리를 활보하는 발랄한 이탈리아인들 사이에서, 환한 태양을 받으며 노상 카페의 구석진 자리에 앉는다. 그리고 한 시간이고 두 시간이고 한나절이고 아무 것도 하지 않는다. 그저 자신이 이탈리아에 와 있다는 사실만으로도 충분한 것이다.

　사랑이란 이런 것이다. 그저 그것만으로 충만한 그 무엇이다.

맥주를 마셔도 그만, 와인을 마셔도 그만이다. 꽃이 있어도 그만, 없어도 그만이다. 음악을 들어도 그만, 안 들어도 그만이다. 박종호는 이탈리아에 있는 순간 행복하다. 나는 애인과 함께 있는 순간 행복하다. 나머지는 모두 필요없다.

…… 그럼, 이 책을 읽으라고 권하는 이유는? 작가, 특히 여행작가에겐 일러스트와 사진 찍기 능력이 큰 도움이 된다. 그 부분을 주목하라. 잘 그리지 못하면 왼손으로라도 그려라. 박광수는 《참 서툰 사람들》이란 책을 왼손으로 그린 그림으로 채웠다. 사진을 잘 찍지 못하면 많이 찍어 놓기라도 해라. 작게 실으면 된다.

3) 《연탄길》(2006) 또는 《반성문》(2007) 이철환 지음(랜덤하우스)

이철환의 책은 소설이 아니다. 에세이도 아니다. 에세이와 소설의 중간쯤에 해당되는 어딘가에 자리한다. 이 책 역시, 예비 작가들 사이에선 "이런 정도는 나도 쓸 수 있다"는 평을 받는다. 대체로 원고 한 장 제대로 쓰지 않는 사람들이 그런 말을 한다.

이철환은 '생긴 대로 쓰겠다'고 작정한 작가다. 독실한 크리스천인 그는 '순수하게 살아야 순수한 글을 쓸 수 있다'고 믿는 순수한 작가다. 그의 글 역시 감동적이다. 360만이라는 독자가 그의 책을 선택했을 때는 다 이유가 있는 것이다. 대중은 이런 책을 원하는 것이다.

이 책을 읽고 나서 '나도 쓸 수 있다'고 말하는 사람에게 나는 답한다. "써라. 그래서 돈도 많이 벌고 기부도 많이 해라. 이철환처럼. 그리고 돈이 남으면 나와 친구들에게 술과 고기를 사라."

4) 《나를 부르는 숲》 빌 브라이슨 지음(동아일보사, 2008)

독특한 여행기인 이 책은, 우리가 겪은 경험이나 주위의 사물에 대해 어떤 식으로 글을 써야 하는지 알려 준다. 2008년 초에, 《바이시클 다이어리》를 쓴 정태일 작가가 초고를 다 써놓고 나서 "아직 2퍼센트 부족한 것 같은데, 그게 뭘까요?"라고 물어 왔다. 나는 그의 초고를 읽고 나서 "《나를 부르는 숲》을 읽어 보라"고 권했다. 정태일 작가는 이 책을 다 읽고 나서 "정말 고맙다"고 했고, 원고를 완성할 수 있었다. 필자는 왜 《나를 부르는 숲》을 읽어 보라고 했을까? 정 작가는 왜 '고맙다'고 했을까? 답은 이 책을 직접 읽어 봐야 알 수 있다(빌 브라이슨의 책에는 ○○가 있다. ○○안에 들어갈 두 음절은? 정답은 다음 페이지에).

빌 브라이슨은 현존하는 최고의 여행 작가이자 풍자 작가다. 그의 책은 전부 읽어 두는 게 좋다. 더불어 A. J. 제이콥스의 《한권으로 읽는 브리태니커》, 《미친 척하고 성경 말씀대로 살아본 1년》, 덕 파인의 《굿바이 스바루》도 강력 추천한다. 빌 브라이슨, A. J. 제이콥스, 덕 파인은 현존하는 미국의 3대 유머리스트라 해도 과언이 아니다. 제이콥스는 '한 문단 안에 독자를 웃길 수 있는 요소가 하나 이상 없으면 글이 아니다' 라고 믿는 것 같다. 그의 책을 읽다 보면 내내 낄낄거리게 된다.

1인당 GNP 1만 달러를 돌파하면서 사람들은 문화 상품으로서 유머를 찾게 된다는 설이 있다. 이때부터 텔레비전 시트콤이 먹힌다고 한다. 2만 달러를 넘으면? 독자들은 책에서 철학보다 웃음을 얻길 바란다. 우리나라 출판계도 가볍고 흥미로운 글을 쓰는 유머리스트들을 받아들일 때가 됐다. 심각하고 무거운 주제는 이제 그만~.

*정답은 유머.

5) 《인간과 동물》 최재천 지음(궁리, 2007)

〈동물의 왕국〉처럼 재미있는 프로그램이 있을까? 하는 짓이 인간과 비슷하면서도 어리석은 동물들. 우리는 그들의 행위를 보고 웃는다. 한편 인간의 모습을 보는 듯해 씁쓸하기도 하다. 앞만 보고 달려가는 동물들, 식욕만 채우면 만족하는 동물들, 짝짓기를 위해 목숨을 거는 동물들…… 한심해 보이지만 그게 또 우리들의 모습이다. 이 책은 과학서도 재미있다는 사실을 알려 준다. 모든 작가들의 필독서다.

6) 《성석제의 이야기 박물지》 성석제 지음(하늘 연못, 2007)

이 세상 모든 사물은 이야기의 소재가 된다. 성석제는 이 책을 통해 그 사실을 잘 보여 준다. 성석제가 타고난 이야기꾼이라는 사실은 사실이 아니다. 그는 '타고난' 게 아니다. 그는 그의 눈에 들어온 텍스트가 무엇이든 놓치는 법이 없다. 식당의 메뉴, 영화 소개, 설명문, 공원 안내문, 신문광고에 이르기까지. 그의 치밀한 관찰과 열린 시각이 한 편의 이야기를 만들어 내고 있는 것이다. 글을 쓰는 사람에게 필요한 덕목이 무엇인지를 일깨워 주는 책이다.

7) 《나를 바꾸는 글쓰기 공장소》 이만교 지음(그린비, 2009)

소설가 이만교의 역작. 이 책은 소설가 지망생을 대상으로 쓴 것이다. 그러나 모든 장르의 글쓰기 습작생들이 꼭 읽어야 할 책이다. 글쓰기의 본질에 대해 이만큼 깊이 파고 든 책도 드물다. 개인적으로 나는 이 책을 읽고 충격에 빠졌다. 이 책이 내 독서관과 교육관과 집필관을 송두리째 바꿔 놓았다. 누군가를 가르치려는 사람은 이 정도의 저서 하나쯤은 있어야 한다. 스티븐 킹의 창작론 《유혹하는 글쓰기》보다 더 나은 것 같다(나, 이만교빠 맞는 거니?).

8) 《조선왕 독살사건》 이덕일 지음(다산초당, 2009)

역사물의 재미를 알려 주는 책. 역사에 대한 이야기를 쓸 때 역시, 중요한 것은 테마다. 이제는 편년체식 서술은 먹히지 않는다. '독살 사건' '왕의 여인들' '궁녀 이야기' '조선의 섹스' 등 구체적이고 일관된 주제를 정해서 써야 한다. '역사' 는 인디라이터의 영원한 주제이며, 출판 시장에서 가장 잘 팔리는 아이템 중 하나다.

9) 《낭만적 밥벌이》 조한웅 지음(마음산책, 2008)

조한웅 작가의 책은 30대의 발랄한 글쓰기를 보여 준다. 자세한 설명은 '책을 만든 사람들' (304쪽) 참고.

10) 《펜도롱 씨의 똑똑한 세계 여행》 명로진 지음(주니어 김영사, 2008)

필자의 졸저를 필독서로 선택한 까닭은 뭘까? 이 책은 첫 여행부터 출간까지 딱 10년 걸린 책이다. 오랜 시간을 들였다고 반드시 좋은 책이 나오는 것은 아니다. '책 한 권이 나오기까지 10년이 걸릴 수도 있다' 는 경고(!)를 주기 위해 필독서로 선택했다.

물론, 가끔 재미있는 부분도 나온다. 도서관에서 대여 받아 읽으면 30분 만에 완독이 가능하다. 오랫동안 여행은 했으나, 마땅히 쓸 거리는 없다? 그럴 때 어떤 식으로 책을 엮으면 좋을지 이 책을 보며 참고해 보도록.

11) 《아내가 결혼했다》 박현욱 지음(문이당, 2006)

결혼과 축구라는 두 테마를 잘 엮었다. 그 엮음의 미학을 이 책을 통해 배우도록 하라.

12) 《윤광준의 생활 명품》 윤광준 지음(을유문화사, 2008)

생활 속의 필수품은 어떻게 한 편의 글이 되는가? 그의 미려한 사진들과 함께 감상해 보자. 나는 이 책을 읽고 《명로진의 생활 소품》이란 제목의 책을 한 번 내 볼까 생각했다. 그러나 곧 포기했다. 제목을 들은 사람들 대부분이 이렇게 말했기 때문이다. "생활 소품? 너무 없어 보인다……"

13~14) 〈먼나라 이웃나라 시리즈〉 이원복 글·그림(주니어 김영사) / 〈땡땡의 모험 시리즈〉 에르제 글·그림(솔)

베스트셀러가 된 만화책 시리즈이다. 이원복 저서는 교육적이며 (1,300만 부 이상 발매), 에르제 저서(전 세계적으로 3억 부가 팔림!)는 오락적이다. 무엇이 어린이 독자들을 사로잡았는지를 파악하라.

15~16) 《꼬리에 꼬리를 무는 영어》한호림 지음(디자인 하우스, 2002) / 《영어공부 절대로 하지 마라》 정찬용 지음(2004, 출판사는 책과 오디오별로 다름)

'영어' 관련 밀리언셀러다. 이 두 저서를 선택한 이유는 저자들이 영어 전공자가 아니면서 영어와 관련된 베스트셀러를 썼기 때문이다. 한호림은 그래픽 디자이너이고, 정찬용은 조경학 전공자다. 정찬용은 책을 쓸 당시 삼성 에버랜드 환경개발부 소장으로 재직하고 있었다. 인디라이터들이 관심을 가져야 할 분야 중 하나가 바로 '영어' 또는 '어학' 관련 저서의 집필이다.

이상 필독서는 꼭 읽어 보길 바란다. 물론 이 목록은 새롭게 업데이트되어야 한다. 좋은 책은 끊임없이 새로 나타나기 때문이다.

책을 만든 사람들

조한웅, 《낭만적 밥벌이》

2006년 초 선배인 심산 형이 시나리오, 와인, 재즈 같은 걸 가르치는 문화 학교를 열었다. 이름하여 심산스쿨. 심산 형은 어느 날 내게 말했다.

"와서 연기 좀 가르쳐 봐~."

난 아직은 아니라고 거절했다. 얼마 뒤 그는 또 물었다.

"그럼 라틴 댄스반 같은 거 만들래?"

난 그것도 아닌 것 같다고 말했다. 며칠 뒤 나는 "인디라이터반을 만들어서 책을 내고 싶은 사람들을 가르치겠다."고 제안했다. 심산 형은 대찬성이었다. 그렇게 인디반은 탄생했다.

인디반 졸업생 중에 첫 책을 낸 사람은 조한웅 작가다. 조 작가는 인디반 1기생이었다. 이때 그는 프리랜서 카피라이터로 일하고 있었다. 인디반에서는 매주 200자 원고지 30장의 숙제를 내줬다. 그는 100퍼센트 출석하고, 100퍼센트 숙제를 제출했다. 그가 낸 숙제는 전문직 노총각의 좌충우돌하는 일상이었다. 기억나는 숙제는 이런 것이었다. 마포의 한 아파트에서 혼자 사는 그는 빨래와 청소를 맡길 사람이 필요해서 가사 도우미 회사에 연락을 한다. 다음 날 파출부가 왔다. 문제는 그녀가 30대 후반의 예쁜(!) 파출부였다 사실이다. 매주 수요일에 파출부가 오는데 화요일만 되면 그는 속옷을 빨아 놓고 청소를 미리 해놓게 된다. 파출부가 오면 가슴이 뛰고 긴장하게 된다. 데이트 신청까지 할 생각을 한다. 시간이 갈수록 누가 가사를 돕고 누가 도움을 받는 것인지 모르는 상황이 된다. 예쁜 파출부와 달아오른 노총각은 어떻게 될까(스포일러 방지용. 궁금하면 책을 사서 볼 것)?

조 작가는 숙제를 제출할 때마다 나와 인디반 동료들을 웃겼다. 그의 글은 솔직하고 쿨하고 산뜻했다. 인디반을 졸업하고 나서 얼마 뒤, 그는 홍대 앞에 카페를 낸다고 분주하게 뛰어다녔다.

"홍대 앞 카페 창업을 주제로 책을 한 권 내보면 어떨까요?"

2007년 말 그가 이렇게 물었을 때, 나는 "그걸 누가 보겠냐?"며 고개를 저었다. 얼마 뒤, 그는 복수라도 하듯 《낭만적 밥벌이》라는 예쁜 책을 하나 보내왔다. 홍대 앞에 카페를 내기까지 분투했던 과정을 유머와 감성을 섞어서 써 나간 재미있는 책이었다.

한동안 주요 신문과 잡지에 그와 그의 책에 대한 기사가 실렸다. 나는 놀라고 후회했다. 그가 이룬 출간의 업적(?)에 놀랐고, 안 될 거라고 지레 겁을 준 것에 대해 후회했다.

석 달 쯤 뒤에 나는 또 놀라고 후회했다. 인디반 수업 때 조작가가 제출했던 숙제를 엮은 《독신남 이야기》라는 책이 탄생했기 때문이다. 첫 책을 내고 두 번째 책을 그렇게 빨리 낸 것에 놀랐고, 더 친하게 지내지 못한 것을 후회했다.

조 작가는 홍대 앞의 아담한 카페에서 글을 쓰고, 예쁜 파출부 대신 예쁜 아르바이트 여대생에 둘러싸여 커피를 팔며, 주중에 산행과 여행을 하는 장밋빛 나날을 보냈다. 아아…… 더 이상 바랄 것이 무엇이랴. 미국발 금융위기가 홍대 앞을 덮치기 전까지는 정말 바랄 게 없었으리라.

얼마 전 그는 카페를 처분하고 작업실을 얻어 글을 쓰는 나날을 보내고 있다. 조한웅 작가의 별명은 키키봉이다. 자신이 스스로 만든 호칭인데, 키키봉이 무슨 뜻이냐고?

물어보면 "아무 뜻도 없어요."라고 말한다. 키키봉, 키키봉……. 그저 키득키득 웃다가 어느 한 순간에 봉을 만나 대박을 터뜨릴 듯한 느낌이다. 우리는 아무 뜻도 없는 그의 닉네임을 역시 아무 뜻 없이 불러 댔다. 키키봉은 키키봉이어야 맞다. 거기엔 잔머리도, 쪼잔함도, 뒷담화도 없다. 털털하고 소심하며 유머 넘치는 그의 다음 작품을 기대한다. 그리고 제발 예쁜 신부를 얻어 기나긴 싱글의 밤을 끝내길 바란다.

임선경, 《아내가 임신했다》

임선경은 인디반 2기생이다. 그녀는 2007년 11월에 단행본 계약을 했다. 《징그럽게 안 먹는 우리 아이 밥 먹이기》라는 다소 긴 제목의 책이었다. 이 책은 2008년 5월 20일에 발행됐다. 그녀는 2008년 5월 26일에 《아내가 임신했다》라는 두 번째 책을 냈다. 6일 만에 두 권의 책을 쏟아 낸 것이다. 물론 두 책 모두 오래 준비한 것이지만.

그녀가 책을 한 권 쓰는 데 얼마나 걸릴까? 어느 날 모 출판사에서 "자료는 다 되어 있는데 필자가 없네요. 《제대로 된 식품 고르기》에 대한 거구요, 급한 건데…… 빨리 쓸 수 있는 작가 없을까요?" 하고 연락이 왔다. 나는 임선경을 추천했다. 두 달쯤 뒤, 모임에서 만난 그에게 물었다.

"그 '식품 고르기……' 잘돼 가?"

"어, 그거요? 한 달 전에 넘겼는데요?"

"허걱."

그녀가 책을 빨리 쓴다고 해서 결코 허투루 쓰는 건 아니다. 빨리 쓰는 작가도 있고 천천히 쓰는 작가도 있다. 그뿐이다.

《아내가 임신했다》는 임선경의 임신 출산기다. 그녀는 이 책 첫쪽에서 남편을 제대로 깐다. 신혼여행에서 돌아온 뒤, 아침에 일어나 변기에 앉던 그녀는 비명을 지르며 일어난다. 먼저 화장실을 쓴 남편의 소변이 변기 중간 뚜껑 곳곳에 묻어 있었다.

"이것 좀 올리고 누라니까!"

"버릇이 돼서 그래!"

임선경은 "결혼이라는 것이 남편의 오줌 누는 법을 놓고 싸우는 것인 줄 꿈에도 몰랐다."고 털어 놓는다. 이 책의 미덕은 작가의 자세다. 그녀의 남편을 비롯한 주변 사람들은 그녀의 책에 나오는 자신들의 모습이 왜곡되었다고 항변했다. 내가 언제 그랬냐? 고치지 않으면 재미없다며 협박도 했다고. 그러나 그녀는 "나는 꿋꿋하게 그들의 위협을 이겨냈다."고 능청을 떤다.

나는 지난 해 여름 임선경과 그녀의 남편을 만났다. 제자들과 함께 간 여름 MT에서였다. 나는 그녀의 남편에게 '이제 소변보는 자세를 고쳤는지' 몹시 물어보고 싶었지만 참았다. 대신 그보다 먼저 화장실을 이용했다.

임선경은 7년 동안 KBS 《사랑과 전쟁》이란 드라마 작가로 활동했다. 이때 200쌍이 넘는 이혼 사례를 철저히 연구해서 《연애과외》라는 책을 쓰기도 했다. 결혼에 실패하지 않기 위해, 만나지 말아야 할 남자들을 유형별로 분석해 놓은 책이다. 이 책은 중국에 수출되기도 했다.

임선경은 기본이 되어 있는 작가다. 어느 날 그가 느닷없이 말했다.

"저 요즘 공부해요."

"무슨 공부?"

"국어 공부요. 한국어 능력시험 보려구요."

"한국 사람이 한국어를 몰라서 한국어 능력시험을 봐?"

"그건 아니고요. 내가 얼마나 우리말을 아는지 궁금해서요."

임선경은 한국출판인협회의 편집교정능력시험이란 것도 봤다. '작가가 맞춤법 틀리면 민망하다'는 게 그녀의 변명 아닌 변명이다. 언젠가 임 작가는 내가 가르치는 학생들을 대상으로 맞춤법 특강을 했다. 이때 그는 이런 말을 했다.

"맞춤법에 맞지 않게 글을 쓴다는 건, 공개적으로 '난 글을 많이 읽지 않고 또 많이 써보지 않는 사람'이라고 밝히는 것이나 마찬가지다."

오 마이 갓! 그랬다. 그래서 그녀는 그런 이상한(?) 시험들을 보고 다녔던 거다. 그녀의 맞춤법 특강을 들으면서 나는 심히 부끄러웠다. 가수는 악보를 볼 줄 알아야 하고, 화가는 붓을 잡을 줄 알아야 하듯이, 작가에게 맞춤법은 기본이었던 거다. 그런 기본을 망각하고 있었던 나는 누구니? 이런 자괴감을 느꼈다.

특강이 끝나고 나니 그녀가 더욱 근사하고 아름다워 보였다. 심지어 섹시하게 보이기까지 했다. 그렇다! 김어준이 간파했듯이, 섹시함의 근본은 지성이다. 아, 나 여 제자한테 지금 성희롱하는 거니? 오해는 말아 주시길. 또 김어준을 팔아 이야기하건대, 섹시함은 인간이 가진 매력의 총체다. 섹시하다는 말처럼 섹시한 말이 없어서 다른 말로 섹시하다는 말을 대신할 수가 없다.

정태일, 《바이시클 다이어리》

그는 내게 영원한 청소년이다. 처음 만났을 때, 그는 짧은 머리에 여드름투성이였다. 얼굴에선 10대의 발랄이 뿜어져 나왔다. 실제 나이는 스물여덟이었지만, 나는 꼭 그가 열아홉 언저리의 조카 같았다.

정태일의 2005년 이전 모습은 다음과 같다. 대학을 졸업하고 그는 두 번 모자란 백 번의 구직 행위(서류 지원 및 면접 포함)를 반복하다 포기한다. 동네 독서실 총무로 취직하게 된 그는 어느 날 월급 봉투를 받아 든다. 그 안엔 정확히 87만 6천 원이 들어 있었다(반올림하면 88만원!). 그는 몇 해 뒤 우석훈의 '88만원 세대'를 읽고 시대를 앞서간 재야 경제학자의 예상에 경악한다.

무엇이 부족했던가? 서울 소재 상위권 대학을 나온 그에게. 번듯한 외모에, 원만한 성격을 가진 그에게. 첫째는 전공이 국어국문학이었다는 것. 둘째는 든든한 빽이 없었다는 것. 셋째는……열정이 없었다는 것이다. 하고 싶은 일이 무엇인지, 되고 싶은 사람이 누구인지, 알고자 하는 것이 뭔지를 몰랐다는 것이다.

다행히, 그에겐 좋은 아버지가 있었다. 태일이 밤샘을 하고 처진 어깨로 돌아온 어느 날, 그의 아버지는 제비 같은 자전거와 유럽행 왕복 항공권을 내 주며 말한다.

"아들! 왜 이렇게 기죽어 있어? 밖에 나가서 세상을 느끼고 와."

멋진 아버지다(누가 나한테 이런 아버지 좀 소개시켜 다오). 독서실 총무는 바짓가랑이를 잡는 취업 재수생 여인을 뿌리치고 유럽으로 튄다. 프랑스로 독일로 스페인으로, 70일 동안 2,500킬로미터를 달린다. 돌아오는 그의 가슴엔 열정이 싹트고 있었다.

유럽에 가면 열정이 있는가? 아니다. 자전거 여행을 하면 열정이 생기는가? 아니다. 이곳을 떠나면 열정을 얻는가? 그렇다. 모든 도저한 열정은 이곳을 떠날 때에만 모습을 드러낸다. 나폴레옹은 흔들리는 말 위에서 승리를 쟁취했고, 킨케이드는 집을 떠나 사랑을 얻었다. 태일이 동네 독서실을 떠나지 않았다면, 그 어느 곳에서도 열정을 이식받을 순 없었으리라.

태일은 여행을 마치고 돌아와 《바이시클 다이어리》라는 책을 냈다. 유럽 때문이든 자전거 때문이든, 단순히 이곳을 떠났다는 사실 때문이든 귀국 후 그는 열정맨으로 돌변했다. 책을 내고 나서 처음 본 면접에서 당당한 응답과 침착한 태도로 면접관들을 사로잡더니 중견 기업체에 홍보 직원으로 취직한다.

회사에 들어간 지 1년 만에 그는 새로운 책의 집필을 의뢰받는다. 《신입 사원 분투기》. 이 책은 한 마디로 '신입 사원을 위한 변명'이다. 상사들이나 고위층이 보기에는 한심하고, 변덕도 심하고, 꿈도 열정도 없는 것 같은 20대 신입들의 이야기다. 그는 "회사에서 어리버리하고 실수도 잦은 신입들, 회사 옮기기를 밥 먹듯 하는 신입들, 사춘기를 못 벗어난 것 같은 신입들도 나름대로 인생 계획이 있고 꿈이 있다는 걸 말하고 싶었다."고 한다.

회사에 다니면서 책을 쓰기란 말처럼 쉬운 일은 아니다. 회사에 다니면서, 책을 쓰고 동시에 연애도 하기란? 더 더욱 어렵다. 그런데 태일은 이 세 가지를 동시에 '매우' 잘한다. 회사에선 촉망받는 사원이고, 출판계에 막 발을 들여 놓은 저자이며, 인기 있는 훈남이다.

미하이 칙센트 미하이에 의하면, 세상의 모든 관계는 착취다. 권력을 잡은 자는 권력이 없는 자를 착취하고, 믿음이 있는 자는 믿음이 부족한 자를 착취하고, 지식을 가진 자는 지식이 모자란 자를 착취한다. 세상에서 가장 아름다운 것은, 착취할 수 있는 자리에서 자기보다 못한 사람들을 착취하지 않는 것이란다.

이 법칙은 그러나, 사랑에는 예외다. 사랑이 덜한 자가 사랑이 많은 자를 착취한다. 그러므로 언제나 더 사랑하는 사람이 불리하게 되어 있다. 필자가 지켜본 태일은 늘, 사랑하고 있었다. 동시에, 더 사랑하므로 가슴 아파했다. 나는 그를, 사랑하기에 화살을 쏠 수밖에 없는 윌리엄 텔이라 부르고 싶다(태일을 빨리 발음하면 텔이다). 그의 인기의 비결은 배려였으며, 동안童顏의 이유는 진실이었다. 아마도 독일 여행에서 만난 내공 깊은 바이커에게 사랑의 비법을 전수 받았을지도 모른다. 나는 이 순정무구한 윌리엄 텔이 사랑뿐 아니라 집필을 위해서도 멋진 화살을 쏘아 올리기를 기대한다.

부록 03

이 책에 나온 책들

《가난한 자는 복이 있나니》 김우현 지음(규장, 2005)

《가비오따쓰GAVIOTAS》 앨런 와이즈먼 지음(랜덤하우스, 2008)

《감동을 만들 수 있습니까感動をつくれますか?》 히사이시 조 지음(이레, 2008)

《건방진 우리말 달인》 엄민용 지음(다산초당, 2008)

《걷기예찬Eloge de la marche》 다비드 르 브르통 지음(현대문학, 2002)

《고수를 찾아서: 우리 시대 마지막 고수들의 이야기》 한병철 지음(영언문화사, 2003년)

《굿바이, 스바루Farewell, My Subaru》 덕 파인 지음(사계절, 2009)

《그들은 한 권의 책에서 시작되었다》 정혜윤 지음(푸른숲, 2008)

《글쓰기를 위한 4천만의 국어책》 이재성 지음(들녘, 2006)

《나는 이런 책을 읽어왔다ぼくが讀んだ面白い本.ダメな本.そしてぼくの大量讀書術.驚異の速讀術》 다치바나 다카시 지음(청어람미디어, 2001)

《나를 부르는 숲A Walk in the Woods》 빌 브라이슨 지음(동아일보사, 2002)

《나의 문화유산 답사기》 유홍준 지음(창작과비평사, 1993)

《나의 한국어 바로 쓰기 노트》 남영신 지음(까치글방, 2002)

《내 마음속의 그림》 이주헌 지음(학고재, 1999)

《네 멋대로 써라Walking on Water》 데릭 젠슨 지음(삼인, 2005)

《노빈손의 무인도 완전정복》 이우일 지음(뜨인돌, 2004)

《논술과 철학 강의》 김용옥 지음(통나무, 2006)

《놀이, 마르지 않는 창조의 샘Free Play》 스티븐 나흐마노비치 지음(에코의서재, 2008)

《늦어도 괜찮아 막내 황조롱이야》 이태수 지음(우리교육, 2005)

《동화를 찾아가는 아름다운 여행》 이형준 지음(즐거운상상, 2004)

《The One Page Proposal》 패트릭 G. 라일리 지음(을유문화사, 2002)

《This is Grammer》 김경숙 지음(넥서스, 2003)

《레오나르도 다 빈치Leonardo da Vinci》 세르주 브람리 지음(한길아트, 1998)

《리버보이River Boy》 팀 보울러 지음(다산책방, 2007)

《마운틴 오딧세이》 심산 지음(풀빛, 2002)

《메이플스토리》 송도수 지음(서울문화사, 2009)

《명로진의 댄스 댄스 댄스》 명로진 지음(명상, 2005)

《무궁화 꽃이 피었습니다》 김진명 지음(해냄, 1993)

《물속에서 아이를 낳으시겠다구요?》 명로진 지음(바다출판사, 2000)

《미술로 보는 20세기》 이주헌 지음(학고재, 1998)

《미친 척 하고 성경 말씀대로 살아본 1년》 이수정 지음(세종서적, 2008)

《바람의 딸 걸어서 지구 세 바퀴 반》 한비야 지음(푸른숲, 2007)

《바이시클 다이어리》 정태일 지음(지식노마드, 2008)

《반갑다 논리야》 위기철 지음(사계절, 1992)

《밥벌이의 지겨움》 김훈 지음(생각의나무, 2003)

《배고픈 애벌레The very hungry Caterpillar》 에릭 칼 지음(더큰컴퍼니, 2006)

《배려》 한상복 지음(위즈덤하우스, 2006)

《보르도 와인, 기다림의 지혜》 고형욱 지음(한길사, 2002)

《뼛속까지 내려가서 써라Writing Down the Bones》 나탈리 골드버그 지음(한문화멀티미디어, 2000)

《선악의 정원Midnight in the Garden of Good and Evil》 존 베런트 지음(황금나침반, 2006)

《세상에 꼭 하나뿐인 너를 위해》 명로진 지음(사회평론, 2003)

《시나리오 가이드Tools of screenwriting》 데이비드 하워드 외 지음(한겨레신문사, 1999)

《시선》 원성 지음(이레, 2002년)

《시크릿The Secret》 론다 번 지음(살림BIZ, 2007)

《신기한 스쿨버스The Magic School Bus》 조애너 콜 지음(비룡소, 1999)

《신화 그림으로 읽기》 이주헌 지음(학고재, 2000)

《아내가 결혼했다》 박현욱 지음(문이당, 2006)

《아버지》 김정현 지음(문이당, 1997)

《아쌈 차차茶》 김영자 지음(이비락, 2009)

《아이들은 길 위에서 자란다》 김선미 지음(마고북스, 2006)

《아틀라스 세계사The Times Compact History of the World》 지오프리 파커 편저(사계절, 2004)

《아티스트 웨이Artist's Way》 줄리아 카메론 지음(경당, 2003)

《50일간의 유럽 미술관 순례》 이주헌 지음(학고재, 2005)

《어린이를 위한 배려》 전지은 지음(위즈덤하우스, 2006)

《어린이를 위한 시크릿》 윤태익 · 김현태 지음(살림어린이, 2007)

《에즈의 절벽에서 태양을 만나다》 이주은 · 김유진 지음(블루, 2006)

《에펠탑에서 번지점프를 하다》 장민희 지음(더북컴퍼니, 2006)

《연기자를 위한 발성훈련 핸드북》 한명희 지음(예니출판사, 2004)

《연탄길》 이철환 지음(삼진기획, 2000)

《열두 살에 부자가 된 키라Ein Hund Namens Money》 보도 섀퍼 지음(을파소, 2001)

《열아홉 살 소녀의 유럽 삽질 따라하기》 이정은 지음(북방교연, 2003)

《영어만은 꼭 유산으로 물려주자!》 공병호 지음(21세기북스, 2006)

《와인》 김준철 지음(백산, 2006)

《우리 문화의 수수께끼》 주강현 지음(한겨레신문사, 2004)

《우리 생애 최고의 세계 기차 여행》 윤창호 외 지음(안그라픽스, 2005)

《우리 아이, 책 날개를 달아주자》 김은하 지음(현암사, 2000)

《우리 어린이 자연그림책 세트》 이태수 지음(우리교육, 2005)

《위기 탈출 넘버원》 에듀코믹 구성 · 차현진 그림(밝은미래, 2006)

《유럽 음악 축제 순례기》 박종호 지음(한길아트, 2005)

《유럽음악축제 순례기》박종호 지음(한길아트, 2005년)

《유혹하는 글쓰기On Writing: A Memoir of the Craft》스티븐 킹 지음(김영사, 2002)

《이주헌의 프랑스 미술관 순례》이주헌 지음(랜덤하우스코리아, 2006)

《인연》피천득 지음(샘터, 2002)

《일하면서 책쓰기》탁정언 · 전미옥 지음(살림, 2006)

《자동차가 부릉부릉》명로진 지음(주니어김영사, 2000)

《자전거 여행》김훈 지음(생각의 나무, 2004)

《작가는 어떻게 책을 쓸까What do authors do?》아이린 크리스틀로 지음(보물창고, 2006)

《잡식동물의 딜레마The Omnivore's Dilemma : The Natural History of Four Meals》마이클 폴란 지음
(다른세상, 2008)

《조르주 뒤비의 지도로 보는 세계사GRAND ATLAS HISTORIQUE》조르주 뒤비 지음(생각의나
무, 2006)

《죽음의 밥상The Ethics of What We Eat》피터 싱어 · 짐 메이슨 지음(산책자, 2008)

《지식은 쾌락, 즐겨라》폴 임 지음(평단문화사, 2004)

《책을 읽는 방법》히라노 게이치로 지음(문학동네, 2008)

《축구는 어떻게 세계를 지배했는가How Soccer Explains the World: An Unlikely Theory of
Globalization》프랭클린 포어 지음(말글빛냄, 2005)

《컴퓨터, 일주일만 하면 전유성만큼 한다》전유성 지음(나경문화, 1998)

《타샤의 정원Tasha Tudor's Garden》타샤 튜더 · 토바 마틴 지음(월북, 2006)

《탁석산의 글 짓는 도서관》탁석산 지음(김영사, 2005)

《파리 예술 카페 기행》최내경 지음(성하출판, 2004)

《패션모델 송경아, 뉴욕을 훔치다》송경아 지음(랜덤하우스 코리아, 2006)

《펜도롱 씨의 똑똑한 세계 여행》명로진 지음(주니어 김영사, 2008)

《평화는 나의 여행》임영신 지음(소나무, 2006)

《풍경》원성 지음(이레, 1999년)

《한 권으로 읽는 브리태니커The Know-It-All》A J. 제이콥스 지음(김영사, 2007)

《한국형 시나리오 쓰기》심산 지음(해냄, 2004)

《한권으로 읽는 조선왕조실록》 박영규 지음(들녘, 1998)

《행복한 사람, 타샤 튜더The private worlld of tasha tudor》 타샤 튜더 지음 (월북, 2006)

《힐러리처럼 일하고 콘디처럼 승리하라》 강인선 지음(웅진지식하우스, 2006)

《Atlas of the World 아틀라스 세계지도》 이경희 · 이무연 · 임민수 공편(미토스북스, 2005)

《Formula 1 Motor Racing Book》 Xavier Chimits 지음(Dorling Kindersley Publishers, 1996)

《How to Become a Famous Writer Before You're Dead: Your Words in Print and Your Name in Lights》 Ariel Gore 지음(Three Rivers Press, 2007)

《I Hope They Serve Beer im Hell》 Tucker Max 지음(Citadel Press Books, 2006)

《Transport-A Visual History》 Anthony Wilson 지음(Dorling Kindersley Publishers, 199

초판 1쇄 발행 | 2010년 4월 19일
개정 1판 1쇄 발행 | 2015년 3월 23일

지 은 이   명로진

펴 낸 곳   바다출판사
발 행 인   김인호
주   소   서울시 마포구 어울마당로5길 17(서교동, 5층)
전   화   322-3885(편집), 322-3575(마케팅부)
팩   스   322-3858
E-mail   badabooks@gmail.com
홈 페 이 지   www.badabooks.co.kr
출판등록일   1996년 5월 8일
등 록 번 호   제 10-1288호

ISBN 978-89-5561-753-5 (03810)